NOT FOR GLORY

Not for Glory

JANET PAISLEY

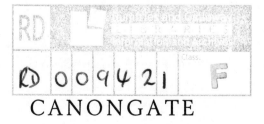

CANONGATE

First published in Great Britain in 2001 by
Canongate Books Ltd, 14 High Street,
Edinburgh EH1 1TE

10 9 8 7 6 5 4 3 2 1

The publishers gratefully acknowledge subsidy from
the Scottish Arts Council towards the publication
of this volume

British Library Cataloguing-in-Publication Data
A catalogue record for this book is available on
request from the British Library

ISBN 1 84195 174 9

Typeset by Palimpsest Book Production Limited,
Polmont, Stirlingshire
Printed and bound in Great Britain by
CPD, Ebbw Vale, Wales

www.canongate.net

*fur aw the folk in Scotland
wha dae the lottery*

Extract from the document styled
the DECLARATION OF ARBROATH

Quia quamdiu Centum vivi remanserint, nuncquam Anglorum dominio aliquatenus volumus subiugari. Non enim propter gloriam, divicias aut honores pugnamus, sed propter libertatem solummodo, quam Nemo bonus, nisi simul cum vita amittit.
6 April 1320 letter of Arbroath, from the Scots to Pope John XX11

For so long as a hundred of us are left alive, we will yield in no least way to English domination. We fight not for glory nor for wealth nor honours; but only and alone we fight for freedom, which no good man surrenders but with his life.
translated from the Latin by Agnes Mure MacKenzie 1891–1955

Acknowledgements

Thanks to:

The Scottish Arts Council for the Creative Scotland Award which allowed this book to be written.

The senior pupils of Braes, Graeme and Falkirk High Schools, and writer Tom Bryan, for being the testing grounds.

Joan for the quiet place.

My sons and their friends for encouragement and inspiration, especially Matthew and Fraser for the day's climbing.

My friends for still being so despite my neglect.

Writers Matthew Fitt, Liz Niven and James Robertson for the language discussions and Judy Moir for pertinent, intelligent editing.

Howie's Land previously appeared in the Canongate Prize anthology *Scotland into the New Era*.

All resemblance to persons living or dead is purely coincidental. This is a work of fiction.

Janet Paisley
March 2001

Contents

1
Howie's Land

There shall be . . .

Wisdom

THING IS, I'm staunin at the shop. Thinkin aboot it. Me
an Treeza, like. Aw right, I'm sparkin mad, tell the truth.
No gettin tae see it, she says. No gettin tae see it? I mean
whit's she oan? Oh, I'm good enough fur whit she waants,
whin she waants it. Good enough then, aw right. Doon the
canal it wis. First time anyroad. Staunin up, under the brig.
No exactly yer honeymoon suite at the Ritz. But, fair doos,
best we could git. An, I'll tell you, thur wis nae 'cannae
dae this, no daen that' back then. If a wummin could git
a hard-oan, she wis it. Seventeen, like. Lassies that age just
cannae help it.

No that I'm sayin it wisnae me. I mean, got her gaun. Still
does. Just, noo she's got a hoose, it's aw aboot 'Whit time dae
ye call this?' an 'Whin're you gettin a job?' an 'Don't think
you're hingin aboot roon the shop, swiggin Buckie wi aw
they ither layaboots.' The night it wis ma buroo money.

'Didnae come, Treeze,' I says. 'Ken whit they're like.
Couldnae run a fag packet flat wi a steam-roller.'

'Fuckin liar,' she says. 'I'm no keepin you. Buckfast king
ae the Glen? Nothin but bad news.'

An that's me, oot oan ma erse. No gettin tae see it. Ma

wean? No gettin tae see it cause I'm nae use. Nae job, nae money. Buckfast king ae the Glen. King, notice. An she's no prood? I telt her. Wean'll be a prince then. Did she laugh? Did she wheech.

'Oot,' she says. 'Oot, oot, fuckin oot!'

Back tae ma maw's. Smile oan her face.

'Telt ye that Treeza wis nae good,' she says.

So I'm staunin at the shop waitin fur the lads. Street's bare. Trees're bare. Big fat moon stuck right up there. Like a kebab. Stuck oan a stick. No gettin tae see it? She cannae dae that. I'm doon the lawyer the morra, first thing. Get her telt. Get her sorted oot. I mean, wean needs a dad. Makes sense, din't it? She's oot at work aw day, wha's gaunae watch it? Me, course. Even if I'm at ma maw's. Cost her nothin. Jees, a wee snarl up wi the Giro an I'm aff the books?

I telt her. Swear tae God, Treeze, I'll no touch a drop fae noo oan. Gaunae be a dad. Get masell straight. Get a job. Nae booze, nae blaw. See youse aw right. Be there fur the wee man, whin he comes along.

'Believe it whin I see it,' she says. 'Nae Buckie's same as nae braith tae you.' Doesnae believe a word I say, 'n' that's the truth. Well, watch me dae it.

Justice

I take a big swally. Whin the bottle comes doon, he's stood there. Swear tae God. A bluebottle. Oot ae naewhere. Well, oot the pigmobile that just sneaked roon the bend. That's whit ye git fur plantin a shop oan a corner. Cannae see them comin. Place tae hing oot cause thur's only yin road in an oot. Up oan the apron, front ae the shop, lookin doon. Naebody gits by but whit ye ken. Just dinnae see them comin quick enough. So that's the frame. Yin big greasy bluebottle. Another yin in the motor, eyeballin us. An this yin, fillin the screen. Big gormless grin stuck oan his mush. An me oan ma lonesome.

'Got any blaw, son?' he says. I go fur the deefie.

'Whit?'

'Got any blaw?'

Must think I wis born yesterday. Wet ahint the ears. Right dumb cunt. Well, dumb is whit dumb gets.

'Blaw?' says I. 'Whit j'mean?'

'Aw, come oan, son,' he says. 'I'm no efter yer hide. Blaw, ken? Just lookin fur a bit.'

'Christ, ye want tae go doon the toon then,' says I. 'See that Maggie's. Crawlin wi stuff. Any ae them'll dae ye fur a fiver. No me, though. Sookin a polisman's dick's no ma thing.'

Tell ye the truth, I'm wishin ma mates'd hurry up. Bet they're hidin roon the back ae the club, huvin clocked the pigmobile. Waitin tae see if I'm gaunae git lifted, again. For the umpteenth time. 'No, yer honour, it wis not me what flung the brick through the off-licence windae. I jist happened tae be in the vicinity at the time. Cruisin, like. Whin it skimmed past, grazin ma wrist as it did so, which is why I wis bleedin whin the polis came. The six bottles of monk vino? Well, yer honour, the display toppled ower an I wis jist tryin tae save . . .'

The bluebottle has decided no tae explode. Took him a while but he won the struggle. Decides I'm thick. Fine by me.

'Blaw,' he says. 'Rhymes wi craw, snaw, fitbaw. Blaw. Ye smoke it.'

'Och,' says I, haudin oot ma dout. 'Ye waant a draw, huv a draw. Murder gien up, in't it?'

'MARRY-JEW-ANNA,' he bawls. Tich-tich. Lost it noo, husn't he?

'But it's Treeza huvin ma wean,' says I. Then I run. Take tae ma heels, roon the side ae the shop, up the lane, cause the next thing's ma collar felt, his haun in ma pocket an the cuffs slapped oan. Station fur a kip an coort fur breakfast. Thur'll be nae dealin wi Treeza efter that. Nae hidin bad news in a place like this. Onywey, she's first tae the shop oan a Thursday fur the *Herald*. Only reads the coort bit. 'Got tae keep up wi yer exploits,' she says. Tellin ye, ye huv tae admire a wummin that unnerstauns the wey ye live.

The bluebottle's clankin efter me. His mate'll be runnin the caur roon the Terrace tae cut me aff. I stick the Buckie in the hedge. Right wey up, like. Need ma hauns free. Get it efter. Cannae stop. Five mair steps. Hedge stops. Wee waw. Up an ower it. Skelp oan doon through aul Jamieson's gairden. Wee wave tae his missus at the kitchen windae, een oot oan stalks, eyeballin big beefie hucklin ower the waw at ma back. Ower the fence. Doon the gress. Intae ma maw's. In the back door, oot the front. 'Howie, is that y . . .' Cross the road, skitter doon the canal bank. Find me noo, ya dumb cunts.

I wander doon tae the brig. Twa roads tae go if they come doon. Roll up, huv a smoke. Widnae waant tae waste it, like. Ken, it's mingin, this watter. Things folk dump. Supposed tae be cleared up. Aw that millennium shit. Pleisure boats comin through. Parasols oan the gress at the club. Fur the millionaires, like. Ye huv tae laugh. Millennium fever? It's that aw right. The Glen Club, million-aires' playgrund? Enough tae make ye pish yersell, just the thought. Must be snortin the aul cocaine. Fucked their brains. Yachtin oan the Union Canal? Just gottae be a crack-heid thought that yin up. Gets ye doolally, that stuff. An a holiday at Her Majesty's. Better wi the Buckie an a smoke. Mind, mibbe if I wis a millionaire. Just fur the dryin oot, like. Aw they dolly birds, models, film stars. Heids wastit. Stuffed intae private clinics. Aw they pneumatic tits. Intae that, man, eh? Could be worth a wee snort, right enough.

Aw shit! Here they come. Tippy-toeing doon the path like bricks through gless. Offski again, me aul pal. Up the bankin, no the track. Tellin ye, see this joggin lark? I should be gettin peyed. Trainer fur the bluebottles. Lot ae moolah in that lark. Oh-oh, got their beadies oan me. Aw right, chaps, show yeese how it's done. Oantae the road. Knees high, elbows up. M'oan then. Bit of style. Along the path. Pump, pump, pump, pump. That's the stuff. Through the gairdens. Another wee wave fur aul Jamieson's wife. Ken, that wummin must be glued tae that sink. Mibbe he's got her stuffed. Wey her mooth hings open. Mibbe she snuffed it last time I went past. Just husnae fell doon yit. I'll gie her a wee shout the morra, check she's awright.

Haud oan a meenut. Nae wallopin size twelves at ma back. Screech tae a halt. Look roon aboot. Not a dickie. Just ma hert boom-boom-boomin. Just the empty gairdens. Back windaes maistly wi their lights oot. Just ma mither's voice screechin.

'Howieeee! Jist you wait tae you git in!' That's fur the neeburs. Case they think she's no daen her job, like. Noo the door slam. Nice wan! No quite pit the windae in but near enough. That'll be ma da steered up. 'Slam it again, why don't ye? Shame ye left the waw up.' No in ma maw's then. No creepin up. Yin thing aboot bluebottles. They're cannae-creep creeps. So whaur the fuck? I go caunny, take a shifty ower the wee waw. Nothin. Naebody. Must be awa. Shoot ower, doon tae the hedge, retrieve the juice an saunter roon tae the shop.

An there's the congregation. Aw the mates. Waitin fur King Kool. Wantin the hunkey-dory. I'm squintin up an doon the road.

'They're awa,' Scratchy says.

'Fucked aff oot,' Fraser says.

'Gied up,' says the Boot.

I swing ma airms oot fur the big bow. Buckfast King ae the Glen. The Big Cheese. Ken, see if they hudnae clapped? Ma heid's doon an unner ma airmpit, I see the pigmobile pull up. Ma heid comes up an there's the blue-bottle, blockin the lane. Fuckin smart fur dumb cunts, they twa. Yin at ma back's oot his motor. Noo thur's the slope or the steps. He's gottae pick. Bluebottle's movin furrit oot the lane. Cannae go up the ither side ae the shop. Wouldnae git ower the waw in time. Gottae be the yin at ma back. Slope or steps. Move, ya bastard. Fuck it, he's no gaunae. Just gaunae staun there so he kin reach either yin. Bluebottle's close enough. Time tae shift. I go fur the flyin leap. Aff the apron oantae the road.

Widda made it tae. If I'd pit the bottle doon. Fuckin waste. Course it hits the grund, breaks, staggers me. Bluebottle's got the armlock oan afore I kin steady up. The boys're daen their bit. Shoutin.

'Oy, he's no done nothin!' 'We seen everythin.' 'Better no be a mark oan him the morra or youse are for it!' Jeesy peeps, whit am I gaunae tell Treeze?

Compassion

Doon the pigpen, the doin doesnae come. That's the usual, like. Whin they dinnae ken why they've lifted ye. Pit the boot in, hope ye'll come up wi somethin. Wi me, it's usually vomit. If ye kin splat the uniform, that does it. Gie ye peace then. Anyroad, it disnae come. Pockets emptied, shoes aff so's ye cannae kick fuck oot the door an interrupt them wankin ower yer charge sheet, then showed the suite. I'm dubbed up wi a suit.

'I demand a doin,' I shout as they slam us in. 'I know ma rights.'

Suit does not look too pleased.

'If that's got fleas, I'll sue,' it says. Wonder whaur he parked the yacht. I shout tae the screw.

'That BMW wis so mine. Fuckin broke doon. That's why I panned its windaes in!'

'I'll have you!' says the suit. Oh, oh, oh.

'Come back here,' I shout, rattlin the cage. 'This suit's efter ma virginity!'

'Fuck you!' the suit growls. I lie doon oan the usual hard as nails.

'Please yersell.' Mair at stake here than his aggro. Mibbe a sair face wid help. Whit'm I gaunae tell Treeze? Somebody should tell her it's ma wean as well. No believe I got done fur joggin. Big licks this time. Bound over awready. Supposed tae keep the peace. Mair government funds reclaimed. Then I smell it. No ma tipple but.

'BMW, right enough?'

The suit's no sayin.

'Breathalysed, eh?'

Not a word.

'You no watch the telly, then? The support yer local bus campaign? Booze yer blues awa an take the train?'

'Shut the fuck up,' says the suit. No deid then. Talkin again.

'Nice suit,' says I.

Nothin.

'Shame aboot the socks.' Swear tae God. That wis it. 'Shame aboot the socks.' An he's up ma nose. Aul geezer tae. Aboot thirty-five.

'Shame about your rocks,' he spits right in ma chops. 'If you ever want to get them off, you'll shut the fuck up first time you're told. Right?' M'oan tae God, is this guy nuts?

I'm chokin oan the whisky fumes. That stuff's everlastin, ken. Anyroad, the bold boy quits inebriatin me wi his braith, sits back doon oan his ain bunk, scrapes his hair wi his haun, calms hissell.

'What's wrong with the socks?' he asks.

'Nae holes,' says I.

'Nae holes?'

'Aye.'

He laughs. Swear tae God. Fit tae burst. Kecklin like a wean. Rollin ower oan his bunk. Insane. An I'm banged up wi him? Nae shut eye noo, like. He's quiet fur a bit, then he says:

'You going down?'

I think aboot the merry quip. But ye never ken. A suit might take ye up oan it. An, tell the truth, I'm knackered. As weel as mindful of ma nuts. Trainin bluebottles oan an empty stomach's no the trick. Gie him it plain.

'Nah. Fine, like enough. Anither pound a week aff ma Giro. Still be peyin next millennium.'

'Tough shit.'

'Naw, see, it's Treeza an the wean. Says I've got nae rights. Us no mairried, like. Whit's that got tae dae wi it? Ma wean, in't it? If I dinnae git a job, I'm oot the picture, she says. Might as well be in the clink.'

The suit nods. Smashed, he might be, but he's no drunk. I'm noddin aff tae dream-land whin he flaps his gums again.

'Want a job?'

'No me, naw. Work's fur eejits. Feedin yer sweat intae a capitalist state. Knockin yer pan in fur pennies so's some clapped-oot nae-use-fur-nothin boss that couldnae tie his shoelaces kin huv a posh hoose, BMW an a yacht? An whit dae I git? The poverty trap. Worn oot. Early grave. Fower-letter word, that. Work. 'Sides, I cannae be arsed.'

'Hundred pounds,' the suit says. 'For doing nothing.' An then, awfy calm. 'An if you say a word, your throat cut.'

Integrity

Tell ye, I am sittin up by then. Stiff as a wee stooky, hairs staunin up oan the back ae ma neck. Wonderin if the screws'll come oan the first yell.

'You game?' The suit smiles.

The yell's stuck. So I squeak, insteed. Suit nods his heid. Bends ower. Slips his fingurs in the tap ae his sock. Aw, jees. I'm banged up wi a real yin. Gaunae slip a blade oot, in't he? No much cop wi Treeze wi'oot a windpipe, am I? Never gaunae see ma wean.

The tap ae the sock rolls doon. Well, I am tellin you, I seen somethin then you wid not believe. Roon his ankle. Like yin ae they things Page Threes sometimes weer up near their interestin bit, this elastic strip. Like a bracelet made ae stickin plasters aw jined thegither, long weys up.

'Ten,' he says. 'Ton each.'

Fuck! I'm slammed up wi a fruitcake. Twa grand wrapped roon his feet. Fuckin bluebottle castle an I'm banged up wi a fuckin crack freak.

'If I'm remanded,' he says. 'They'll do a strip search. You're walking. If I'm sprung, I'll get it back. Hundred for holding. If I buy a stretch, you can sell that much on. I'll get the rest if and when. Deal?'

Aw, jeesy peeps.

Sheriff Shirty does his 'you again' look. I'm sweatin blood. Pound a week. Please, god, let him name a price. Swear oan ma bairn's life, I'll never touch anither drop. Git a job. Be a dad. Make ma maw prood. Anythin. Just say hoo much. I'll pey it. Pound a week. He pulls his specs furrit oan his nose, peers at me ower the tap. Ma ankles're gien me gyp.

'Fines don't seem to do the trick,' he says.

Oh shit. I'm mince.

'Work,' he says, like I'd say 'deid'. 'Community service. Six weeks.'

Ken, thur's somethin aboot a wummin whin she's gaunae huv a wean. Big an kinna scary. That's ma boy in there. Somethin's gottae change.

'Got a job, Treeze,' I tell her.

'Oh, aye!' She disnae believe me.

'Doon the canal. Aw that millennium shit. Need folk tae clean it up. Got taen oan this mornin.'

'Community service, is it?'

Ye've gottae love a wummin kens ye that weel. She rubs her back. Jees, a boy waants his da aroon, doesn't he? Somebody should dae somethin aboot that. Fuckin new parliament. Aw that guff. Whit ae they daen?

'Swear tae god, Treeze. An I huvnae hud a swally since ye said. Oan ma life. Kin I move back in?'

Faulds her airms, like. Planks the sooked lemon look oan her face.

'Whit're they peyin then?'

In wi a chance! Suit went doon. Nae bail. Fuck knows whit he'd done. Some serious shit. Just gaunae haud his message till he's loose.

'Hunner quid.'

'A week? That's shite!'

Aw come oan, Treeze, gies a brek.

'In ma haun. Still git the buroo tae. Casual, see?' Kin mibbe stall her till some fancy lawyer springs the suit, dae a deal. Nae danger. 'Job mibbe only last ten weeks. A start, but.'

She sticks her haun oot, slaps it wi the ither yin.

'Hunner quid. Right there. Fur next weekend. Believe whit I see, ken? I've a wean tae think aboot. Nae room fur hangers-oan.'

Gaunae die fur this wummin. Swear tae god, I am.

Note

The mace presented by the Queen at its opening is inscribed: *'There shall be a Scottish parliament'* and has four words engraved on it: *'Wisdom, Justice, Compassion, Integrity.'*

2

A Guid Steepin

SEE THAT boy. Yin ae they days he'll get catcht. In an oot the gairdens, polis at his back. N'en he'll tell ye he did nothin. So whey's he run awa then? Runnin awa, that's somethin. Jist as weel Jock didnae see him. Ooh, ma hauns are sair. Ice, that's the thing. Cauld watter 'n' ice. Freeze ye blue, mind. A guid steepin. That's the thing. Bruise easy yince ye've hud yer three score 'n' ten. Serves me right, mind. Ma mither ay said I wis daft. Daft as a brush fur pittin up wi him. Kicked twa weans ootae me. Ma mither widda liked that, granweans. Still. I don't suppose she kent the half ae it.

A wonder he's no ben, pesterin me at the sink. Somethin aboot the sink ay gets him gaun. Never gied that up. Huv tae beat that tae daith wi a stick afore they nail him doon. Och, it's cauld this watter. Aw this staunin aboot. I'm no guid oan ma feet noo. Try an yaise them, I'd faw doon. Trouble wi Friday is the telly's rubbish. An if I start tae read, I'll faw asleep. No much keeps ye waukened at oor age. I suppose he's in the huff. Ay huffin that man. Ay somethin winds him up. Cannae learn. Auld dug, see. Still, new tricks.

No like that yin's mither. Muckle great dug wi a mind ae its ain. Wan word fae her an it does whit it likes. Jist like her son. Creates plenty rammy. Vice like a foghorn. Never lifts her haun. I'd pit some mair roses in if it wisnae fur that dug. In ma gairden mair often than its ain. Still. Get its comeuppance yin day. Unner a lorry, nae doot.

If he jist hudnae said he'd brek ma neck. Only thing he's no broke yit. An ye get seek ae it. Dodderin aul git. Think he'd ken he's no fit. Coorse, he cannae mind yin day till the next. Age. That's whit it does. Be askin me the morra why he's aw sair. Athritis settin in. Tell him every time. See if ye wait long enough. Still, disnae dae ma hauns ony guid. Next time I'm gaunae lift a stick.

3

Audience wi Clair

IT'S A wheel turnin oan a wheel, livin in a village. Awbody's life's their ain. Yin hing, spinnin oan its ain axis. Ye never git tae ken wha folk really ur. Awbody's gaun roon in their ain space. Nothin tae dae wi onybody else. An the place is spinnin tae. Aw they lives makin it intae yin place. This village. S'pose I'm yin ae they wee wheels. So's ma da. An ma maw.

'The hing aboot sex is, it's the equaliser,' Howie says.

I wis jist passin, comin hame fae ma pal Cassie's. Bit that's him at his best. Staunin at the shop soondin aff tae Fraser an Ian an Andrew an Duncan. Likes tae hear hissell talk.

'Ye dinnae need money or brains. Same bum in the air if ye're skint or if ye live in a castle. Same turn oan if ye're a looker. Like me. Or an ugly cunt. Young or auld, it's the same hing.'

'Auld?' I hink we aw said it at the same time.

'Aye, auld,' Howie said. Bit he didnae look quite sae shair ae hissell.

'How auld?' Duncan says.

'Auld as Jock an Isa?' I says. They aw laughed. Aw bit Howie.

'Bet ye,' he said. I'm shair he went a funny colour though it's hard tae tell unner they orange street lichts. He taen a swig fae his bottle though.

'Jock's aboot ninety,' Ian says.

'Awa, he's the same age as ma granny,' says Andrew.

'Seventy somethin.' Naebody said onythin. I mean, whit's the difference?

'Bad enough kennin yer mither an faither dae it,' Duncan says. We aw made bokin noises. Howie stopped swallyin.

'Ae you fuckin nuts? Coorse they fuckin dinnae. Done their bit, in't they?' He wis ragin. 'I'm jist sayin it's the same fur awbody. Like awbody's the same whin they're deid. Haen money or brains makes nae difference there either.'

Ian scratched his backside an said nowt. I kent afore he done it, Fraser wis gaunae speak. He disnae say much bit whin he does it's usually worth hearin. Ma pal Cassie hinks he's cool. She disnae let oan though.

'Cept fur one hing,' he says. 'Deein is guaranteed.'

'Aye, weel, you speak fur yersell,' Howie says, an taen the last swig oot his bottle, 'I'll still be daen it whin I'm ninety.'

I went hame then. The boys wur aw gaun roon tae hing oot in Fraser's shed noo Howie hud feenished his Buckie so they walked doon as faur as ma road-end wi me. Me an Cassie wur gaunae go roon the shed. Her stepda said she better no. Like, better no or else. Andrew's faither hud telt him the boys wur up tae aw sorts in there. Naw, yer life's no yer ain in a wee place. Cause awbody pits their neb in, messin in yer business. An whit they dinnae ken they tell lies aboot.

Ma maw wis gettin ready tae gaun oot wi her pals. I could smell the iron soon as I opened the door tae go in. I ay liked that smell whin I wis wee, coming in fae school, cause it meant she wis hame. Disnae seem the same at night, somehoo.

'You done yer homework?' she said whin I went ben the kitchen. She wis aw dressed. Pittin her make-up oan at the kitchen mirror. She got hersell a new hairdo a month or twa back. Makes her look younger. Mair in fashion. She ay says she disnae ken whit me an Cassie fund tae talk aboot. Cassie's maw's awright. Disnae bug us. I opened the breid bin, taen oot a plain loaf an started butterin a couplae slices.

'Jist gaun tae,' I said. I'm no smert like Cassie. Cannae dae nothin, me. Yin day the twa ae us're gaun roon the world thegither. Get oot the Glen an dae hings wi oor lives. I telt ma da aboot it. He says we should git oot while we kin. Him an me get oan awright. Cept a couplae year ago whin he hud this funny turn. Bought hissell some hair gel, combat troosers an a leather jaiket. Startit gaun tae the clubs insteed ae the pubs. It wis embarrassin. Ma mither didnae like it either. Said he wis makin a fool ae hissell. Makin a fool ae her. Mutton dressed as lamb, she said. Oot oan the pull, she said, think I'm daft.

No deid yit, ma da said. Bit he stopped daen it efter a wee while. I wis gled. I wis thirteen then. Ye dinnae waant yer faither actin like yin ae yer pals. I taen ma pieces ben an sat doon oan the rug by the fire tae eat thum. Ma da wis sittin in his chair, kiddin oan he wis watchin the telly. He kept lookin tae the kitchen an shiftin aboot. Bit every time ma mither came ben fur somethin, he looked back at the telly. Ma mither done the same. Flicked her een ower in his direction whin she kent he wisnae lookin. Ken, sometimes ye could butter yer breid wi the atmosphere in here.

Thur wis a quiz oan the telly. Dinnae ken why I wis watchin it. I never ken the answer tae onythin. Twa faimlies in twa teams. Yin against the ither. A bit like steyin here. Folk divide theirsells in a wee place. If thur's ony arguin, then it's yin faimly against anither till it aw cools doon again. The rest ae the time, they stey in their ain wee groups. The auld folk jist watch telly an mind aboot the weather. Them wi grewn-up weans, or nane, they've got gairdens or caurs tae worry aboot. Folk wi weans come in twa kinds. Them wi wee weans 've got loadsae energy an it's usually thaim daen the arguin.

'Ma wean never done that,' or 'You better stop your wean daen that.' That kinna stuff. The ither lot ae parents 've got teenagers. They jist look worrit, an too tired tae argue. Then thur's the young team. Ma lot. Naebody waants tae ken us.

Folk wonder whit we're gettin up tae jist staunin, talkin. In the street. We git huntit. Telt tae 'Git awa hame'. Sometimes we dae. Depends wha's sayin it. Maistly, we jist say 'Whit's it tae you?' S'awright fur them, wi their hooses an the club, or gaun doon the toon tae the pubs tae hing oot. We hinnae got that. Nae money, either.

The skillweans ur jist a noise. Runnin aboot, playin, shoutin, fightin, sometimes pullin the bark aff the trees or wreckin the swingpark. I like the wee yins the best. The bairns in prams or pushchairs. Ma auntie Joyce's got yin. A wee lassie. She's fair braw. Teeny wee fingurs an taes. Great big een. She watches everythin whin she's no sleepin. Disnae hae a faither, but. Ma maw willnae talk aboot that. Says it's obvious wha's wean she is. She's aboot fifteen year aulder'n ma auntie Joyce. I hink she's a bit annoyed her wee sister didnae dae better fur hersell than git pregnant tae a man that widnae look efter her, or his ain wean.

Ken, sometimes I wish ma da wid just say whit's eatin him. He's fine whin ma maw's at her work. Blethers awa tae me nae bother. Sometimes I watch him shavin. Ye wunder hoo men kin dae that. Scrape their face every day. Wi somethin sherp enough tae cut their throat. Bit he haurly speaks noo whin ma maw's in. Startit daen that efter thon day he says tae her: 'Whit's wi the new hair-do?'

'Nothin,' ma maw says. 'Jist felt like a chainge.'

Whin ma maw wis nearly ready tae leave, ma da shiftit aboot in his chair, like he wisnae very comfortable. The man oan the telly hud jist asked a question an the faimly didnae ken the answer. I kent ma da wis gaunae say somethin. I thought it wid be cheerio. It'd be the furst time fur a long time. It mibbe wid've helped. I wis haudin ma braith cause I could feel it comin.

'Got yer new knickers oan?' he said. Well, no sae much

said it. Mair burst oot wi it. Like he'd been haudin it in fur weeks an couldnae haud it in ony mair. Kinda like vomit, if ye could haud that in. It jist spewed oot.

'Got yer new knickers oan?'

Ma maw wis oan her road oot the livinroom door. Ye could tell by her back that she wis awready awa, gled tae be, the tension drainin oot her, front door in sicht. She stopped stock-still the meenut he said it. I think he gied thum baith a fricht, speakin like. Tae her. Cause he went funny lookin aw've a sudden. White. Wee. Auld. She wis stiff as a stookie in the doorwey. So she turnt roon, shooders like the coat hanger wis still inside her coat.

'An whit's that supposed tae mean?'

'Nothin.'

'Nothin? Musta meant somethin. Ye said it.'

That's whin I startit daen it. Kiddin oan I wisnae there. Starin it the telly, no seein it. No hearin it. Jist no waantin tae be there.

'So ye've been rakin then?' She managed tae make it soond like ma da wis a big-league criminal an she wis a detective hud caught him in the act.

'Jist opened the drawer.' Kent by the wey he said it, he wis wishin he hudnae. Or wishin he hudnae mentioned it. Ma mither snortit.

'Jist opened the drawer? Rakin, ye mean.'

Ma faither chainged again then. Went fae white tae rid. Like somethin else wis burstin tae get oot. Snortit. Like he wis a horse awready at the gallop getherin its muscles tae lowp the highest fence it'd ever seen. Ye jist kent thur wis nae wey he wis gaunae make it.

'Mibbe I jist waantit tae see whit I huvnae seen fur a long while. No that I'd seen ony ae they yins afore. No in ma nelly puff, I hudnae.'

'Well,' ma mither blew oot enough braith tae blaw us aw

oot the windae. 'That's whit ye git fur rakin,' she said. Then she went oot. The door slammed.

Ahint me it wis like ma faither hud jist stopped. Thur wis nae braith. Nae words. Then he did the opposite fae usual whin she went oot. Insteed ae jumpin aboot, gaun fae yin hing tae anither like he couldnae settle, he shrank doon intae a wee hing. Like he wisnae real. Like he wisnae there. Like he usually did whin she came in.

So there's me an him baith sittin there kiddin oan nothin's wrang whin it's perfectly obvious somethin is. I wondert hoo long I'd need tae sit afore ma da came back fae whaur he'd went inside hissell. I sat there hinkin aboot wheels. Wee wheels gaun roon, aw separate fae yin anither even though they're in the same space. Like in the art class, oan the potter's wheel. I like that. The only bit ae school I dae like.

I've nae brains. Bit I like the wet squidgy cley. An chuckin it in the middle ae the wheel yince ye've got it gaun. Never make onythin worth keepin, mind. Bit I like daen it aw the same. Ma art teechurs keep sayin I'm awfy good. Bit they're supposed tae say that, in't they? Cassie says I should hink mair ae masell. That's aw right fur her. She's smert.

See if ye staun hauf roads up the hill oan the wey tae the Three Kings, an look back, ye kin see everythin. The hale Forth Valley spread oot. Wi the Ochil Hills ahint it. Stirlin oan yin side, Grangemooth oan the ither, spewin smoke an filth aw ower it. Its lichts ur braw at night. Aw silver an sparkin. Like a magic castle. The gas flare like a bricht yella flag. That bricht sometimes ye cannae look at it. Then thur's the toon, Falkirk, jist doon the brae.

The village wid be richt in front ae thum aw. Aw by itsell. Hallglen stuck oan the back ae it. New hooses. Peely-wally lookin. Bulgin. Like a plook. Hunners ae hooses, tons ae folk. Bit nothin tae dae wi us. Disnae even look like it hus. Different colour, different shape. Like somebody jist chucked it there.

A place fur folk tae sleep an eat, like a hotel, bit no a real place. No a place tae stey.

It's bonny, the village. Rid roofs. Loads ae trees. Near 'nuff a circle. Pensioners' hooses in the middle, in the Brookie. Built special. Braw colours. Orange, greens, rids, yellas, tan, grey an broon. Then ye mind aboot aw they wee wheels. Thur's yin wee boy cawed Jackson wha's got a dirty mooth. An he's ay pitchin stanes. Then thur's Andrew's da. He batters his wife. She kids oan she walked intae a door or fell doon the stair. Bit we aw ken she didnae. Thur's Tom fae the Terrace, him that's no right. His maw hus an awfy job wi him. Bit he disnae bother us. Thur's yin ae the wee tots up Parkheid Road's got cancer. That's a shame, that. Jist a wean. An thur's an auld geezer up the top ye huv tae keep awa fae or he'll touch ye up.

The boys urnae up tae much. Howie's aw mooth. Duncan gies ye funny looks an Ian McGuire's ay scratchin. Andrew an Fraser're no bad. Andrew sometimes pals aboot wi me an Cassie. She's ma best pal. I get fed up wi her moanin these days. Disnae like her new stepda. She should try haen a real yin. Ye mind aboot aw they wee wheels. An ye wunner whit it's aw aboot. Hauf a dozen streets, jist. I like Glen Bank the best. That's whaur I bide. Right oan the edge.

Ma da never came back tae hissell. Jist sat, shrunk in his chair, sayin nowt. So, efter a while, I did whit ma maw wid dae. I got up, said somethin too sherp tae be cheery an went up tae ma room. I sat an watched the traffic gaun by doon ablow oan the Falkirk road. The canal's jist the back ae that. Then the brae up tae Shieldhill or awa ower the hills. Sunsets ur guid. Long rid streaks aw ower the west. Smokey purple clouds. The moon comin hame fur the night ootae Edinburgh, hingin ower the trees. Wonder whey naebody's inventit a licht like the moon. Yin that wid chainge shape like that. A wee melon slice. Then gettin fatter every nicht till it's a big roon yella baw in yer room. Then shrinkin awa again. It wid be great. I'd waant yin. Go wi the glo-in-the-daurk staurs I stuck oan ma ceilin.

I sat there, in ma windae, lookin up at the hills. At the lichts fae the Three Kings. The wee string ae lichts alang Shieldhill. S'no like I'm bothered or anythin. Weel, no much. Thur wisnae ony moon.

4

Plank

___

A PURPLE candle. A smooth red stane. Cauld watter, fresh fae the well. The grey wing feather aff a pigeon. She wasnae shair aboot pigeon. Big saft bird. Noo the doubt hud entered her heid, she hud tae chainge it. White, mibbe. Seagull. Big. Strong. Raucous. Scavenger. Same as the black, near enough. Craw. Wouldnae dae. Broon. Thrush or mibbe a hen Blackie. Aye. Songbirds. It was song she waanted. Jack. A guid name. Clear soond. Jack was whit they cried the wee white baw roon at the bowlin club. The yin they rowed oot first. The yin they tried tae get aw the bools tae row up tae. No tae shift it. Just touchin. Kissin the jack.

Maureen set the things oan the altar. The spell was no tae influence him. He was weel affected awready. She wouldnae yaise magic tae manipulate folk. Go doon that road, ye micht no come back up it. Malevolence hud a wey ae growin. Yin step leadin tae anither. This was mair so she'd stey open tae him. No somethin that was easy fur her though she waanted him. No tae settle doon wi. Twa boys an divorced. They didnae need onythin else difficult in their lives. But pleisure. Thur was ay room fur that.

She was in her room. Whaur she usually saw her clients. Cool lemon an lavender colours. Nothin tae unsettle. But thur wur nae clients the nicht. The boys wur oot playin. Rare time fur hersell. In touch wi awthing. A world neither guid nor bad. Turnin deasil, she drew the circle roon aboot her wi the black haunled knife. Dividin the power even as she conjured it, she spoke the words that drew intae the circle aw that would help. Bid onything that micht herm bide ootside the ring. Doonstair, the phone rang.

She drove tae the polis station as fast as she daur. Fraser an Johnny baith? Ower in the west the sky was meltin gold ower purple clouds an the Ochil Hills wur lilac. Anither time she would've been loath tae rush doon the brae. Micht even huv parked tae sit an let the sunset feed her een. Ay hungry fur sky, colour an whit was perfect, natural an real. But no noo. Baith her sons? She'd haurly credit yin ae thum wi daen wrang enough tae get arrested. It must be Johnny. Fu ae mischief. Just didnae think aheid ae hissell. She could see him. But Fraser? Quate. Sensible. He'd never been a wean. No much chance wi the faither he'd hud.

It was her man pinted her towards the auld craft. Efter he'd lost the heid yin nicht. She couldnae mind whit fur. Just pairt ae her life then. Bein attacked. Yin bloody mess blurred intae anither. That nicht, wi his hauns roon her throat, him kneelin oan her chist, blood bubbled fae the back ae her nose oot her mooth. She passed oot no kennin whether she was suffocatin or droonin. Just the metallic taste. When she came roon, neck black an blue wi fingerprints, purple thumbprints oan her windpipe, he cawed her a witch.

It was a month afore her voice would work again. She went tae the library, read awthing they hud oan witches. Wicca made a hale lot mair sense than the kirk, wi her man singin aboot a male god's mercy an preyin tae 'Oor Faither' when the yin her weans hud didnae merit honourin. Things she'd learnt as a bairn, hud never thocht aboot, wur written doon. Awthing is yin thing. Take nae mair than ye need. Hurt ony pairt, onythin that lives an growes, an ye hurt the hale thing. Yersell as weel. As ye believe so will it be. Livin aff the land, ye ay kent hoo the earth worked. It was life. Makin. No keepin. Whit she would accept chainged. Love wasnae saft. It was a hard discipline. The yin rule.

Swingin roon intae West Bridge Street, she swithered aboot parkin at the station door. The double yella lines wurnae worth the risk. Opposite, the people's church notice board declaimed 'Violate the temple – he did.' She squeezed her battered wee motor intae the yin ticht space an ran across the road. Inside, thur was nae polis aboot. Only yin wummin sittin oan her ain. Smert claes. Make-up oan. The Boot's mither. Hud tae be somedy fae the village, noo her boys hud finally done somethin really wrang. She said hello an tried the door haunle.

'Ye huv tae ring the bell,' Boot's mither said.

Maureen rang.

'They've got thum aw in there,' the wummin went oan. 'Your two, ma Duncan, Iain McGuire an Andrew Donald. It'll be that laddie McGuire's faut.'

'Whit've they done?'

'Search me. I saw thum aw piled intae the van doon oor end. Folleyed thum here. Tell me nothin, they will. Jist said tae wait.'

'They phoned me.' Maureen rang the bell again.

'Aye, weel. Your youngest's under age. Cannae question him athoot you bein there.'

When the door opened she gied her name. The polisman stood back tae let her in. Boot's mither was aff her sate, in his face.

'So what've ye lifted thum fur? Kickin a baw, wis it? Gien up cheek? If it's anythin serious, that laddie McGuire'll be at the back ae it. Aywis in bother, that yin.'

The same woulda been said aboot Maureen's twa hud she no been there. Single mithers got short shrift in the village. Guaranteed if her boys went oot in the road wi a baw, somebody'd phone the polis. Phoned thum if they played in their ain gairden. Or if they wur passin her hoose an heard the piana playin. She didnae belong. It was the place she'd arrived. Hud left her man in a hurry, no kennin whaur she'd end up.

The polisman telt Boot's mither they'd no keep her longer than was necessary. If she'd like tae huv a sate. He shut the door, shuttin Maureen an him in the corridor. Alane. He was short. Stocky. A year or twa aulder'n her.

'I wouldn't worry too much,' he said. Aw right fur him. She'd done a lot ae talkin tae the polis in the last fower year. But she'd never been the wrang side ae a polis station afore. 'We just want Johnny tae tell us whit happened.' Further doon the corridor was the soond ae a rammy. Bangin. Shoutin.

'But whit've they done?'

'How about we let him tell it?' He opened a door aff the corridor. Inside, Johnny was sittin lookin wee an scared, his blonde hair toosied an his face scartit wi muck. Somethin in his een chainged when he saw her.

'Mum!' Like it would be aw right noo she was here.

'It's awright, pal,' she said, wishin she believed it. A vice moaned an shoutit fae somewhaur in the buildin. Courage was demanded. Pittin a face oan fur the wean's sake. Somethin she could dae. Years ae practice. Dinnae let ony feelins show. They'd likely be the wrang yins. Laugh an ye got it. Greet an ye got it. Look like ye didnae believe the story ye wur gettin telt an . . . Aye, weel. She sat doon aside Johnny. Pit an airm roon him. Drew him intae the safest circle thur was. A man in a suit sat ahint the table. Detective, like enough.

'He's fine,' the man said. 'Got a ragin thirst fur juice though. Rate he gets through cans the'll be nane left in the drink machine fur us. That right, Johnny?'

Johnny grinned. Maureen didnae. The polisman steyed staunin, leanin against the waw. Twa angles oan thum. She'd seen aw the TV programmes.

'Should we no huv a lawyer?'

The detective laughed.

'Nae need fur that,' he said. 'No yit.'

The rammy was disturbin. Scufflin. The soft soond ae flesh an claes in a struggle. Hard vices. Shouts. Fraser's vice, feart but loud.

'Leave him alane!'

Maureen got up.

'Excuse me a meenut,' she said. The twa polis just looked. Oot in the corridor she folleyed the soond, turnt the corner. Anither twa polis hud a haud ae Scratchy. Rough. Vicious. Faces twistit. The laddie's airms bent the wrang wey. Him roarin.

'Ya bastards. I'm no gaun in there!' Hysterical. Feart. Greetin tae.

Fae a cell ahint thum, Fraser shoutit.

'Leave him alane. He's done nothin.'

Ahint anither door, the thump thump ae Boot kickin it in.

'Stop hittin him!'

Scratchy's body was bent ower. He struggled like a wild thing, makin nae difference tae the twa men wha hud him fast. His words wur moans, rippin oot.

'Will ye let him go,' Maureen said. Nae chainge. 'Fraser! Boot! Will yeese stop.' She bent ower, pit her hauns eethur side ae Scratchy's face. Held it. Brocht his heid up so his een could see intae hers. The protests fae the twa cells silenced.

'It's aw right,' she said. 'I'm here. We'll sort it.'

The boy's een wur wild. He stopped thrashin.

'Maureen. Dinna let thum . . .' He broke aff an his heid shook again. She kept her hauns haudin his face, his een tae hers. Aside her, yin ae the polis sighed. Waantin her tae go. He'd his ain wey ae dealin wi boys.

'Scratchy. It's awright. Just keep still. Come oan. Be still noo. We'll sort it. Look at me. Ye'll be fine.'

The thrashin settled tae tremblin. The twa polis relaxed their haud ae him a bit. Scratchy stopped the racket, straightened up but his een flicked fae yin polis tae the ither. The wildness still in thum.

'Will ye let him go,' Maureen said. 'He's claustrophobic, that's aw.'

The taller ae the twa polis let go. Sheepish. Justifyin.

'You dinnae unnerstand, missus. They're the boys that attack us.'

'I'm no surprised,' Maureen said. 'That's nae wey tae treat folk. Try talkin tae thum.' Scratchy was blawin oot deep braiths. Gulpin fur air. Still no quite settled but gettin there. 'At least keep his door open,' she said. 'He's only fifteen. An he's no gaun onywhaur.' Scratchy was ushered back intae the cell he'd been dragged ootae, the boy turnin his heid tae watch her.

'It's awright,' she said. 'I'm just next door. Wi Johnny.' She gied it till he sat doon, heid in his hauns, shooders shakin, the door left open.

'Thanks fur yer help, missus,' the tall polisman said. The weeir yin's een wur unreadable.

Back in the interview room, she apologised, sat doon. Her hauns wur shakin.

'I'm DI Lamond,' the man wi the suit said. He nodded tae the polisman. 'PC Walters. He'll take some notes. Just to bring you up to date, your two sons, ah, Fergus . . .'

'Fraser.'

'An Johnny here, along wi some ither lads, wur arrested sailin a barge doon the canal.'

'A barge?' Shairly barges wur history.

'It belongs tae a charity. *Wild Heron*. They run trips oan it. Noo, the organisation's no too worried. So long as the barge isnae damaged. Efter aw, it wasnae gaun anywhere. No as if the lads could take it aff the canal.'

'You mean they stole it?' The hale idea ae joyriding in a canal barge hud an absurdness aboot it that made the hale situation dangerously ludicrous.

'Well,' the DI sat back in his chair. 'Let's hear Johnny's story, will we?'

'We didnae steal it, Mum,' Johnny said. 'It wis in the Darkie.'

Maureen frowned.

'The canal tunnel,' the DI explained. 'That's whit the Glen bairns caw it.' He turnt tae Johnny. 'Okay, so it wasnae moored. Whit happened then?'

'We thought naebody waanted it. Andrew wis gaunae sink it. N'en Fraser said that wis daft cause it'd make a great gangie. So we sailed it along tae oor end.'

The DI leaned furrit. So did PC Walters.

'And whit aboot the plank, Johnny?'

'We seen it in the watter. Scratchy held me ower the side an I lufted it in.'

'Scratchy?' PC Walters looked at Maureen, pen poised.

'Iain McGuire,' Maureen said then she turnt oan the wean. 'You let thum haud ye ower the watter? Whit if ye fell in?'

'We wur gaunae yaise the wid tae fix the boat,' Johnny said.

'An whit did yeese dae that needed fixin?' Maureen asked.

'Nothin. It wis fur makin it intae a gangie.'

'The barge seems tae be fine,' the DI said. His face chainged tae stern an he leaned even further furrit.

'Noo, look, Johnny. It's important we get this right. You're no in ony trouble whitever happens. So tell me the truth. Whaur did the plank come fae?'

'Oot the watter,' Johnny says. 'It wis floatin. In the canal.'

The DI sat back in his chair.

'Well, that's that,' he said.

'That's what?' Maureen asked.

'That's whit the rest ae them said. So they're in the clear. We just wanted to see if Johnny would confirm the story they were tellin us.'

Maureen struggled wi the mental leap fae stealin a barge, somedy's property, tae the apparently mair serious maitter ae an auld bit ae wood. They'd five laddies in here. Yin ae thum bruised, hysterical. The rest, fur aw their bravado, scared witless.

'I don't get it,' she said.

'The workmen oan the bridge saw the barge come oot fae under it wi the plank oan board,' the DI said. 'They reckoned it was taen aff the scaffolding and phoned us. Serious matter, vandalism. They're a bit touchy because ae the break-ins doon at the canal yards recently. Lot ae damage done. Equipment stolen. Expensive stuff.'

PC Walters thrust his book furrit.

'If you'd just read this through and sign it, please.'

'Then ye kin go.' The DI grinned at Johnny. 'Thanks fur yer help, son.'

Ootside Maureen swopped places wi Boot's mither an waitit. The polisman said they'd let thum oot in turn. Efter they'd gien thum a talkin-tae aboot bein oan the barge. Fraser was the auldest. He'd be last.

'Whit was he thinkin aboot, movin that barge?'

'He hud tae dae somethin, Mum,' Johnny said. 'Andrew wis gaunae sink it.'

Feet oan the stane steps drew Maureen's attention. Andrew's faither. She bit back the instinct tae say 'wheesht'. It was too late. If he'd heard, he'd heard. She didnae like the man onyroad. Battered his wife. The feelin was mutual. He was ay at her door complainin. Ay the furst tae phone the polis fur nowt. A couplae years back, Fraser hud come hame fae school in tears. He'd hud a fight wi Andrew.

'He said his da says you're a slapper,' Fraser explained. Maureen haurly kent wha the Donalds wur. Hudnae been in the village that long. Trouble was naebody kent whit she did an she'd nae time tae enlighten thum. They'd see men comin an gaun, different yins maistly, an jaloose their ain reasons. Likely didnae notice the women that sometimes came. But it suited her fine, Drew Donald no likin her. Some folk's approval she wouldnae waant.

The man gied her a cursory nod. He seemed tae ken the drill. Didnae ring the bell, just waited, jigglin his caur keys. Nervous. It wasnae right tae leave him worry.

'They're no in ony bother,' she said. 'Johnny telt thum whit happened an they're lettin thum go.'

'If you looked efter yer weans in the first place this wid never've happened,' the man said.

Maureen bit her lip. So much fur pittin his mind at rest. The night door opened an Boot an his mither came oot.

'Drew,' the wummin nodded hello tae Andrew's faither.

'No the best place tae meet, Jenny,' Drew said. 'If ye waant a bit ae advice, ye'll keep him awa fae that shed in future.'

Boot's mither assured him her son was blameless an would be keepin better company fae noo oan. Then she was gone, awa hame, an he was gone, inside the station, leavin Maureen an Johnny oan their ain again. The shed they wur oan aboot was hers. Fraser'd waanted it fur a gangie an she'd said aye, thinkin it better fur teenagers tae huv their ain place raither than hing aboot the streets. The boys hud aw done it up, pented it, pit in a windae, carpet an furniture they begged aff folk chuckin things oot. They'd even pit in electricity so they'd huv light, heat, an music. Maureen gied thum three rules. Nae drink. Nae smokin. An awbody oot fur ten o'clock.

The stories startit soon as it was in yuise. Drink, drugs, under-age sex. The boys telt her theirsells whit folk wur sayin. Drew Donald came tae her door an ranted aboot her lowerin the place an whit the fuck she waanted aw the young lads hingin aboot fur. Never occurred that she was in an oot the hut aw the time. Or mibbe that made things worse.

The night door opened again an Andrew emerged wi his faither. The caur keys wur still jigglin. The man looked at Maureen, then awa. But no afore she'd read the expression in his een. Smug. That wee luft ae the eebroo that said got ye noo. Andrew didnae look at either ae thum. Didnae answer Johnny when the wean spoke tae him. Faither an son vanished intae the daurk as the polisman came ower.

'You could take Johnny up the road,' he said. 'We'll be a wee while yet.'

'But thur's only Scratchy, I mean, Iain an Fraser. An I'll take thum baith up the road.' Scratchy's mither wasnae gaunae come doon. Likely didnae even ken he was in the station. The polisman was inscrutable but shair. Yince, she'd laid oot a spell fur an auld freend that was no weel. That same nicht she'd waukened, went ben tae the room. The stanes wur sweatin. Bad magic fae somewhaur was stronger than hers. She'd left the spell oot a while just the same.

'We'll see they get hame,' the polisman said. 'Somethin else has come up regardin the break-ins doon the canal yard. Best you get that lad up tae his bed.' He seemed awfy concerned that Johnny should get taen awa hame. Somethin else? But they wur lettin thum oot. Until Drew Donald went in.

'Come oan.' She grabbed Johnny's haun an hurried oot ower the road tae the motor. It was only when she was gettin in, she saw the church notice actually hud 'come in' printed in red just above 'vandalise the temple'. She swung the caur oot an ran the amber light, throwin the motor roon the corner.

'Whit is it, Mum?' Johnny asked, haudin oantae his sate. 'Ae ye angry?'

'No, son,' she said, though she was shakin. 'We huv tae get hame quick.' The Donalds hud said somethin. Somethin that made the polis think Scratchy an Fraser hud broken intae the canal yaird. At hame, oan the altar, thur was a protective ring roon her an her twa sons, the three ae thum represented by stanes they'd fund oan the beach in yin ae the places they'd steyed a wee while efter they'd run awa. Johnny hud startit it.

'I've fund masell,' he said, showin her the stane. Wi a streetch ae the imagination, it just aboot hud a heid, twa airms an legs. Fraser got in oan the act, wi yin a wee bit bigger. Nae limbs but an impression ae a face. That left her. She picked a rosy coloured stane. Smooth, like a wee hill or a nipple.

'Rock-solid, that's us,' Fraser said.

She'd been pleased an he went aw shy an funny so they'd walked back tae the motor, the three ae thum, haudin hauns. Words wur important. They chainged things. Said oot, they wur real, solid. Couldnae be taen back.

'We'll be awright,' she promised thum. Noo, somebody else's words hud chainged that. Watter would be oozin fae they three stanes.

She parked up ootside the hoose, hurried the wean in, got the hut key, turnt its electricity oan an went oot the back, Johnny in tow.

'Is thur onythin, onythin at aw, that disnae belong in here?' she asked him.

Johnny shrugged.

Just inside the door, leanin against the waw, was a long black metal tube wi some kinna plunger inside it. No somethin Maureen hud ever seen afore.

'Whit's that?'

'Dinnae ken,' Johnny said. 'Andrew brought it ower yisterday.'

Maureen lufted it. It was heavy. But no too heavy.

'Go fling it doon the park,' she said. 'Awa fae oor bit. An hurry back.' While he was awa, she searched the rest ae the place, hert poundin, heid burlin. A hammer. No hers. Anither metal plate wi black springs. Nothin else she could see.

'Andrew's,' Johnny confirmed again when he came back.

'Onythin else?'

The wean could see nothin. Neither could she. Just stuff she recognised.

'Thur's mibbe somethin in the safe,' the wean said. The safe was a square hole they'd cut in the flair. 'Scratchy planks his dirty books in there,' Johnny telt her. Thur wasnae time fur moral lessons. Cept fur the yins she was learnin. Fast. Ony meenut the polis micht come an catch her shiftin stolen stuff.

Johnny vanished wi the hammer an plate. Maureen peened back the corner ae carpet. Her hert boomed like the bass line oan that rave music the boys listened tae. Her hauns shook wi the force ae it coorsin through her. The safe was a neat hidey-hole. They'd even fitted a widden lip so the cut boards would sit back doon smooth as ye like. Yin top-shelf magazine was aw it yielded. She peered intae the hole, just tae be shair. The licht was in the wrang place. But it glinted aff somethin. A sherp edge. A wee box tucked faur under the flair. She hauled it oot, pulled the lid aff. Inside thur was a pair ae padded streetchy bands, like that packin that kept things dry. Weird. Mibbe somethin fae they machines. Johnny, back again, didnae ken whit they wur, or wha's. She put the magazine back, locked the shed an heaved the box awa ower the field.

In the hoose, she sent Johnny tae his bed an put the

kettle oan. When the knock came she jumped. Of coorse. Her thinkin they'd made a mistake, sendin her up the road. Her thinkin it was the milk ae human kindness, no waantin tae keep the wean oot his bed. She hud tae be hame afore they could search the place. It was the twa polis fae the cells. There tae search, right enough. Even hud a warrant. Reason tae believe . . .

She thought they'd search the hoose an aw. The weeir yin waanted tae. But they didnae. Didnae ken if Fraser an Scratchy would be comin hame either.

'Guid idea, that shed,' the taller yin said. 'Keep thum aff the street.'

'Some ae the neeburs dinnae like it,' she said.

They wur gettin back intae their caur.

'Ye'll ken wha yer freends are then,' he said. 'Sorry tae bother ye.'

She'd nae freends. No here. Her ain faut though no hoo she waanted it. She kent hoo wee places worked. Ye needit freends tae get your story oot intae the gossip or folk would be suspicious ae ye. Maureen hudnae time fur bletherin. Thur was nae money fae thur faither tae keep the boys. She hud tae work every chance she got. Readin tarot was tirin an the women preferred her tae visit thaim, unless they'd somethin tae keep fae thur faimlies. The men would raither come here. If she read fur hersell, she'd mibbe huv seen this comin. But the present was whaur she liked tae live, no the future. Yin meenut at a time. It was aw she could ever hope tae huv. Her man micht still catch up wi thum.

No kennin if her auldest son was safe yit, she went up tae her altar. Cleaned awthing aff it. Put the purple candle awa. Lit joss sticks. Picked oot three stanes. The African snakestane, protection fae pisen. Pink quartz fur healin. A black beach stane wi a white ring runnin roon it. Three feathers. Craw. Seagull. Magpie. Thur'd be nae mair shit dumped oan thaim. She set up three white candles. At the heid, she sat her grandmither's crystal ball. Aw the world in a grain ae sand. Aw she hud.

Ootside a caur pulled up an she went doon. The DI waved fae the motor. Like they wur auld pals. Scratchy got oot alang wi Fraser. Didnae waant the polis caur stoppin at his door. Maureen watched the motor burl roon an drive awa oot the village. Scratchy walked back up the road. His hunched shooders gied awa the sair life he hud. His stepfaither wore yin ae they nice-guy smiles that ay hid a richt bastard.

Fraser was shattered at the grillin they'd hud but gled tae be oot. When Maureen telt him the polis hud come up an searched the shed his face drapped.

'We got rid ae the stuff,' she said. 'Now you tell me whit it was daen in ma shed.'

'Andrew waantit me tae make a bazooka oot it. Tae fire missiles. I didnae ken whit it wis. No till the polis started askin aboot the canal works. Asked aboot the shed an aw.'

'Ye didnae tell thum whit was in it?'

'I'm no daft, Mum,' the boy said. 'Ye dinnae shop yer pals. Never thought they'd search it.' He wouldnae believe Andrew hud set him up. 'It wid be his da. Saw his chance tae cause bother. Andrew widnae argue wi him. His da's just like ma faither, ye know.'

'But Andrew must've done that break-in.'

'Aye, I know. Andrew an the Boot. His da kens that tae. Kept aw the tools they nicked. He just disnae like us, Mum. He kens you left.'

Kent she'd left a man that battered her an their weans. A man like hissell. Didnae waant his wife thinkin a wummin could get oan awright by hersell, or gettin ideas aboot folleyin suit. That's whey he was ay stirrin it. Makin her look bad. Makin life harder. But this time he'd tried gettin at her weans. Tried tae get her auldest son taen awa, banged up. Fur somethin he kent his ain laddie hud done. She sent the boy tae his bed.

'Aw, an Fraser,' she said as he went oot the door. 'I think you kent that pipe was stolen. The'll be nae mair shed.' She saw him hesitate then go oan up the stairs. Sixteen. Aw the man she could help him be. Fae noo oan, life'd teach him the lessons he needit tae learn. But he didnae need Drew Donald writin the script.

Black would be easy. A wee doll. A needle. She could blund him. End his conjugal richts. Stop his hert. But that wasnae richt. Didnae match the herm he'd done thaim. Besides whitever she thocht, she'd never be shair whit herm he'd meant. An she wouldnae turn the circle widdershins. Aw she could dae was look efter her ain. In the scullery, she taen a wee mirror oot her make-up bag. Ye hud tae be careful whit ye conjured up. It would come. She'd ootguessed Drew Donald the nicht. Next time he'd be mair sleekit. Mirrors sent back. Guid or ill, whit he wished fur thaim would go back tae him. His fate in his ain hauns. She ran the cauld watter, drew aff a glessfy. Then she went up tae her room.

5

Tom, the Script

SCENE 1

IT'S NICHT. Ahint a lit kitchen windae, a middle-aged wummin stauns waashin dishes at the sink. The licht fae it spreads oot in a wedge that fades awa tae nothin ower the back gairden. Twa or three steps back fae the side ae the windae, whaur the edge ae the licht cuts aff intae black, Tom stauns. He's watchin the wummin. He kens she cannae see him. His body trembles ever such a wee bit, like a dug that's hauf expectin its owner tae come in the door. He likes watchin. An mibbe he likes bein seen daen it fur he shifts furrit. No much. Just like braith in the daurk. Like the nicht hud a daurker shadda shiftin in it.

Inside the kitchen, the wummin at the sink stops slooshin the soapy watter. Her heid comes up. She stares oot, richt at him. Tom kens she cannae see him. Yit he also kens she mibbe kin noo. A wee ripple runs through his hale body makin the hairs oan his skin rise unner his claes. The wummin's eebroos come doon intae a straucht line across her nerra een. Her mooth draws thegither like the neck ae a drawstring bag. She shakes the bubbles aff her hauns, burls roon an mairches awa ben oot her kitchen.

Tom's hert goes wallop in his chist an he turns an belts doon the gairden, feet batterin across the gress, through the shrubs, awa fae the hoose. He's aboot forty year auld an runs jerkily wi nae co-ordination. In his lugs he kin hear his ain braith pechin in an oot. At the fence, he hauchles hissell ower the wire, no carin hoo he faws oantae the rough gress ahint. Keepin his heid doon, he turns oan his belly an peers back at the hoose.

The back door flings open. Licht chops a bricht triangle ootae the daurk gairden, makin the gress look sherp as wee knife blades. A man comes oot alang wi the licht an looks roon aboot. He is ragin. His body tense. Fists clenched. The wummin is ahint him, her mooth still drewn ticht wi the invisible string. Tom slithers back the wey ower the gress till he funds whit he's heidin fur. The thick, rough trunk ae a tree.

The man scours the gairden as he walks doon tae the fence an leans ower it, peerin through the daurk tae see if onythin's movin in the rough grund ahint it. He scans the daurk shaddas ae ither folks' fences, ither back gairdens. Nothin moves. No even a cat shifts. He bangs the fence wi his haun an turns awa back tae his hoose.

The tree is breathin roon aboot Tom but it's his ain braith he hears. He peers through the leaves at the wummin gaun back intae her hoose, the man folleyin her. The back door shuts, cuttin aff the wedge ae licht. The leaves rustle roon aboot as Tom shifts in the branches. At the lit kitchen windae, the wummin is back waashin the dishes. Een shinin among the daurk leaves, Tom peers ootae the tree, still watchin her.

SCENE 2

Day. The street is a raw ae roughcast cooncil hooses wi rid roofs. Across the road fae thum is a long layby wi a grass verge an trees ahint it. A removal van pulls up at yin hoose. A wee battered Renault 5 pulls up. A young wummin is drivin. Fae the caur's back sate, a boy aboot ten an his wee sister look oot at the empty hoose they've pulled up alongside. Een watch thum. Fae the kitchen windae at the back ae the hoose, across the empty kitchen, through the empty livinroom, they een watch every move the new folk make.

The wummin walks up the path, key in her haun. She's bonny, wi a bricht cheery face an fair hair in a ponytail that swings as she walks. Ahint her, twa removal men open the van doors. Fae the caur, the twa weans peer oot, lookin aw roon aboot. The wummin unlocks the door an pushes it open. Daylicht spreads oan the flairboards ae the empty hall. She swithers aboot gaun in, shair she saw somethin through the windaes as she walked up the path. Somethin like a heid at the back yin. Steppin sideyweys tae the livinroom windae, she pits her face near tae the gless an looks through it. A face looks back at her fae across the empty rooms. A man's face.

Hairs crawl oan the back ae the wummin's neck as the man stares at her. He's aboot forty, daurk-heidit an he just stares. Her hert thuds in her chist. She waants tae shift ootae sicht but she cannae. She waants tae cry oan the man fae the van. But she disnae. Somethin aboot the man starin at her through the empty hoose is tellin her somethin. He looks nae different fae ony ither man but it's like he's frozen. His een huv a kinna look in thum as if he disnae quite ken whit he's lookin at. As if he's waitin fur somethin tae happen. His mooth hings open a wee bitty. Wet an waitin. Like a wean that disnae ken whit's gaun oan.

Fae awa doon the street, an auld wummin's voice shouts.

NANCY: Tom!

Tom hears his mither shout. If she catches him, she'll scud his lug. But the starin wummin has him dumfounert. Whit she's daen is no richt. His een growe a bitty wider. His jaw draps mair, makin his mooth hing wider. Then the wummin starin at him through the empty hoose grins. Tom's een fling wide like twa windaes. His mooth draps near tae his knees. He burls awa fae the kitchen windae an slams hissell flat against the back ae the hoose. Aw the hairs oan his body tickle unner his claes. Inside his belly a big fist squeezes roon his guts an his hert batters awa.

Doon the street, but nearer-haun, his seventy-year-auld mither shouts again.

NANCY: Tom!

The twa men cairry a wardrobe doon the path tae the hoose. Nancy, hurryin, tries tae dodge unner, then roon it. The young wummin walks back doon the path. In the caur, the twa weans watch, waantin oot.

NANCY: Kent whenever I saw the van. An his soup. Jist sittin.

Tom, kiddin oan the sky is awfy interestin, comes roon the side ae the buildin. Baith the wummin see him richt aff. He kens fine weel they've noticed him but he disnae let oan. Just stares up at the blue, heid peerin roon tae study the clouds.

NANCY: Come ere, you!

Like a pup that's chewed a guid shoe or piddled the flair, Tom sidles up tae her. He could be a wean that kens it's in bother, disnae ken whey, an is hopin naebody'll mention it. So he disnae hae tae look at his mither or the young wummin, he keeps oan examinin the sky. A removal man goes by wi a huge box. The young wummin taps it.

JULIE: Garage.

| NANCY: | He disnae mean onythin by it. |
| JULIE: | It's aw right. |

She smiles again. Oot the corner ae his een Tom sees her dae it. His hert wallops in his chist just like he was bein chased. His stomach turns ower. His mooth gapes an he squints awa doon the street as if the answer tae this peculiar behaviour micht be doon there somewhaur. The second removal man goes by wi twa huge bins. The young wummin pints tae the garage.

| JULIE: | And them. |

Tom's mither shoves him in the direction ae their ain hoose.

| NANCY: | I'm warnin you! Hoo mony times've I said? |

Tom stumbles aff doon the road, his mither shovin an pokin him. Tryin tae dodge the sherp jabs, he keeps keekin back at the new wummin movin in.

At the next hoose, the man wha's windae Tom hud been lookin in the nicht afore leans oan the gate watchin Nancy an Tom come towards him.

| RAYMOND: | Ye waant tae keep him locked up, Nancy. |

Tom dodges roon his mither, keepin her atween him an Raymond, an keeks back the wey again.

NANCY:	I dae ma best.
RAYMOND:	Christ, Nancy, he's near as auld as me. Is he never gaunae growe up?
NANCY:	Naw, he's no. An fine ye ken it.

She shoves Tom oan doon the road an across the street.

SCENE 3

It's evenin. Under an electric licht, a haun haudin a thick crayon draws a rough circle oan a piece ae paper, adds twa wee circles fur een, twa dots fur nostrils an stops. It's Tom that hauds the wax crayon. Tongue oot the corner ae his mooth, concentratin awfy hard, he leans ower the drawin an adds a wiggly curvin smiley mooth. When it's done, he lets his braith oot an sits back tae study it, tippin his heid first oan yin side then oan the ither tae see hoo it looks that wey.

Pleased that it looks richt baith weys, he gets up an pits his jaiket oan. Then he looks in the mirror oan the waw, pats his hair an tries oot a grin. He's no a bad-lookin man but the grin is no right so he tries anither yin. Better pleased, he goes tae the wee table an lufts the smiley picture. Fauldin it awfy carefully, he puts it in his breist pocket an pats it. Noo he's aw ready tae slip awa oot the hoose intae the daurk. Somethin is awready steerin in him fur a wee ripple shudders doon his body as he creeps awkwardly ower tae his door.

SCENE 4

The licht fae a kitchen windae shines oot oan a coal bunker. Tom crosses the gairden heidin fur the lit windae. He's nearly there when the back door swings open. Tom jooks ahint a bush next tae the coal bunker an coories doon ootae sicht.

Padraig comes oot his door. He has his jaiket oan an yin airm is crossed ower his chist cradlin a swollen lump that bulges ablow the cloth. He goes ower tae the coal bunker, lufts the lid wi his free haun an rests it against the widden fence ahint. He has a quick squint ower his shooder at the lit windae ahint him then he reaches intae his jaiket an pulls oot a bottle ae wine. Haudin it so it catches a bit ae licht, he turns the ruby gless ower in his haun an strokes the label as if he's caressin a lover.

Fae the back ae the bush next to the bunker, Tom rears up. A great beamin grin splits his face. Padraig lowps wi fricht. The bottle flees up ootae his hauns intae the air. He juggles crazily, tryin tae catch it but it slips by his nervous, desperate fingurs an crashes oan the slabs. Wine an broken gless flee everywhaur.

Tom stares at the mess, mooth hingin doon. Padraig stares at the rich red wine runnin awa intae the grund. At the self-same meenut, they baith look up fae the smashed bottle an stare at each ither. Somethin hasnae quite worked hoo Tom expected an he jalooses it's the smile wasnae guid enough. He gies the grief-stricken man anither great beamin grin, this time showin aw his teeth. Padraig grabs fur the shovel in the bunker. Tom burls roon an legs it, fast as his awkward gait will cairry him, awa doon the gairden.

Insteed ae chasin efter him, Padraig rattles the shovel noisily in the coal, lookin feart, an aw the while starin ower his shooder at his ain hoose.

SCENE 5

Comfortably settled in his airmchair in the livinroom ae his ain hoose, Sandra's man sits hidden ahint the newspaper. Sandra's sittin oan the sofa, watchin the telly. Although she disnae take her een aff the screen, it comes intae her heid that it's high time she drew the curtains. Keepin her een oan the box, she stauns up, pints the remote at the telly an chainges the channel as she goes ower tae the windae. Yince there, she turns roon tae draw the curtains shut.

Tom's face rears up ootside, nose pressed flat like a white

smudge against the gless, grinnin like a maddie. Sandra clutches the remote tae her breist.

SANDRA: Fuckin hell!

Tom shifts his flat face against the gless, grinnin wider an wider. Ahint Sandra, her man's newspaper rustles.

HUSBAND: Whit's up?

Sandra bangs oan the windae wi the heel ae her fist an yells.

SANDRA: Fuckin stupit bastard! I'll fuckin kill ye!

Tom's face vanishes oota sicht. Ragin an sweerin, Sandra switches the curtains shut. Her man flicks the newspaper tae anither page.

HUSBAND: Waant me tae go efter him?

Sandra turns roon fae the windae an draws him a look that would rot fruit.

SCENE 6

Ootside Sandra's hoose, Tom backs awa fae the curtained windae. The hairs unner his claes urnae ticklin. His hert is drappin no lowpin. He slouches ower tae the street licht an pulls the smiley picture oot his tap pocket. Unfauldit in his hauns, it grins up at him wi its wide wiggly mooth. The new wummin smiles an he feels guid. He smiles at folk an they still hunt him. He cannae figure it oot.

Thinkin he cannae be daen it right, he tries tae make his dour face grin again. His mooth is stiff an sticks, his lips aw twisted like an auld horse snickerin. He shoves the picture back in his pocket, hauds his hauns oot in front ae him an faulds his thumb ower the three weeist fingurs oan each haun. Then he pits his forefingurs tae the corners ae his mooth and shoves thum up the wey till his mooth is grinnin evenly again. Noo he's got it workin better, he hurries aff awa doon the street.

SCENE 7

Raymond an his wife sit in their livinroom, watchin TV an drinkin tea. Oot the back ae their hoose, Tom is at the unlit kitchen windae. He's been there a while an leans oan the sill wi his face up close tae the gless an his forefingurs haudin the tired corners ae his mooth up intae a grin.

In the livinroom, Raymond gets up wi his empty cup.
RAYMOND: Waant a refill?
WIFE: Naw, ye're awright.
Raymond goes awa ben the kitchen.

Ootside, Tom hauds his grin in place an stares in the windae. His een are startin tae shut wi sleep. The licht comes oan in the windae. Tom's een flick open. He grins fae ear tae ear. Inside, he sees Raymond come ben fae the livinroom, walk tae the cooker, pick up the teapot, poor mair tea, put the teapot doon an walk back tae the livinroom. The kitchen licht switches aff. Tom slumps an shifts awa fae the windae, alane an miserable in the daurk.

In the livinroom, Raymond, comin ben fae the kitchen, stops deid.
RAYMOND: Wait a meenut.

Ootside, ahint Tom, the kitchen licht comes oan again. His black mood lichts up alang wi the gairden. He burls roon an breenges back tae the windae. Raymond, haudin his teacup, stauns in the kitchen doorway lookin, puzzled, at the empty windae. Then Tom's face thrusts up against it, the biggest cheesiest grin splittin his face fae side tae side, his nose like a slug's underbelly oan the gless. Raymond's teacup draps fae his haun, crashin tae smithereens oan the flair.

RAYMOND: Name a'God!

Tom backs awa fae the windae. The back-door haunle turns. Tom legs it doon the gairden. The back door opens. Raymond breenges oot an chairges doon the gairden efter him. Tom lowps the fence. Raymond, just ahint him, smacks intae the wire, grabs, misses an bends ower, scrabblin oan the grund fur stanes. Yin efter anither, he pitches the stanes ower the fence efter Tom.

RAYMOND: You're deid, boy. Deid!

The stanes clatter awa like hail intae the daurk.

6

Hang Glidin

RIGHT WAG, that yin. Takes ower the post office. Cannae work fur bletherin. I dinnae ken whaur else tae be. It's whit I ay dae. Waste ae time talkin tae him. Heid full ae wee wheels. Never kens owt that's gaun oan. Ay got a wee joke though.

'Noo, dinnae spend aw that in the yin shop,' as he gies me the pension ower. 'Less it's this yin.' Goes oan aboot ma colour. 'Ye're lookin gey flushed, Isa. Must be love. Either that or ye'll needae gie up the joggin.' Joggin! Me that kin haurly walk. Asks efter Jock. Ay does. I tell him he never gets oot that chair. Cannae say much else then. 'Een glued tae the telly,' says he. 'Ye waant tae gie him a fricht. Get him oot hang glidin wi ye. A new lease ae life. That'd pit some wind in his sails.'

Seen a programme aboot hang glidin yince. Looked an awfy palaver tae me. Hingin oan fur dear life. An a mountain tae sclumb afore ye strap oan the kite. I bought Jock a pie fur his tea. Stupit, that. But it's his pension tae, efter aw. Ma heid's wastit. I shouldnae've lufted the pension. Jist makin things worse. That boy comes roon no long efter I get hame. Lowps the fence. Disnae ken whit a path's fur.

'Ye aw richt, Mrs Jamieson?' he says. 'Yon wis an awfy pile ae dishes ye wur daen the ither nicht.' Tell him I wis steepin ma hauns an ma gairden's no his playgrund. Husnae even the grace tae look ashamed. 'Polis wur waantin some exercise,' he says. 'Cross country. S'guid fur thum. I brought ye some jam.

Ma mither says ye'll no be makin yer ain noo. How's the plant daen?' I hunt him. The plant's fine, an tae thank his mither fur the jam but Jock'd no be waantin visiturs. 'You git ony bother there, you let me ken,' he says. As if I'm gaunae get a daft laddie tae sort oot ma ain man. He still daunners doon the gairden tae gang hame. Thinks presents make everythin awright.

Couldnae be bothert heatin the pies. Et mine cauld. Jock's is sittin there. Guilt, that's whit that pie is. Plant is lookin fine, but. Nothin special. Bushy though. Wee white buds comin oan it. Mibbe when it flooers. I widda showed the laddie. But then thur's Jock. They bruises huvnae cleart up yit. I dinnae ken if they will.

7

The Coorie Doon

'GAUNAE STOP scratchin yer erse, you? I'm gettin worms jist watchin ye.'

Howie was in yin ae they moods. He'd inveigled his road back in wi Treeza an got dumped again. Their wean was gettin nearer by the month. The bottle ae Buckie was hauf empty an it looked like he'd forgotten aboot sharin. It was gaunae be yin ae they nichts.

'Gies a swally then.' Scratchy held his haun oot fur the bottle. Chancin it. Chance wasnae comin. Howie drew him a look that would cool parridge an took anither swally hissell. Fraser wasnae oot. Wasnae oot much these days. Turnt intae a right swot. The Boot drew oan his fag. A real fag. Tip an everythin. He wasnae sharin either. A thin line ae blue smoke streamed past Scratchy's nose. He was seek ae haen nothin. Nae booze, nae fags, nae blaw, nae dosh, nae wummin. Nae friggin hope. The butt end. That's aw he was.

'M'a no gettin a swally then?'

Howie didnae even bother lookin at him this time. Just leaned back against the shop, puckert his mooth an blew his annoyance oot at the sky.

'W'ur supposed tae be pals,' Scratchy said.

'We ur pals,' Howie said. 'Nae supposed tae aboot it.'

'Then how come I'm no gettin a swally?'

Howie leaned aff the shop an looked at him, kinna tender-like.

'It's fur yer ain guid. See, ye dinnae pit in, ye dinnae get oot. That's hoo it works, bein pals. Awthing works like that. Like shaggin. Like banks. Get it?'

'Banks're nothin like pals.'

'Never said they wur. Said pals's like banks. Different hing.'

'Ye're talkin shite.'

'Brave man,' Howie said, an took anither swally. 'Look, ye'll gie me shaggin, eh? Ye pit in, ye take oot. Cannae take oot whit ye didnae pit in. Wee tadge gaun in, wee tadge comes oot. Right?'

'Aye.' Relieved wi the explanation, Scratchy conceded.

'So,' Howie leaned back against the shop wi his 'job-done' lean. 'Ken onybody shags mair folk'n banks?'

Thur was a hole in this logic an Scratchy spotted it right aff.

'Bit ye dinnae shag yer pals.'

Howie was aff the shop waw in a blink, awa tae the ither side ae the apron.

'Should fuckin hope no,' he snarled.

'You mental?' the Boot asked.

Thur was a long silence then. Howie leaned oan the bin, hud a sook at the bottle every noo an again. The Boot drew oan his fag, blew thin streams ae smoke oot ower the road. Scratchy leaned oan the shop an stared across at the club door.

'Fancy daen the club?' he said, finally.

'Noo ye ur mental,' Howie responded.

'I fancy daen the club,' the Boot tossed his dout intae the gutter.

'Ye're baith mental,' Howie said. Yin ae they nights, right enough. That's when Clair came roon the corner, comin back fae her pal's.

'Hello, Clairty!' Howie says. 'Gies a smoochy wan.'

'Shut up, you.' Clair grabbed the bottle oot his haun, dichtit the tap, an took a swally. 'Jees, I don't know how ye kin drink that,' she says. 'S'like cauld tea wi fruit juice in it.'

'We wur managin fine afore you came alang.' Howie grabbed the bottle back.

'Drink that a lot, dae ye?' the Boot asked.

'Whit?'

'Cauld tea an fruit juice.'

'We wurnae managin fine,' Scratchy corrected. 'They're managin fine. I'm pissed aff.'

Howie handit him the bottle wi the dregs in it. Then he gied Clair wan ae his 'I'm admirin yer form' looks that ran fae her taes up tae her swishy broon hair an was supposed tae turn her heid.

'M'oan, I'll take ye fur a daunder,' he said.

'Aye, like I wis born yesterday,' Clair said. 'Like I've got air-space atween ma ears. Like the last lassie went fur a daunder wi you isnae gettin gey pear-shaped.'

Scratchy wantit tae giggle but it would not have been wise. Howie jerked the bottle back, taen the last sook, swallied, n'en gied Clair his 'you're nothin' look.

'Mither oot wi her fancy man, then?' he said.

Even the Boot turnt roon tae protest.

'Ma mither husnae got a fancy man,' Clair said.

Howie laughed, a rude snort ae a laugh.

'Aye, an yer Auntie Joyce is yer auntie an all. Tell us anither stairy foury.'

Scratchy jumped furrit, bent ower, muscles ticht across his shooders, doon his back, drawin his airms up, curlin his fists. He daured Howie say mair.

'That'll dae, you.'

Howie slid the bottle neck intae his fist so it sat in his haun like a club.

'Aw, will it,' he said, cracked the bottle oan the concrete lip ae the apron an waved the jaggit edge in Scratchy's face. 'M'oan, then, big boy,' he said. 'An we'll see whit'll dae who.'

'Hey, wait a meenut,' the Boot said.

Scratchy's een dartit fae the bottle tae Howie's face an back again. He was sober. Howie wasnae. But the broken bottle was one helluva advantage.

'Want tae tell me somethin?' Clair says, fauldin her airms ower her chist. 'Whey are men sae stupit? I mean, dae yeese jist get born like that or is this a decision yeese arrive at soon as ye're let oot yer pram?'

'Eh, 'scuse us,' Howie says. 'But we're tryin'ae huv a fight here.' He squared up wi Scratchy again, flourishin the bottle tae shooder hicht. Scratchy wasnae shair whit was gaun oan noo but no whit he expected.

'Well, see an keep tryin,' Clair says, 'cause I'm awa roon the road afore I huv tae phone the polis, n'en the ambulance, n'en gie Mr Ferrier a haun tae clean the blood aff his shop front the morra, n'en hae tae come an visit you twa in intensive care, an spend aw ma time an money bringin yeese fruit an gien yeese sympathy whin, tae tell the truth, I dinnae hink either ae the twa ae yeese deserve ony!'

Howie pit a haun oan his hip an stared at her. Scratchy scratched his backside.

'Onybody waant a fag?' the Boot asked.

'Thought ye wur keepin thaim fur ma auld age,' Howie said, takin yin.

'Wid ye really dae aw that?' Scratchy waantit tae ken.

'You are never gaunae know, my son,' Howie said. 'Stripey pyjamas is no ma suit. Even if it means passin up shaggin a few nurses. But thur's some folk I widnae want tae gie ony satisfaction tae.' He dumped the shattered remnant ae the bottle in the bin. 'Hoo aboot we aw go fur a daunder?'

Doon oan the canal brig, they leaned ower an chucked stanes in, listenin fur the splash fae the black watter an makin the same soond yince they did. *Plip! Splap! Plong! Gluh!* Howie got up oan the brig, swayin, showin aff.

'Yeese've gottae ken hoo tae balance,' he said. 'Keep ye alive, that will. Oops.' They hauled him doon afore he fell the ither wey. Nane ae thum fancied divin intae the canal in the daurk, even fur a pal. 'Git yer hauns aff,' Howie said, shakin thum awa efter he was oan the grund again. 'I wis only checkin yeese wur awake.'

The burn ran alang the canal but higher. Thur was a heron sleepin staunin up in the runnin watter. A grey shadda that waved great wings an stalked awa unner the trees ootae sicht as they watched. Gaun oan roon the bend, Howie walked in the middle ae the road. It was a sherp bend an nae chance a caur comin would see him or stop. Clair walked oan the verge. Scratchy, just ahint her, saw her look ower at Howie an hud the insane desire tae shout 'motor comin' but he didnae an nane came.

The road went up by the ferm, alangside the big Glen, tae whaur the Three Kings pub was stuck oan its lane in the middle ae naewhaur but lookin doon ower the hale valley. The left turn up there led tae Shieldhill, the right went oan, eventually tae Slamannan. A coo at the back ae the hedge coughed. Howie jumped, then huntit it.

'Gaun. Yeese ur aw mince.'

Clair giggled.

'Ken whit I fancy,' the Boot said, lookin ower at the red lichts oan the twin masts ae the Blackhill transmitter. 'Poppin they lichts.'

'Naw,' Clair says. 'It fair annoys me whin thur's yin oot. Ye waant thum tae pit a new bulb in quick.'

'Hae they got bulbs?' Scratchy said.

'Course they huv,' Howie said. 'An a wee man wha's job

it is tae shimmy up an doon there aw day chaingin thum
so's Clairty here'll no get annoyed if yin's oot. Like pentin
the Forth brig, only rid bulbs insteed ae rid pent.'

'I jist want tae pop thum,' the Boot said. 'We could nip
ower through the fields and huv a competition tae see wha
could hit the maist.'

Howie hootit.

'Hit the maist? You'd hae a job hittin the mast, sunshine.
Fuck's sake, the bottom licht'll be forty fit high onyroad. Ye
waant a helicopter, that's whit ye waant. That or a brain.
Christ, hauf ae wan an ye'd be dangerous.'

They were by the ferm an hud a clear view ae the
transmitter masts awa ower the fields oan their richt. Comin
oot fae ablow the trees, they aw saw the caur sittin parked oan
the road intae the field. Nae lights, windaes steamed up.

'Oh, ya beaut,' Howie said unner his braith.

'I'm gaun hame,' Scratchy said. 'Ae yeese comin? This is
nae fun in the daurk. M'oan, Clair.'

'Shy boy, is it?' Howie leered. 'Noo I hink we shouldnae
make nae mair noise an disturb love's young dream up aheid.
Weel, no till we git there onyroad. Then we kin pit the shiters
oan thum. Right?'

'You're no right in the heid,' Scratchy said.

'Whit if the fella comes efter us?' the Boot wantit tae
ken.

'No gaunae come efter us,' Howie grinned, the moon
makin his face pale an the grin demonic. 'No wi his troosers
roon his ankles an his vitals at risk. Noo is he?'

Clair giggled. Naebody said aye nor no but somehoo it
was decided. The fower aw drapt their voices. Their feet
slowed tae snail's pace. Howie was whaur he expectit tae
be, in the lead. The wee wink he gied Clair as they got
closer tae the parked motor really got Scratchy's goat. The
caur in front ae thum was groanin quietly, rhythmically. In

time tae the wee shoogle ae the body rockin ever sae slightly oan its wheels. They wur aw oan tiptae noo, steppin oot the last three steps till they crouched roon ower the front ae the bunnet. Howie put his hauns furrit, palms hoverin twa inches abin the metal. The Boot put his hauns furrit, likewise. Clair did the same. Scratchy didnae like the hale scene. It was bad stuff, an he kent it. Kent it fae the look oan Howie's face. Fae the wey Clair seemed tae be up fur this. But it was aw ootae his control. He lufted his hauns an placed thum, like the ithers, twa inches abin the bunnet ae the motor.

'Noo!' Howie roared. An they aw banged their hauns doon oan the bunnet an shoogled the motor up and doon, up an doon, yellin, bawlin, whoopin an hollerin as lood as banshees. A squeal erupted fae ahint the steamed windscreen. A haun swished across it, dichtin awa the fog. Twa white faces peered oot, an they caught the man's expression fast turnin tae rage as the wummin's turnt fae fear tae embarrassment just afore the heidlichts came oan an lit up the fower ae thum as if they were oan a stage.

'Run!' Howie shoutit, takin aff back doon the road as the caur motor growled tryin tae turn ower. The Boot peltit efter him. Scratchy grabbed a haud ae Clair's frozen haun.

'Come oan.' He pulled her awa an the twa ae thum broke intae a run just as the engine caught an the caur lurched furrit ootae the road end. Scratchy's hert was in his mooth as the gears crashed an the motor roared. He didnae ken whit was mair frichtnin, the caur comin efter thum wi an enraged man at the wheel or the fact that Clair still hud a haud ae his haun as they tried tae ootrun it.

'We better get intae the field,' Clair panted. Aheid ae thum, Howie an the Boot wur awready through the hedge oan the ither side ae the road. Ahint thum the motor roared again. Diminished. Scratchy looked roon. Red tail lichts curved up the hill awa fae thum. It was gaun the ither road.

'We're awricht,' he said, drawin Clair tae a halt. 'They're awa. They went that road. See.' They baith turnt tae look back. The motor was ootae sicht. Only the fadin roar ae the engine as it turnt the corner ower the wee brig oan its road up tae the Three Kings telt thum whaur it was. Clair, breathin heavy, turnt roon tae Scratchy. He was acutely aware that her haun, warum noo, was still in his.

'We done it,' she says, an flung her airms roon his neck. 'We done it!'

He was hard put tae tell wha's hert was rattlin the hardest. His against hers. Hers against his. But he wrapped his airms roon her back an they danced a wee jig in the middle ae the road, her hair driftin in his face, her body in his airms, an her hert-beat thud-thud-thuddin intae his chest.

They walked back doon the hill still haudin hauns. Howie an the Boot were miles awa, hudnae waitit. They could hear thum, kecklin, lettin oot a hoot noo an again but keepin gaun. Scratchy an Clair stopped when they reached the laughin-greetin brig. They hauchled theirsells up tae sit oan the cauld stane.

'Did ye see wha it wis?' Clair asked.

'Naw,' Scratchy shook his heid. 'Just that they wurnae too pleased.' Sittin wi his back tae the village, facin her oan the stane, he didnae care aboot the couple in the caur. He was wonderin if Clair's mooth would be as warum as her hauns. Wonderin if he was gaunae fund oot. She leaned furrit tae him, her een wide.

'Scratchy, look!' she hissed. He turnt roon, saw it pull up afore she said. 'It's that caur.'

The motor was oan the main road, stopped just afore the

turn intae Glen Bank. They must've driven tae Shieldhill an come doon the ither wey.

'D'ye hink they're comin efter us?' Clair gripped his shooder, dug her fingurs in.

'Naw,' Scratchy said, no takin his een aff the caur an ready tae move fast if they wur. 'Naw.' The man would shairly hae driven doon tae hae it oot wi thum if he'd seen the pair ae thum sittin awa ahint him oan the back road brig. The passenger door ae the caur clicked open. The wummin got oot. She said somethin back in tae the man an shut the door. Aside Scratchy, Clair made a funny wee noise an shoved her heid doon intae his neck. The caur taen aff towards Falkirk. The wummin crossed the road. It was Clair's mither. Scratchy stopped watchin. He kent whaur she'd go. Up the wee road tae Glen Bank. Insteid, he stared at the black leafs oan the trees that hung ower the canal opposite. Clair's braith oan his throat was makin his neck wet but he didnae care. She wasnae greetin, just hidin. Neither ae the twa ae thum spoke.

Efter a while Clair moved, sat up an they baith stared at the trees. The only soond was the burn splashin ower the stanes an, noo an again, a caur gaun by oan the road. The canal made nae noise. Just lay there, quate. No movin.

'Did you ken?' Clair asked.

Thur wur ten answers tae that question. Did he ken Clair's mither hud a fancy man. Aye. Did he ken whit Howie was up tae? Aye, at first, though he wasnae shair. Did he ken wha was in that motor?

'Naw,' he said. He'd hauf guessed, but.

Clair slid aff the brig an brushed the grit fae the stane aff her claes.

'I'm awa hame,' she said.

'Ye awright?'

'I'm fine. An ma Auntie Joyce is ma auntie.'

Scratchy watched her walk awa, up the wee rise, across the road, till he couldnae watch ony mair an turnt tae stare at the trees again. The cauld nicht air settled in under his oxter whaur Clair hud no lang since cooried in.

8

Born Every Minute

THE LASSIE at the check-oot hud been slouched ower. Noo she sat up, curled her mooth in the 'smile at the customer, look pleased to see them, make them feel they matter' grin.

'Good morning,' she sang oot cheerily. It was like dealin wi a wind-up doll. Archie hud three packs ae toilet rolls. Luxury double-quilted six-packs. Pink. He waved the first yin unner the lassie's nose.

'That's yin,' he said. 'An I'm no buyin it.' He put it oan the reject goods coonter an sat the next pack oan the conveyor belt. 'That's twa, an I'm buyin it.' The third pack he took right by her doon tae the packin end ae the check-oot. 'An this is three, an it's free.' He started stuffin the pack intae a carrier bag.

'Eh, that's no right.' The lassie's een hud went a funny shape an her eebroos wur drawn thegither.

'Hoo d'you mean?'

Her face reassembled itsell, coverin the expression which said 'this fella's a nutter,' and turnin intae 'I'm gaunae huv tae be patient here.' Cool blue een stared up at him. The colour ae a summer sea. Een like that could make a man feel like the looker he yaised tae be in his young days.

'Well, ye have tae buy two ae thum,' she said. 'Then ye get the free one.'

Archie puckert his mooth an stroked his chin. He wondert if he shoulda shaved. Mibbe no.

'Naw, naw. Ye've got the wrang end ae the stick, hen. It's the third wan ye get free. Ae we agreed?'

'Aye.'

He wondert if she kent how bonny she was, lookin sae serious. Blue as a clear sky. She coulda been a film star. Or a model.

'So ye've a first.' He lifted the pack fae the reject shelf oantae the conveyor belt. 'A second.' He patted the yin awready there. 'An a third.' He sat the yin awready in its carrier bag aside the ither twa. 'Richt?'

'Aye.'

'There y'are then.' He patted thum in turn. 'Yin, twa, three.' He lifted the first. 'I'm no waantin yin.' He put it back oan the reject shelf. 'I'm buyin twa.' An he wheeched the carrier back tae the end. 'Ipso jure, I get the third yin free. There's the money.' He put the wee pile ae coins, coonted exact, oan the plastic ledge in front ae her an watched they een rise slowly tae meet his again. She was makin nae sense ae him. He smiled tae let her ken he was feenished. Nodded tae encourage her tae scan the toilet-roll pack in front ae her an ring up the sale.

'Thur's somethin no right here,' she said.

Archie sighed an clamped his gums thegither. The lassie dived intae the space.

'I have tae scan them oan the machine. It coonts thum. When it's coonted two, it disnae charge the third yin. I have tae pit thum aw through so it kin cancel oot the last yin.' She reached fur the pack oan the reject shelf. Archie clamped his haun oan the tap ae it.

'Naw, naw, naw.' He was bein really patient noo. 'That's no whit the notice says. Buy one *and* two. It says "buy two". That's two.' He pointed tae the wan oan the conveyor belt. 'Ye only need tae scan it. That yin's free.' He pointed tae the yin in the carrier. 'Thur's nae need tae scan a free yin. Noo is thur?'

'Ye huv tae buy two packs! No number two. No the second wan. Two packs!'

'Dae I look like I've got diarrhoea?'

'Whit?'

Ahint Archie, a wummin sat the next customer bar oan the conveyor an startit unloadin a mountainous trolley-load ae shoppin.

'I dinnae need three packs. Dinnae even need twa,' Archie said, slow an calm. 'I'm only takin that yin cause it's free. Stupit no tae. Money disnae growe oan trees, ye ken. An I'd look a right numpty humphin three ae them up the brae. Noo, ye gaunae ring up ma message? This wife'll be waantin hame afore the morra comes.'

The lassie pressed her buzzer. The licht abin her heid startit flashin.

The manager, surprisinly, was a fella. A lang drink ae watter wi wee glesses oan. Archie went through the routine. The manager took the wee glesses aff an stared at the pink six-pack ae toilet rolls sittin waitin tae be chairged.

'I dinnae even like pink,' Archie feenished up. 'Blue. Noo there's a colour.' The wummin ahint hud hauf her messages oan the conveyor.

'Fur goodness sake,' she snorted. 'I came tae this yin cause he only hud wan thing.' Archie stood tall an straight. Prood. Waitin fur justice. It was a sair fecht but somedy hud tae dae it. The manager put the wee glesses back oan.

'Put it through,' he said. The check-oot lassie frowned. Even crunkled, her face was a bonny thing. The manager nodded. The toilet rolls wur scanned through, Archie's coins coonted an the receipt haundit tae him. The lassie hud a shiny silver ring oan just aboot every fingur.

Archie lifted his twa carriers an leaned ower tae the lassie.

'Ye're wastit here, hen.' As he walked awa, the manager turnt tae the waitin wummin.

'Sorry about that,' he said. 'Care in the community, probably. We get them.'

Archie was in twa minds. He'd a mind tae get awa hame fur a cup ae tea. An anither mind tae gang back and ram a wee pair ae glesses doon a long skinny thrapple. Blue filled his heid. Summer blue. Just cause ye wur auld an broken didnae mean you couldnae appreciate somethin fine. Damn fine. The tea won. Veni, vidi, vici, he decided. It hud been a long mornin. A sair fecht. But somedy ay won.

9

Tom, the Notion

JULIE'S HOOSE

MORNIN. Boxes lie aboot the livinroom hauf unpacked. Chairs an sofa are littered wi newspaper-wrapped hings. Julie an the twa weans breakfast picnic-style hunkered roon the coffee table.

HANNAH: I kin see the school fae ma window.

JULIE: I'll take you up. This mornin, anyroad.

The laddie's lookin by them at the back kitchen windae.

MATTHEW: That funny man's back.

Julie an Hannah look roon.

Ootside, Tom burls awa fae the windae, slams up against the hoose, een wide, mooth open. Forty year auld an his expressions are a wean's. Daylight's no his usual time fur lookin in windaes. Inside his claes, the hairs oan his skin are ticklin as they rise wi excitement. Somethin will happen but he disnae ken whit it'll be.

In the livinroom, Julie an the bairns gawp at the empty windae.

HANNAH: He's a scary man. Is he a scary man, Mammy?

JULIE: I dinnae think so. Will we see?

She gets up, goes tae the back door, opens it.

Tom presses flat against the waw like his heid was fixed there wi a spear through it.

Julie steps oot oantae the doorstep.

JULIE: Hi there.

Tom screws his een ticht shut. If he disnae let oan he's there, she'll mibbe no hunt him.

JULIE: Och, well, looks like there's naebody here. Unless . . . unless it's somedy invisible.

Een ticht shut, Tom nods his heid, agreein wi her.

JULIE: Noo, I wonder whit an invisible person wid be called?

TOM: Tomm.

JULIE: Hello, Tom. I'm Julie.

Tom opens yin ee an keeks at her sideweys.

Julie hauds her haun oot tae shake.

Tom clamps his een shut again, shoves his hauns ahint him an presses heid an body back against the waw. Touchin folk is no allowed. She micht tell oan him.

JULIE: Nice tae meet ye, invisible Tom.

She goes awa back in an shuts the door.

Tom presses ticht tae the waw, een still shut. Wi great effort, he moves his lips, makin the letters an, awfy quately, the soond.

TOM: Joo lee.

Inside, Julie sits back doon oan the flair by the coffee-table aside the twa weans.

JULIE: He's no scary. He's invisible.

HANNAH: But I seen him.

MATTHEW: Cause he waanted you tae see him, daftie.

HANNAH: I'm no a daftie. (*to Julie*) How did I see him?

JULIE: Mibbe ye're magic.

Hannah pokes her tongue oot at Matthew.

JULIE'S GAIRDEN

Tom comes roon fae the back ae Julie's hoose, grinnin. He walks like his airms an legs wur attached wi elastic. A wee Renault sits in the drive. He bends ower an peers intae the caur. His braith mists up the gless. He starts tae dicht it clean, stops, breathes oan the gless, draws a circle in the fug, makes it intae a smiley face.

TOM: Joo lee.

Next door, fae the upstairs windae, Raymond looks oot. Tom is huddled ower Julie's motor, drawin oan the windae. Raymond opens the windae an bawls.

RAYMOND: Oi! Oi, you!

Tom looks up fae the motor tae the noise. Raymond's hingin oot the stair windae.

RAYMOND: Get awa fur yer bus, you.

Tom legs it doon the drive, doon the street whaur a red mini-bus crawls up tae him an stops. Tom grabs the rail, swings hissell oantae the step an gets in.

Later oan that mornin, Julie locks her garage, turns tae pick up a box she's awready sat oan the grund. Raymond has come roon fae next door an stauns ahint it.

RAYMOND: That Tom wis at your motor this mor-
                   nin. Ye waant tae keep it in yer garage.
                   Safer. Dinnae ken whit he micht've
                   done if I hudnae seen him.

Julie loads the box intae the Renault. She gies him a polite smile.

JULIE: Special needs, isn't he?
RAYMOND: Aye. Specially needin a fit up the erse.
                   He bothers ye again, just gie me a
                   shout.

JULIE:	He's not botherin me.

Julie gets in the motor. Raymond pats the roof.

RAYMOND:	Mind how ye go, darlin.

He watches the caur drive awa.

DAY-CARE CENTRE

Fingurs work fine cane roon a basket frame.

It's mid-mornin an a wee group ae special needs adults make baskets an blether wi each ither. The wummin supervisor wanders aboot, stops tae gie a haun tae an aulder man wha's in a fankle.

In her sate, yin young Down's wummin is screwed roon aboot wavin at Tom tae get his attention.

Tom stares oot the windae, daen nowt.

The young wummin pulls her skirt up, shows aff her bare thighs an wiggles suggestively in her sate.

Tom stares oot the windae, no noticin.

Annoyed, the young wummin looks roon aboot fur the supervisor.

MOIRA:	Miss Steven, Miss Steven. Tom's no daen nothin.

Miss Steven looks at Tom.

Tom stares oot the windae.

MISS STEVEN:	He is doing something. He's looking out the window.

Moira tries wigglin an showin aff her legs again.

MOIRA:	I think he's got a girlfreen. D'you hink he's got a girlfreen, Miss Steven?

Twa ae the ither wimmin look ower, yin dunts the ither an they keckle.

MISS STEVEN:	I think he's thinking.
MOIRA:	No s'posed tae be thinkin. S'posed tae be makin baskets.

Tom stares oot the windae. He kin see a smile oan a bonny face. A blonde ponytail swingin, a haun held oot fur him tae take.

A fire roars.

THE POTTERY

Fuel is chucked intae a coke-fired furnace. The furnace door shuts.

Julie comes intae the Pottery fae ootside, cairryin her box.

JULIE: Hi David. Meant tae bring this ower before I moved.

The man grins at her fae aside the kiln.

DAVID: Survived the flit, then?

Julie peels the wrappin aff the figure in the box an lufts it oot.

JULIE: Just aboot.

The dry cley figure is an angel, wings trailin awkwardly, fawin tae earth.

DAVID: Well, that is something else.

He takes it, turnin it appreciatively in his hauns.

DAVID: Powerful stuff. It was you I meant, surviving the flit. Hope this isn't how you feel about it. Big drop.

He sets the angel oan mounts fur firin.

JULIE: No. I couldn't keep the house on ma ain. But the new one's okay. Wee place. A neighbour I'd like tae avoid. But it's council so it's cheap. I won't get any help fae you-know-who.

DAVID: You're better off without him. Drink's all he cares about. Do you need space to work?

JULIE: Nope. Aw sorted. (*grins, nods at angel*) Just a buyer for that.

DAY-CARE CENTRE

Late mornin in the day-care centre. Tom's empty sate.

MOIRA: Tom's went ootside, Miss Steven.

Miss Steven looks oot through the gless doors.

Ootside, Tom stoats back an furrit, gaun the length ae the bus stop afore he does an aboot-turn an stoats back again, his face concentratin hard oan keepin movin. Miss Steven comes ower tae him.

MISS STEVEN: Tom, the bus won't be for ages yet.

Tae make the time pass quicker, Tom goes back an furrit even harder.

MISS STEVEN: Tom? You must come inside. It's hours yet till home time. Tom?

Tom stoats back an furrit awfy quick.

RAYMOND'S BIT

Saft thumps, wallops, slaps.

Efternin. Raymond peers ower his hedge at Julie's garage whaur the noise is comin fae. The Renault's in the drive.

Inside Raymond's hoose, his wife champs up tatties. Raymond comes in fae the gairden.

RAYMOND: Dinnae ken whit she's up tae in that garage. It better be legal.

WIFE: She looks awright.

RAYMOND: Twa brats. Nae man. Tart, in't she?

WIFE: Divorced, mair like.

RAYMOND: That's whit I said. Tart. The'll be a string ae men. You wait.

His wife pints oot the kitchen windae wi the tattie champer.

WIFE: Look.

Ahint the fence, Tom sneaks by the bottum ae their gairden.

At Julie's bit, he steps ower the fence intae her gairden.

Raymond an his wife baith staun at the sink, lookin oot the kitchen windae.

RAYMOND: Nae bother, eh? Noo we'll see.

JULIE'S BIT

Saft thumps, wallops, slaps.
Tom, hauns spread oot against the wid, slides alang the side ae the garage, heidin fur the door end. His haun catches a splinter ae wid. He draws his braith in an, wi shocked een, keeks at the palm ae his haun. A big skelf ae wid is buried in the middle ae it.
Inside the garage, Julie kneads air oot a haunfy cley. She hears a *shush* ae somedy or somethin shiftin doon the ootside waw but keeps oan kneedin.
Slidin alang the ootside ae the garage, Tom reaches the hinged crack ae the hauf-open door. He puts his face close tae the wid, yin ee tae the crack, an peers in.
Through the hinged crack ae the open door, an ee peers in.
Julie turns roon, scoops mair cley oot the cley bin tae the workbench, kneads.

JULIE: If I waanted tae see whit somebody wis daen, an I wis invisible, I'd just walk right in an take a look.

Tom slides roon the door. It squeaks an he stops. Julie disnae look up or ower.

JULIE: Wind must be blawin that door.

Tom sniggers. Julie starts buildin up the cley. Tom creeps ower tae the workbench.

JULIE: Course, if I waanted a go, I could just get a hanfy oot the bin an hae a go. If I wis invisible, anyroad.

Wi his right haun, Tom scoops a messy haunfy cley.

| JULIE: | Good god! That clay moved. Aw by itsell! |

Tom laughs, dumps the cley oan the bench, starts tae knead it wi his fingurs.

| JULIE: | Noo it's wigglin aboot! |

Tom hoots uproariously.

RAYMOND'S BIT

Ootside, Raymond's broos draw thegither at the *thumps an slaps* an *Tom laughin*. Fae his back-door step, Raymond walks closer tae the hedge atween him an Julie's garage.

JULIE'S GARAGE

Inside the garage, Tom yaises his left haun tae help knead, winces.

| TOM: | Ah! |
| JULIE: | Hey, lit me see that. |

Tom's no gaunae. She micht think he's daft an gie him a row fur hurtin hissell.

| JULIE: | Come oan. I'll no bite. Let me see. |

Tom opens his haun, shows the skelf buried unner the skin. Julie takes his haun.

| JULIE: | That's a beauty. |

Tom stares at the roof, mooth hingin open like a drain. She's touchin him, her warum fingurs roon his haun. This isnae pokin an shovin. It isnae the slap oan the shooder the men at the centre sometimes gie each ither. He wonders if she'll get a row. He shakes his heid. He's no gaunae tell oan her.

RAYMOND'S BIT

Ootside, hingin ower his fence, lugs flappin, Raymond listens.

JULIE: It's okay. I'll get it oot fur ye.
Raymond, broos doon, stomps awa intae his ain hoose.

JULIE'S GARAGE

Julie puts her thumb at the base ae the skelf, catches a haud
ae the tap bit that's stickin oot.
JULIE: Noo, if we're lucky . . .
She pulls cannily, easin her thumb up Tom's palm unner the
pint ae the skelf.
JULIE: . . . it'll no brek aff. There!
The skelf comes oot clean. Tom puts his right thumb ower
whaur the skelf was an clasps his haun tae his chist.
JULIE: You waant tae wash that noo.
Tom keeps his haun ticht against his chist an backs ootae the
garage.

RAYMOND'S BIT

In the hall in his hoose, Raymond talks oan the phone.
RAYMOND: Just thought ye better ken. I mean,
                         whit's she daen encouragin him? We
                         aw get enough bother.

STREET

Tom walks alang the street, starin doon at his open left haun.
He strokes the bit whaur the skelf was wi his richt thumb,
bumps intae Sandra's man wha's passin.
HUSBAND: Watch whaur ye're gaun, dummy.
Tom keeps richt oan strokin his palm. It's like he hauds a
bit ae magic in it an touchin it makes his insides lowp. He
punches the sky an yells.
TOM: Oohoo! Oohoo!

He skips aboot. Joolee fixed his sair bit. No his mither. No
Miss Steven. Joolee.

TOM: Oohoo! Oohoo!

He's dancin, singin wi excitement.

The village weans wander hame fae school. In among thum,
Matthew sees Tom an dunts Hannah. Some ae the weans run
tae whaur Tom dances up an doon, roon an roon. Yin boy
pulls at Matthew's sleeve as he goes by.

JACKSON: M'oan see the weirdo.

TOM: Oohoo! Oohoo!

NANCY'S HOOSE

Grim-faced, lookin auld an worn, Nancy hings up the phone
an pulls her coat oan.

STREET

A hale lot ae weans are gethered roon Tom. Some hing back,
nosey bit no really waantin tae jine in. Matthew an Hannah
staun tae yin side oan their ain.

Tom dances awa.

TOM: Oohoo!

JACKSON: Weirdo! Weirdo!

WEANS: Goes tae the school whaur the dafties
                         go!

Jackson lufts a stane an hurls it at Tom.

JACKSON: G'oan, dummy. Dance.

Hannah goes ower tae Jackson. Ahint thum, Nancy comes
up the street.

HANNAH: You stop that.

Jackson shoves her.

JACKSON: Shove aff.

MATTHEW: Don't you touch ma sister.

Jackson tries tae clout Matthew. The twa ae thum start fightin.

Tom stops dancin. His face faws. He disnae like folk hittin each ither. That's no allowed either an it hurts. Nancy catches him by the collar.

Sandra runs doon fae Parkheid Road.

SANDRA: Hoi, you! Stop hittin ma Jackson.

She grabs the twa weans an hauls thum apairt.

NANCY: It's that new wummin. Alang there.
                     They twa's hers.

Nancy huckles Tom awa hame.

JULIE'S HOOSE

Julie sits a hot casserole oan a trivet.

Doorbell rings.

Oan Julie's doorstep, Sandra stauns wi Matthew an Hannah aside her. Ahint thum, at the gate, Jackson smirks.

The door opens. Julie looks oot at Sandra, wha pokes Matthew.

SANDRA: He wis hittin ma Jackson.

JULIE: Matthew?

MATTHEW: He hit me first.

JACKSON: Did nut. He's a liar.

MATTHEW: He shoved Hannah.

SANDRA: As if.

HANNAH: An he shouted 'weirdo' at Tom.

Sandra looks doon at Matthew

SANDRA: Ye hit him fur that?

She turns tae Jackson.

SANDRA: Yeese wur fightin ower that fuckin
                     daftie?

JULIE: Look, I don't think . . .

SANDRA: Time ye fuckin did, then. Ye dinnae go

roon punchin folk fur name cawin. Ye
better get him fuckin telt.

She stoats aff up the path, giein Jackson a shove hame the
road as she goes.

SANDRA: Whit've I telt you aboot cawin that
dummy names.

NANCY'S HOOSE

Nancy stauns ootside Tom's shut bedroom door.

NANCY: An anither thing. Raymond Small wis
oan the phone. Aboot you hingin roon
that wummin's hoose. Ye hear?

In his room, Tom lies oan the bed, haudin his left haun up
in front ae his face. He kin hear his mither ootside the door
but he's masturbatin wi his richt haun an isnae listenin.

NANCY: Ye'll end up gettin the jile. Ye hear
me?

Tom puts his left haun against his cheek. He minds the feel ae
warum fingurs roon his haun, his sair bit gaun awa. His richt
haun works awa, quicker an quicker. The heat an hardness
in it is aw fur her. Aw fur her.

TOM: Joo lee.

Aboot tae come, he groans, presses his left haun against his
mooth explorin whaur the skelf was wi his tongue, an rolls
ower, shudderin, shudderin.

10

Double Yella

IT WAS yin ae they days. Thin threads ae dry mist straigled ower the scrappy. The tap ae the hill smudged grey-blue intae grey sky. It'd be a braw yin when it got gaun. Blue, yella, warum. Dick Bryce was staunin at his windae lettin the day sink in, scratchin his belly through a wrinkled black T-shirt. The yella letters on it wiggled aboot and settled back tae *'m wi h stupid*. The line unnerneath hud been a wee arra pintin left afore the plastic arraheid hud peeled aff. Ootside, a skinny lad weerin heidphones shoved a wee wheelbarra-like machine alang towards Dick's auld Zephyr. He micht've been sprayin weedkiller. But no in the gutter.

'Whit the fuck . . . ?' Dick yanked open his door and breenged doon the path. Ahint the beanpole, trailin awa back roon the road, was a long yella line. Roon whaur it vanished ootae sicht oan the corner a big cooncil roads truck was sittin, somethin churnin noisily awa oan the back ae it.

'Whit the fuck's this?' Dick roared ower the rackit an jabbed a fingur at the trail. Beanpole's heid jerked aboot, side tae side, keepin time tae the squeak in his ear, een glazed. Dick pulled the wee heidphone oot the guy's left lug and hollered. 'Whit the fuck ae you aw aboot?'

The lad kept his cool, taen his haun aff the release clutch, pulled the ither plug oot an looked at Dick wi his pale grey een, heid still gaun like the tune was trapped burlin in his noddle.

'Double yellas,' he says. 'Nae parkin.' An that was Dick.

'Nae parkin! Nae fuckin parkin! Whaur the fuck ae you escaped fae? Edinbruh? Fuck's sake, gaunae keep yer heid at peace? An stey back fae ma caur. Nae parkin! Wantae take a look aboot? Wantae just catch oan? This is no the toon. Yer in the Glen, sonny Jim. Musta taen a wrang turn.'

'Yeese aw got leaflets,' the boy says. 'Wantae move yer motor, pal?'

'Whaur am I tae move it tae?' Dick bawls. 'I'll just heave it oan ma shooder. Stick it in ma back pocket! Fuck's sake, we've only got yin street.'

'That'll be whey, then.'

'That'll be whey?' Dick slavered. 'That'll be whey no. I'm shiftin nae motor. That's whaur I park. That's whaur I've ay parked. That's whaur I'm ay gaunae park!'

'Please yersell. They'll only make ye shift it efter.' The boy plugged hissell back in an released the clutch oan his machine tae resume scooshin. Dick plantit his fit in the gutter.

'Ye're no gaun near . . .'

Scratchy heard the yell fae his bedroom. He'd heard the door bang when Dick went oot. Signal tae get up. Wi ony luck, he could fling his claes on, grab a slice ae breid and shoot the craw afore Dick come back fae the shop. Then he heard the rammy ootside the windae an looked oot. Dick hudnae went tae the shop. An he wasnae gaunae argy-bargy fur long enough. Scratchy beltit back tae his room, grabbed his jeans, pulled them oan. T-shirt, jumper, jaiket. Just hoo fast could his fingurs go? Too slow. The front door banged again an the hall filled wi Dick. Hoppin mad. Nae shoes oan. Just his socks. Yin ae them hud a thick yella line pented across it. He was haulin it aff.

'Fuckin bastard,' Dick roars. 'Double yellas! Double yellas! Fuckin burnt ma bastardin fit! I'll gie him accident! Fuckin wee nyaff.'

Scratchy noddit sympathetically an tried tae sidle by withoot Dick realisin. Didnae work.

'Whaur ye hink you're gaun?' Dick grabbed a haud ae his jaiket.

'School.'

'Visitin rights, is it, eh? Mind whaur they pit it?'

'I'm late.'

'Six months just aboot. Ye'll go when I say ye kin go. Noo c'mere.'

The 'c'mere' meant nothin. Dick awready hud him shoved back intae the room, jeans ripped doon, heid shoved furrit oan the bed, neck aboot broke. Scratchy smelt the fabric softener in the rumpled duvet cover. Springtime freshness. He waantit tae tell his mum hoo much that smell made him feel seek. Waantit tae breathe. Waantit no tae breathe again. Waantit tae believe, if he relaxed, it either wouldnae hurt or would kill him. Shairly somedy would notice that. Waste ae life waantin Dick tae stop.

'Fuckin yella lines,' Dick muttered, pumpin awa. 'I'll gie thum fuckin yella.'

Scratchy ground his teeth thegither, buried the groan in the bedclaes an tried tae imagine he was somewhaur else. Onythin tae shut oot whit was happenin, tae stop whit was gaunae happen when Dick slid a haun roon unner his belly. But he couldnae, an that was the worst bit.

'Ye like this, din't ye?' Dick grunted. 'Huvin a wank an a ride. Gaun I'll show ye whit it's fur. Prissy wee erse. Hoo d'ye like this, eh? Eh?'

Scratchy would raither dee than come fur him. But he couldnae stop it. His body taen ower, spurtin, hurtin. Shit. An Dick wouldnae stop. No till he made him squeal. No till he kent he'd hurt him. Scratchy drew the braith through the duvet. Yince. He couldnae dae it. Twice. Didnae waant tae gie Dick onythin. No even his pain. Fuck's sake. He drew in his braith again, let the squeal oot slow, a single note, drew it oot as long as he could. No lood or Dick'd belt him fur makin a rackit. A whimper. Onythin tae make him stop.

'Fuckin wee slapper.' Dick rubbed the cheeks ae his bum. Gied his backside a bit slap. 'Fuckin tight-arsed wee slapper. Guid mind tae tell yer mither. Thinks the sun shines oot your erse.'

Noo he could go.

'An you mind an get tae the fuckin school,' Dick shoutit efter him as the door shut.

School was not oan the cairds. Twa months he'd got tae go afore they let him oot fur good. He'd been gaunae get a job. Place ae his ain. Noo he wasnae gaunae wait. He was offski. They could get the polis if they liked. He'd go somewhaur they wouldnae find him. Fraser's maw was comin towards him. Mustae been at the shop. Hud her paper an a loaf ae breid.

'Hi, Ian,' she said. 'You no at the school the day?'

He waantit tae say 'Aye, I um.' But Fraser's maw was awright. She hudnae got mairried again. An she liked Fraser tae huv his pals in.

'Work experience,' he said.

'Oh, aye. Whaur aboot?'

He hudnae figured she would ask.

'Cannae mind,' he shrugged. 'Got an appointment at the job centre. They'll tell me whaur.'

'Well, good luck,' she said and went oan alang the road. Scratchy nipped doon the dummy, makin it look like he was gaun fur the bus. His maw wouldnae care if he buggered aff. Aw she was interestit in these days was Dick. That an her job. He wandert across the fitba park. Best if he hung aboot in Falkirk. Till the schools came oot. Then he could catch Karen. Wouldnae waant his wee sister wonderin whaur he'd went tae. He taen the fitpath doon oantae High Station Road, takin the long wey tae the toon, an spent a borin efternin dawdlin roon the shops.

He got Karen comin hame through the high flats.

'An leave me oan ma ain wi him?' she said when he telt her.

'He'll no bother you. Fuckin poofter, in't he?'

Thur was an awfy cauld meenut afore Karen said onythin.

'That's whit you hink.'

Scratchy'd nothin tae say. His heid just emptied, like a flock ae burds risin aff a field. Nothin. Kinna put the kybosh oan him daen a runner.

'Got any money?'

Karen drew him a look.

'Even if I hud, I'm no gien it tae you. Gaunae land me wi it, in't ye?'

Scratchy shook his heid. Tae clear it mair'n onythin. The flock ae burds wur wheelin aboot. Nane ae thum landin. Stubble. That's aw. Chopped-aff ends ae things. Nothin that was aw there. Nothin that made sense.

'M'oan,' he says. 'We better git up the road.' They walked up the brae thegither. Thur wasnae much tae say. They wur gaun hame. An that was that. They wur turnin intae the village afore Karen hud saicond thochts.

'Dinnae stey fur me,' she said. 'That's stupit.'

'Dinnae talk daft. I'll hink ae somethin.' He would if his heid would settle doon. Flappin wings. Feathers fawin. Stubble.

'Like whit?'

'Dinnae ken.'

'Like whit?'

'Tell oor maw.'

'Noo you're talkin daft.'

They walked oan roon by the post office an wur nearly at the corner afore Karen spoke again.

'Wid ye?'

Whit was it? Was it the wey she said it? Like mibbe she'd look up tae him if he did. Like mibbe he'd surprise her. Be a real big brother steed ae a fearty gowk.

'Aye. I wid.'

'When? When ae ye gaunae tell her?' Karen was whisperin noo cause they could see their hoose. Whisperin even though thur'd be naebody in but thaim. Thur was a space in the brand new double yella lines just ootside their door.

'The night. I'll tell her the night.'

That was easier said than done. No cause ae Dick. He was oot at his work. Shifts doon the BP. Wouldnae be back till 10 a'clock. It was Karen's job tae get the dinner ready. Scratchy's tae see tae the fire. Their mither wouldnae be hame till five. Oot the back, Scratchy chapped the kindlin an thought aboot whit he'd say and whit she'd say. Words wur gey tricky things. Naebody ever telt ye whit yins tae yaise fur stuff like this. His mither was no gaunae be pleased. She'd mibbe even greet. He didnae think he could staun that. He screwed the paper up an stuffed it in the grate an thought aboot Clair. Aboot hoo he liked her. Aboot hoo she'd held his haun a couplae weeks ago an even cooried in against him wi his airm roon her. It would be guid tae stick aroon. See if she'd waant tae coorie in again some time.

He laid the sticks oan the paper, lit it an watched the lowes blacken an curl it till it caught an the sticks startit tae crackle. His mither'd been miserable efter their faithur left. Nippin at thaim, worryin aboot money. It made him grue tae think Dick hud put a smile back oan her face but it was true. Dick wi his weel-peyed job doon at the BP. Dick wi his nichts oot oan the toon, the twa ae thum dolled up tae the nines. Dick wi his . . . He stopped thinkin there. Dick an his mither wur ay at it. Ye could hear thum gaun just aboot every nicht. The moans an groans, the bed squeakin. It made Scratchy waant tae boke.

He piled coal oan the fire, shut the door, swept an wiped the hearth. Dinner was cookin awa. The smell ae mince an tatties. Karen hud vanished up tae her room. Homework. Or keepin oot the road. When his mither came in she looked tired an went straucht tae her room tae chainge. Undressin fur dinner she cawed it. She was a supervisor in the supermarket. Hud tae weer black skirts an white blouses. Hud tae look smert. In the hoose, she wore jeans an jumpers.

'Gaunae set the table, pal?' she asked when she came doon. Usually he'd moan, say it wasnae his job. Noo, it was a guid chance tae be daen somethin thegither. The table was in the kitchen. His mither steered gravy pooder intae the mince, drained the tatties an the veg. The twa ae thum bobbed back an furrit by each ither. Wi every plate, wi every knife an fork, Scratchy tried tae get the words oot. If he didnae hurry, she'd be shoutin Karen doon an the chance'd be awa. His mither cairried the pot ae mince ower tae the table tae dish it oot.

'Dick's a bastard,' he said.

His mither kept dishin oot.

'Whit?' The question hud a lang question mark oan the end ae it. The smell was gaun roon the hoose.

'He's been daen hings.' Hot gravy, mince, carrots, onions. Scratchy's stomach, heid an hert wur aw gaun roon. His mither put the empty pot in the sink an luftit the pan ae tatties.

'You twa faw oot aboot somethin?'

'Naw.'

She kept oan dishin oot. Three tatties fur hersell, three fur Karen, fower fur him. Five fur Dick. His plate'd be gaun in the microwave fur efter.

'Whit then?'

'He's been daen hings tae me an Karen.'

She turnt roon then, her foreheid aw screwed up as she looked at him. The hair ae her fringe damp wi steam aff the pots.

'Whit hings? Whit ae ye oan aboot?'

'Hings! You ken! Hings he shouldnae be daen.'

The pan got sat back oan the cooker wi a bang.

'This better no be right.' Again, his mither turnt an stared at him, like she'd never seen him afore.

'Weel, it is. An if he disnae stop I'm gaunae go tae the polis.' It was a big lowp but he was feelin safe noo. Noo thur was enough oot tae get purchase oan.

'You'll go tae the polis? It's me'll go tae the polis,' she said. 'I cannae believe you're staunin there tellin me such a story. That you'd make up somethin like that jist cause you dinnae like him? Oh, don't think I huvnae noticed whit's gaun oan, Ian. Ye've made nae effort at aw tae git oan wi Dick. Fae the meenut he came intae this hoose, you've slouched aboot, haurly a civil word in yer heid an never in except tae eat an sleep. Ye're bunkin aff school an hingin aboot the streets every nicht gittin up tae God knows whit. Noo, I'm supposed tae listen tae this . . . this filth!'

Scratchy banged the door oan the rest ae it. If thur was ony mair ae it. Roon at the shop he sat oan the apron an rattled his heels against the concrete. Jas Farrier shut up the shop at his back, the metal roller door screechin doon like chalk skitin aff a blackboard only worse.

'Oan guard awready,' he shouted ower tae Scratchy. 'Ye're early the nicht!'

Scratchy just said aye. Farrier was a bit donnert, saft-like, but awright. He didnae mind the lads hingin aboot at the shop, long as they didnae make ony mess. Crime prevention, he cawed thum. When he pued his caur oot doon the side ae the shop oantae the road, he gied Scratchy a cheery wee wave afore drivin awa. Howie an the Boot came along thegither. They ay waitit till the shop was shut. Till they'd hud their dinner an Farrier was awa hame.

'Hoo ae we daen the night, then, Scratchy, boy?' Howie says.

'I'm rinnin awa.'

'Awa whaur?' the Boot waantit tae ken.

'Awa in the heid,' Howie filled in. 'Whit's wrang, son? Yer mammy make ye waash the dishes?'

'Very fuckin funny,' Scratchy says.

Fraser come alang the road. He hudnae been oot fur a while. Prelims or somethin. He was chewin awa, a poke ae crisps in his haun.

'Wha is this stranger we see afore us?' Howie cartooned. 'Is it a burd, a plane, a sook?'

Fraser held oot the poke.

'Waant a crisp?'

Scratchy hud his haun in the poke furst.

'Man, I'm needin that,' he said. 'Never hud nae dinner.'

Fraser haundit him the poke.

'So back tae business,' Howie went oan. 'Whit fur ae ye rinnin awa? An hoo come ye've no got nae further than the shop? Legs gie oot, did they? Waant some trainin, you dae. I'm the boy fur that. Hip two three fower.'

'Cause if I stey I'm gaunae kill ma stepfaither.'

Musta been somethin in the wey he said it. Howie stopped guisin aboot. Fraser coughed. The Boot lit a fag n'en offered Scratchy yin.

'D'ye faw oot wi yer mither aboot him?' Fraser asked.

Scratchy noddit.

'Aye.'

The three boys sat doon oan the apron in a raw alangside

him. They aw gawped at the road ablow thum like they'd never seen a road, or that bit ae it, afore.

'Right,' says Howie, hoofin aff intae the road an turnin roon tae address thum aw. 'So whit ae we gaunae dae aboot it? Noo, personally, killin's no a bad idea. It's quick. Ye git it ower wi. Problemo solved. Only hing is, folk dinnae like it. Namely, the boys-in-blue folk. A wee doin, oan the ither haun, is gaunae git us less porridge. Bit mair chance ae it. Cause Dick, the dinger, kens wha we ur an wid turn us aw in.'

'Take the stair light bulb oot,' the Boot says.

'Whit fur?' Scratchy asked.

'So's he'll no see the skateboard.' Howie boo-boomed the punch-line.

'Smash up his motor,' Fraser said.

That settled it. The motor was the richt target. They aw kent hoo Dick felt aboot that motor. An auld Zephyr he kept spick an span. Ay polishin an tendin it. Smashin the caur was better'n smashin Dick. Cause that would hurt him whaur he felt hings. Smashin the motor was safer, though no much. It hud nae alarm. But it sat richt ootside the gate when Dick was hame. Even in bed, even in dream-land, Dick hud an ear cocked fur onythin happenin tae his motor. They ran through every possibility.

Sugar in the tank.

– Tank was locked.

Prise the bunnet up an take the guts oot it. Chuck em in the canal.

– Needae get inside the motor furst.

A wee fire ablow it.

– Couldnae be shair the tank'd catch. No afore somebody spotted the flames.

Burst aw the tyres.

– He'd just get mair.

Pent it a shite colour.

– It was a shite colour.

Pent Dick oan it.

'Aye an'en ma maw'd ken it wis me,' Scratchy said.

'Dae ye ken thur's nae yella lines at your bit?' Fraser asked.

'At's right,' the Boot says. 'Seen it whin I come by. They've pit thum aw roon this side ae the road, cept at your bit.'

'Widnae lit thum. Widnae shift his motor.'

'Double yella!' Howie hollered. 'At's fuckin it! Double yella! He'll think the cooncil done it. He'd hae tae park somewhaur else. An'en we'll git it!'

Hauf an hoor an they wur skulkin aboot ootside the cooncil yaird. The chain-link fence'd be nae bother. The night watchman was a different kettle ae fish. Try gaun ower that fence an he was gaunae hear every shoogle like alarm bells ringin.

'Diversion,' Howie says. 'Wha's best at actin drunk?' The question haurly needit askin. Three pair ae een stared at him. He'd fower or five year mair practice than ony ae thum. 'Yeese are aw lassies,' he complained, staggerin awa. 'Useless lassies an aw.'

Twa meenuts an they could hear him gien it laldie oan the ither side ae the compound, staggerin intae the wire, leanin oan it, shakin it, singin tae the moon.

'Namonnnn nannnbeee mahahahigh low-how-ov.' *Rattle, rattle.* 'Mmmiiiee noooown.' *Rattle, rattle, rattle.*

'Could he no sing somethin we'd ken?' the Boot girned. 'We'd mibbe ken when the rattle'd come then.' He an Scratchy wur gaun ower the wire. Fraser was bidin oan the ootside. Tae keep watch an tae catch the machine when they lufted it ower the tap. *Rattle, rattle.*

'Go,' Fraser said. Scratchy went. The Boot folleyed. Up an ower like monkeys. *Rattle, rattle, rattle.*

'Canveshaaa borrroro nnnggeeeooo.' *Rattle, rattle.*

In the yaird, Scratchy an the Boot prowled aboot, ferretin roon the machines.

'Whit's it look like?' Boot hissed.

'Dinnae ken,' Scratchy hissed back. 'Never seen it.'

'Fuck!'

'Gonnnnaaa wooooo nntaahaa mmmmannnuahh.'

'It's no ma faut,' Scratchy whispert.

'No you. That fuckin rackit,' Boot inclined his heid tae Howie's yodellin. 'S'daen ma nut in.'

'Hoi! You!'

Baith lads drapt, quick as a flash ahint a lorry. Scratchy's nose filled wi the stink ae grease an diesel an a bitter smell. Like somethin was burnt.

'Gonna bugger aff an sing somewhaur else, sunshine? I'm tryin tae get a kip in here.' The nightwatchman was oot his Portakabin an gesticulatin at Howie, ootae sicht ae the ither lads, impaled oan the fence ower the opposite side ae the yaird.

'Geeshh a sh-ong n'en, pal,' Howie shook the fence. 'M'oan. Sh'your go.'

The Boot an Scratchy startit workin their wey roon the inside ae the wire, peerin doon atween vehicles fur onything that micht look kinna like the required machine. They went as faur as they daur towards Howie an the watchman. Nothin.

'I'll gie a shong, awright,' the watchman was sayin. 'I'll gie ye somethin tae sing aboot an all, if ye dinnae git awa hame an gie's peace.'

'Haham oaoonly haburdd whaehae naehae hahame . . .'

Rattle, rattle.

'Right. That's it.' The watchman, soondin final, startit heidin fur the gate.

Scratchy an the Boot heidit back fur whaur Fraser was. At their backs, they could hear Howie gien the hale gemme awa.

'Haw, ye waantin a fight? Waantin a fuckin fight, then?

M'oan, then. Git yer dukes up!' *Rattle, rattle, rattle.* Fraser peered in the fence at the twa ae thum.

'Come oan, come oan. He'll suss it the noo.'

Grease, diesel an that soor burnt smell filled Scratchy's nostrils again.

'Naw, wait a meenut.' He turnt back tae whaur he an the Boot hud cooried doon. Oan the faur side ae that lorry, there it was. The big motor wi aw the pent linin equipment stacked oan it, neat as ye like. The Boot came ower tae haul him ootae there. Thegither, they wheeched yin ae the wheelbarras aff oantae the grund.

'Mair pent,' Boot hissed. 'Jist in case.'

'Oh, aye. Feart noo, eh?' *Rattle, rattle.* 'No the big man no, eh?' *Rattle, rattle, rattle.*

They scoured the lorry fur drums. Nothin. Just packets. Bags like cement. Yes! Naw. White. Yella! Aye! Scratchy heaved yin up. Boot luftit the machine. They cairtit baith ower tae the fence. Fraser put a fingur tae his mooth.

'Wait!' They waitit, froze. Boot poised, the machine aff the grund. Scratchy's airms streetchin wi the wecht ae the bag gettin heavier in thum.

'M'oan n'en. S'a fight ye're waantin. M'oan n'en!'

An the watchman:

'Fight? Ya wee nyaff! I'll murder ye!'

Then it came.

'Oh, Mammy, Daddy, Mammy, Daddy. Help, murder, polis.' An the wire: *rattle, rattle. Rattle, rattle.*

'Noo!' Fraser said.

Boot punted the machine up. It wouldnae go ower. Too low.

'Aw, Mammy, Daddy, help, murder, polis!' *Rattle, rattle, rattle.*

'Git aff that wire, ya wee nyaff!' *Rattle, rattle, rattle.*

The machine was back oan the grund. Inside. Boot ran his

een roon the space nearhaun. He run awa, come back hucklin a metal barrel, luftit the machine, got hissell up oan the barrel, punted.

'I'm bein molestit!' *Rattle, rattle.* 'Is boy's efter ma family allowance.' *Rattle, rattle, rattle.* 'Git aff. I'm savin masell fur Jesus!'

The machine went up an ower. Boot hauled Scratchy up oan the barrel aside him. Atween the twa ae thum they heaved the bag.

'Goad amighty. Help! Is fuckin cunt's a nutcracker!' *Rattle, rattle, rattle.*

Fraser only just managed tae brek the machine's rapid descent intae bits. Thur was a thump looder than ony ae thum wouldae liked as the bag hit the grund. Boot shoved the barrell back.

'Noo I've got ye!' *Rattle, rattle, rattle.*

Baith lads went up an ower the wire thegither. A high-pitched soprano screech yowled like a bootit dug fae the ither side ae the yaird.

'Whit aboot Howie?' Scratchy said.

'Fuck Howie,' the Boot said. 'M'oan!'

They slapped the bag ower the wheelbarra's box an shoved it awa up the canalside, crossin tae the side they waantit tae be oan when they reached Tamfourhill Road. By the time they wur in the Darkie, the Falkirk tunnel, they wur hame an dry. It was a mile lang, daurk, an led straucht back tae the village. They walked through it, the barra wheel squeakin, them laughin an jokin, relief runnin in their bones like the watter fae the roof.

'Namonnnn nannnbeee mahahahigh low-how-ov!' they mimicked, the noise resonatin doon the tunnel like some weird religious chant.

'D'ye hink he got awa?' Scratchy asked. They wur nearly oot the ither end ae the Darkie. Nearly hame.

'Wha, Howie?' Fraser said. 'Still be singin, win't he?' An they aw burst oot again. 'Mmmiiiee noooown.'

'Okay, lads,' The voice at the end ae the tunnel was lood, sherp, authoritative. 'Gemme's up. Jist step awa fae the machine an come oot here whaur we kin see yeese!'

Boot let go his shaft an turnt tail back fur the ither end.

'Come oan, run fur it, boys,' he shouted ower his shooder.

Fraser an Scratchy looked at the tunnel mooth in front ae thum.

'Namonnnn nannnbeee mahahahigh low-how-ov,' it sung. Then Howie drapt doon aff the bank intae view oan the towpath, grinnin like a chimp.

'Fuckin eejit,' Scratchy said.

'Whit if we'd dumped this in the watter?' Fraser asked.

'Ye'd jist a hud tae haul it oot again, sunshine,' Howie grinned. Then he shoutit. 'Haw, Boot! Thon nightwatchman's efter yeese fae that end!'

Boot was saunterin back. He wasnae gaunae faw fur it. No twice. But he couldnae help lookin ower his shooder. Soon as he did, the ither three hootit like factory horns.

'Thought that nightwatchman wid've ett ye by noo,' Boot said. Howie gied him a look that wondert just hoo stupit a body could be.

'Nae chance,' he boastit. 'I jist led him a wee merry dance roon an roon his ain yaird.' He danced aboot the towpath, demonstratin. 'No go ony faster? C'moan, pal, ye're makin this too easy fur me. Hey, when d'ye git the bypass? Pacemaker no workin then? Waant a swally? That'll git yer motor gaun. I'd see they docturs aboot they tin legs. Ye wis robbed.' He held oot a thing like a pent scraper wi a box feeder an a trigger. 'Hey, see whit I've got.'

'Whit is it?'

'Dinnae ken. Luftit it aff yer lorry while I wis playin huntegowk wi yer mannie. Jist fancied it. Wee souvineer.'

Oot in whit licht thur was fae the streetlamps shinin oan the towpath, they aw peered at the barra. Nane ae thum hud a clue how it worked.

'Stupit cunts,' Howie says. 'Pent in here, lid back oan. Squeeze the wee haunle an ye're awa.' They tore open the bag. Powder?

'Weel, mix it up then,' Howie says. 'In't it handy we're richt by the canal. Plenty watter. Christ, um I gottae tell yeese everythin?'

They dipped the barra in the canal, steered in some pooder wi a stick. The grains steyed separate. They steered in mair. The test line oan the towpath dribbled. Pooder an watter.

'Mammy's boys,' Howie moaned. 'Pent's gottae be hot, see, or it disnae run oot. Sets like concrete whin it cools doon.'

'Ye said watter,' Fraser reminded.

Howie wasnae aboot tae own up he worked by a process ae elimination. That, an rummagin in his memory ae aw the different community-service jobs he'd hud forced oan him fur his nocturnal activities.

'Testin yer intellect,' he sneered. 'Yeese aw failed.'

Scratchy was gettin worrit aboot the time. That an the perils ae a bonfire doon the bankin in the daurk.

'Somedy'll phone the polis.'

'Aye,' Fraser agreed. 'An they'll turn up wi Pugh, Pugh, Barney McStew.'

'Custard, Dribble an Gub,' Scratchy feenished.

'Then we'll aw be pit oot,' Boot added.

'It's Hugh,' Howie said. 'Yeese ken nothin. Hugh, Pugh . . .'

They gubbed him. The thinkin caps went oan again. They wurnae gaunae get it done that nicht. Dick'd be hame in hauf an hoor. The caur in place. He wouldnae shift it again till twa in the efternin the morra. So that's when it hud tae be. Broad daylicht.

'I'll dae it,' Howie says. 'Onybody asks, I'll jist lit oan I'm tempin fur the cooncil. Dose ae community service. Go wi ma credentials.'

They hauchled the barra up the bank an hid it in the trees opposite Scratchy's hoose. At ten a'clock, they wur aw back at the shop like they'd never been awa when Dick went by oan his road hame in his auld cherished Zephyr. Hauf an hoor later, Fraser an Scratchy walked back roon the road thegither. Scratchy hud the jitters. He could be walkin intae God knows whit kinna rammy fae his mither an Dick. He could be walkin back oot again tae.

'Dinnae hink I'll gettae stey,' he said. 'Likely catch it aff baith ae thum noo.'

'Ye kin ay come doon tae ma bit,' Fraser offered.

They walked by the broon Zephyr, sittin polished an shiny, the only caur their side ae the road. Scratchy swung in the gate.

'Mibbe see ye efter, then?' he said.

Fraser noddit.

'If no, I'll see ye the morra night,' he said an went oan doon the road.

Scratchy went in the front door. The noises wur normal noises. TV yabberin awa. Dick feenishin his dinner. His maw sortin hings fur the morra. Karen'd be in her bed. Naebody shoutit fur him. Naebody seemed tae be efter him. Naebody waitin fur the soond ae him comin in. He did whit he ay did. Went straucht up stair tae the toilet. Come back doon an went intae his room. Thur was a gless ae milk an a couplae sandwiches oan his bedside table. His mither? Karen? He ett thum like he'd sterved fur a week. Undressed, got intae bed an fell asleep in meenuts. An like it ay did, when somebody woke him, it seemed only meenuts he'd been sleepin when he was shook awake.

'Git up. Ye're gaun tae the school,' his mither said.

In the kitchen Karen was sittin haen her cereal. Didnae look at him. His mither pit her coat oan.

'I'm away fur the bus,' she said. 'I waant baith ae yeese oot that door in fifteen meenuts. An nae excuses. Ye hear?'

They baith noddit. The front door shut ahint her.

'Did you say onythin?'

Karen shook her heid.

'Did she say onythin tae you?'

Karen shook her heid again. The front door opened. Their mither came back intae the kitchen, crooked a fingur at Scratchy.

'C'mere.'

He folleyed her ootside, up the path. She stopped at the motor, pinted tae the Zephyr.

'S'at got anythin tae dae wi you?'

Scratchy stared. Twa thick yella lines ran side by side, like show-aff go-faster stripes, the length ae the motor. Up the front bumper, ower the bunnet, the windscreen, the tap an doon the back windae, ower the boot an the rear bumper, a bit wobbly bit perfectly in line wi the double yellas oan the road. Scratchy gawped, his mooth hung open.

'Aye, well,' his mither sighed. 'I kin see it didnae. Better go, I'm gaunae miss ma bus. School, mind.' An she went aff awa up Parkheid Road. Karen come doon the path. She stood an gawped at the motor an all. Scratchy was tryin tae figure hoo Howie hud done it. He'd likely cooked up in his mither's kitchen efter she was awa tae bed. But luftin that barra up tae run it ower the caur? Aw the squeakin, crankin an scrapin. No yince either. Twice. It wasnae possible. No an keep it straucht. Then he mindit aboot the hingy like a pent scraper. A thing ye held in yer haun that hud a feeder box an a trigger. Ya beauty!

Dick was gaunae go mental. Dick was gaunae rage fur ever. The double lines wur set like yella concrete. Stupendously, screaminly permanent. It'd take a pneumatic drill tae get thum aff. That or enough heat tae melt his motor. Dick'd be a broken man. Somewhaur aboot level wi Scratchy's shoes, the biggest smirk in the world was startin tae growe up through his taes, his ankles, his bones.

'I hink we better git oor skilbags,' Karen said. 'An git ootae here.'

11

Magpie

THUR WAS a wee shop jist aff the Coo Wynd whaur she could get thum. Aw colours, an wee purns ae threid tae go wi thum. Gettin threid the same colour was important. Ye didnae waant it tae show. Didnae waant it tae be seen.

She wasnae a young wummin noo. But the lassies in the shop didnae turn a hair. She'd been gaun there fur years. The lassies chainged. But they wur ay young. They taen her message, wrapped an chairged it. Haurly looked her wey. Fifty. She was at the invisible age. Gaun back up the brae in the bus, the thocht rattled in her heid. She'd ay been invisible. Middle wan ae three. A faimly ower busy makin ends meet tae notice her, the quate yin, less she did somethin wrang.

The bus gears snarled an girned. Every time it reached the same bit. She ay thocht it wid stop. Stall an no get ony further. But it never did. Just by the gate intae Callendar estate, that's whaur. Ay the exact same spot. Even if it was gaun faster an ye thocht it would get further up, it never did. The day thur was a wean walkin oan tap ae the waw. Near taen her braith awa when she seen it. A wee lassie, tae. Pink shorts an blond hair. A boy ye'd mibbe expect. The waw was high. Ten feet mibbe. Ahint it the trees wur higher. Hoo did a wean get up there?

She got aff the bus at the school, crossed the road an walked doon Parkheid Road. Her hoose was at the bottom ae the hill whaur the trees opposite sloped awa doon tae the canal. The thocht ae the message in her bag shone in her heid. It made gaun hame a guid thing. They wur the bonniest blue. Bricht as the licht in a bairn's een. Mind, baith hers hud broon. Taen it aff their faither. Grewn up noo. Her dochter was in London. Didnae come hame much. Neither did the laddie. Phoned when he waantit somethin, that's aw. Ower much like his da onyroads. Her ain faut. Spiled him.

Up in her room, she spilled the hale packet oan the bed. They sparkled like jewels. She tried tae think whit ye cawed the blue yins. No amethyst. That was purple. Lavenderish. Diamonds wur like gless. Topaz. Orange wasn't it? Green . . . naw, she couldnae mind. Mibbe thur wasnae yin. She spread thum aboot wi hur hauns, luftit thum, let thum rin through her fingurs. Sequins. Wee gems.

She opened the wardrobe, reached in unner the jumpers she kept oan the bottom shelf an drew the package oot. The broon paper crunkled as she laid it oan the bedspread. The frock inside spilled oot, poored like a stream ae shinin watter sparklin wi licht. She fund it in a charity shop. Sleeves tae the wrist but wide so they trailed awa doon. It was lang, skimmin oot fae the waist till it trailed oan the grund. Black, it hud been. Still was. Unner aw the sequins. Aw colours. Must be hunners shewed oan noo. An a wey tae go still. No that she'd ever weer it. That wasnae the pint. Though it'd fit. An she'd haud it against hersell an staun in front ae the mirror. Just starin at the wummin wha stared back. A wummin that sparkled. A wummin folk would notice.

She was threidin the needle when the doorbell rang. Haufwey doon the stair, she looked oot the windae but couldnae see wha was there. So her haun was oan the door haunle afore she heard the wean. If only she kent hoo no tae open the door. Joyce, the young wummin wi the pushchair, hud a hard look oan her face.

'I waant his address.'

Magrit swallied hard.

'I dinnae ken it. I telt ye that.'

'Ye dinnae ken it. Yer ain son?'

'I dinnae. I gied ye his phone number. Whey don't ye phone him?'

'Cause I just waant his address an he's no gaunae gie me it. Is he?'

The bairn in the pushchair chewed its rattle. Its hair was still fine, wispy blonde. It's een shinin. Blue as her sequins. Slavers dribbled doon its wee chin. It swung the rattle so it bonked aff its face.

'He's gettin big.'

'She.'

Her son said the wean wasnae his.

'Look, Joyce, if I kent I wid tell ye.'

'Ye hink I'm believin that?' Every word she spoke seemed tae make her angrier. 'Weel, I wis it the Child Support Agency. Try tellin him that. See if he likes that ony better. No his! We'll fund oot then, awright.' The pushchair was turnt roon in yin swing ae the haunle an hurled awa up the path. Magrit shut the door.

The stairs wur steeper whin she went back up thum. Whey did awbody think ye wur oot tae dae thum doon? She stopped haufroads, looked oot the windae. She'd never been onythin but kind tae that lassie. Sometimes she'd staun there fur hoors, starin at the trees and the sky. A young wummin wi a bairn. Thur were ay magpies struttin aboot. Coorse she was gaunae need money. Their black-an-white tailcoats made thum look like auld-fashioned butlers. Some folk didnae like thum. If thur was mair'n twa whit a rammy they could start. They ett ither birds' young. Arguin wi each ither. But they liked shiny things an aw. Sapphires, that's whit ye cawed the blue yins. The noo thur were three magpies. Craig said Joyce'd only picked oan him.

The sequins oan the bed lit up the room. Magrit sat doon oan it an broke aff the blue threid. Music. She needit somethin tae listen tae. Reachin ower tae the machine aside her bed, she pressed the play button. 'Sempre libera' bounced intae the room. She nearly laughed oot lood. The wee hoor. But that wasnae fair. Violetta was richt. Live while ye kin. Aye. She startit tae stitch. The frock chainged colour aw the wey doon. Startin wi rid roon the neck. Rid, orange, yella, green. She'd made shair the chainges wur broad an nerra in different pairts so the effect worked like waves that would curve roon the body, the shades gradin intae yin anither as natural as she could get it. An wi thum blended whaur it chainged, mair orange, wee bit orangey yella, then less orange, mair yella. Ye could haurly tell whaur yin colour startit tae be anither. Unless ye looked awfy close.

'Haw Magrit! Fuckin freezin in here, is it no?'

Anne said that every time they hud tae work in the chill shed. Of coorse it was freezin. That was the hale pint. Magrit was chilled tae the marra.

'It's cauld, aye.'

'Cauld, ma erse,' Anne shoutit back ower the rackit fae the machines. 'It's fuckin freezin, that's whit it is.' She put her haun up an tapped the wee white hairnet oan her heid. 'Look, I'm gaun white-heidit. Frostbite, that's whit that is.'

They wur packin cooked pasta. Anne was forty. Last week.

'Helluva gled,' she said. 'Noo I kin get startit livin. In't that whit they say? Life begins at forty. Well, I um good an ready fur it.'

Nothin hud chainged. No in a week.

'Is fella wis chattin me up it the club ower the weekend,' she shoutit doon the line. Anne didnae care whit folk got tae ken. 'Wee hauns he hud. I cannae staun men wi wee hauns.

Like wee white mice scrabblin aboot yer tits. Telt him tae fuck aff whin he tried it. Taen his drink furst, but.' She hooted laughin. So did Rab, the gaffer, though he stuck his hauns in his pockets an wandert aff, awa ootside fur a smoke. Anne nodded her heid tae his departin white-coated back an grinned. She was ay noisin folk up. Twa meenuts was aw the peace onybody got.

'Haw, Magrit,' she shoutit again. 'I seen that man ae yours wi his fancy bit in the club. No waant tae come oot wi us next weekend, git yersell a new fella?'

That was aw she was needin. How aboot a new face? The horn blew, savin her fae answerin. No that Anne expectit an answer. If ye waantit tae make yin, ye hud tae shove it in gey quick. Anne was awready two-steppin tae the racks, untyin her blue overall an singin.

'Woo-woo. The runaway train came over the hill n'he blew.'

They settled oantae the bench in the canteen, slidin plates ae stodgy steak pie an chips in front ae thum.

'Haute cuisine,' Anne said, wrigglin her eebroos. 'Weel, hoat, onywey.' She forked a moothfy. 'Ah, weel. Ye cannae be right aw the time.'

It wasnae that cauld. Edible. Just.

'Wis he lookin awright?' Magrit asked.

Anne turnt, a forkfy peas in front ae her open mooth.

'Whi'dae you care?' she said, mercifully quate. 'He left ye, didn't he? Ye dinnae waant him lookin awright. Ye waant him lookin like a right bastard cause that's whit he is. Cannae keep it in his troosers. Hauf the men in Bo'ness are after him. Fur tryin it oan wi their wimmin. That's whey he goes oot up the toon. Furget him.' She opened her mooth roon the fork, taen the peas in, chewed thum. 'Come oot wi us it the weekend. Hae a laugh. Get oan tap ae it.'

'I am oan tap ae it,' Magrit said. 'Just wondert how he wis lookin.'

Anne pulled her een thegither intae a squint.

'Roon corners,' she said. They baith laughed. Magrit didnae really hink it was that funny.

Oan Setterday she was back in the shop, lookin fur a deeper shade ae blue. The wee packets wur aw colours. She hud tae get it just right. Heidin intae indigo noo. Yin day she was gaunae go tae Paris. Tae the Louvre. An the D'Orsay. See if aw they penters hud got it right. Ye couldnae be shair just lookin at books. She waantit tae see Van Gogh. His blues wur ay bricht, strong. But he liked sudden chainges. Monet was better. He kent aboot blue. Aw the shades. Shiftin tae indigo, violet. Gradually.

'Kin I help ye?'

Magrit stopped riflin. Stunned, she stared at the young lassie wi the check overall staunin chewin gum an waitin fur an answer.

'Whit?'

'Is thur somethin special ye're lookin fur?'

'Aye. I mean, yes.'

'That's awright,' the lassie smiled. She hud hazel een. Broon hair. 'I didnae mean tae gie ye a fricht. Just, thur's some in the back if the wans ye waant urnae here.' She went awa an come back wi a box.

Magrit stopped feelin guilty an startit feelin excitit. A hale boxfy. Mibbe she would just get thum aw. Enough tae feenish it. The richt shades. The lassie enjoyed rakin as much as Magrit.

'I yaised tae waant a costume covert in these,' she said. 'When I wis wee an daft. Mind ye yaised tae see thum oan the skatin.'

'Spec ye still kin.'

'Aye. Mibbe cause I'm workin noo. Never in at the right time. Oh, look it this.' She held oot a pack ae shell-pink.

'Oh, they're bonny,' Magrit said. 'But they needae be blue. Blue gaun intae purple.'

'Like this?' She held up a pack. It was deid oan. They got the next shade oan the rack. 'Whit ae ye makin?' the lassie asked.

'Ye'll laugh.'

'No, I'll no.'

'A frock. A long frock doon tae the grund. Wi long sleeves that hing awa doon. Aw the colours ae the rainbow. Startin wi rid.' She stopped. It soondit kinna daft when ye said it. 'I just need violet noo. Daurk then light.'

'It soonds great.'

'Dis it?'

'Aye. Magine weerin a rainbow.' The lassie haundit her three packs tae look it. 'Whit ae ye makin it fur?'

Magrit laughed, embarrassed.

'Dinnae ken. Just waanted tae.'

It hud happened withoot thinkin. Yin thing leadin tae anither. Nae plan or owt. Noo, thinkin, she felt auld an ugly wi her gingery salt-an-pepper hair, her face marled red wi threid veins. Auld. Ugly. An stupit. The lassie chainged wan ae the violet packs in her nerveless unresistin haun.

'There. That's better, in't it?'

It was spot oan. Magrit haundit the wee bundle ae packets back tae the lassie and taen her purse oot.

'I think it's a great idea,' the lassie said. 'Ye'll be like a bird ae paradise. Ye'll needae come in an let us see it oan.'

'Oh, hen.'

'Nae kiddin.' The lassie rung up the sale, slid the sequin packs intae a paper poke. 'A real bobby-dazzler ye'll be then.'

'Aye. Arrestit fur makin an exhibition ae masell.' Magrit

went oot the door. Fancy her waltzin doon the Coo Wynd wi that frock oan. Naebody, but naebody would hae the nerve.

In her room, she put music oan first. Picked whit she waantit insteed ae just playin whit was in. Callas singin 'Una Voce Poco Fa'. Yin day she was gaunae go tae Italy. Hear Rossini whaur he should be heard. She opened aw the pokes, timmed the sequins oot an spread thum ower the bed till the hale cover sparkled. Whit bonny they wur. She poored the frock oot its paper an hung it up oan a hanger oan the wardrobe door. Bird ae paradise. The diva's voice flirted oan, dancin oot. Teasin. Sexy. Magrit hud tae see hoo the frock would look yince it was oan.

She hauled her skirt an jumper aff, then her tights an breeks. Sittin oan the edge ae the bed, she unfastened her bra an flung it in the corner. Staurkers, she stood up, reached fur the frock. In the dressin-table mirror, somethin was shinin oan her back. She turnt, squinted roon at her reflection. Her bum was covert in sequins, gleamin an shimmerin. She must've sat oan thum. Whit an eejit. She turnt this wey an that in front ae the gless, lookin. Spangled was an improvement. Ye didnae see the lumps an bumps. No that her body was that bad. But it was a helluva lot better-lookin, that rear end, wi the licht reflectin aff it and twinklin blue an violet.

A big grin broke oan her face an she hauchled hersell up oantae the bed an flung hersell face doon. Gigglin oot lood noo, she row-chowed aboot, back an furrit, furrit an back. Callas' voice curled roon her, up an doon her legs, her backbone, roon an roon in her lugs till Magrit was gaspin. When she stood up, her hale body was covert, patchy but shinin wi licht. Blue, indigo, violet. Like somethin pentit by Monet. She twirled, peered at her back, turnt face oan tae the gless, stared. A bird ae paradise stared back. Legs, thighs, belly, breists. Thur was even lavender an blue staurs twinklin in her hair. Fancy wummin.

When the phone rang she answered it wearin just skin an sequins. It was Craig.

'She got me it ma work,' he said. 'If I dinnae pey up their gaunae stop it aff ma wages.' He was ragin. His voice lood an ticht.

'That wean's yours,' Magrit said. 'S'got its mither's een. In your face.'

The roar he gied dingled her ears.

'Whit the fuck dis that maitter?'

Magrit hung up. Thur was a trail ae sequins across the room. Twa or three fell at her feet. The phone went again.

'Did you hing up?'

'If it disnae maitter then ye'll no miss.'

'Whit the fuck ae you oan aboot?'

Magrit hung up again. She was gettin mair naked the longer she stood.

They wur packin cucumber hauves. Anne was choppin thum. Magrit worked away, doon the conveyor belt a bit, stickin thum in their packets. Come Setterday she was gaunae take the frock doon the toon an show the lassie. The belt chugged an clanked alang. She hated this job. The smell ae vinegar oan her hauns. The vats ae it staunin roon aboot in the sheds. She hated shovin her hauns in thaim. The smell near choked her.

Rab, the gaffer, was daen his usual. Nothin much but makin it look guid. Mibbe she could buy some material an make somethin fur the wean. Rab wandert doon past Anne, managin tae look like he wasnae too happy wi whit she was daen.

'Haw Magrit,' Anne shoutit. 'Ye ever seen yin this big?' She waggled a wallopin great cucumber in front ae her like it was a magic wand.

'No even in ma dreams,' Magrit shoutit back. The words wur oot her mooth afore they'd even come intae her heid.

Anne never even blinked. Just grinned, slammed the vegetable doon oan the block, raised the chopper.

'That's cause I'm cuttin thum aw doon tae size,' she shoutit, an brought the chopper doon.

The thud made Rab wince. Athoot makin it obvious, he sidled awa oot fur a fag. Magrit grinned tae Anne an noddit tae his retreatin back. Twa meenuts' peace was aw she was gaunae get.

'Haw, Magrit,' Anne shoutit. 'I seen that man ae yours again it the weekend. In the club. Waant tae ken hoo he wis lookin?'

The cucumber was oan the block. The chopper raised. They baith shoutit thegither:

'Hauf-cut!' An the chopper came doon.

12

Bonny Dancer

AY SOMETHIN needin done. I hud tae get doon oan ma knees wi the haun fork. Either that or drive the spade in wi ma airms jist. Cannae dae it wi ma feet. I'd faw ower. Cannae let the weeds growe either. Somedy's gaunae notice.

'Isa, whit's gaun oan?'

I burl roon. Airchie McIntyre's leanin oan ma gate. Claes as ever, sair needin a waash. Hair like a bird's nest. Grey an toosled. Cuts it hissell. I doot he's ever looked in a mirror. Cannae look efter hissell. Nae pint tellin him tae run a comb through it. Says yon's no natural. I telt him yince it wis so. No an animal onywhaur disnae groom itself. Less it's seek. Mice, rabbits, birds. They aw dae it. Makin shair awthing's in its place. Every hair an feather. He widnae hae it. Says he gets messages through his hair. Like antenna, he said. Or a cat's whiskers. Then he went oan aboot hoo the wind combs it. Onybody lookin at him widnae ken it. Still, there's nae herm in him. Cept, noo, I'm wonderin if he kens.

'Get that man ae yours oot,' he says. 'Exercise'll dae him guid. A wee bird of a thing like you. You're no waantin tae be diggin the gairden. Man's work, that yin.'

'He's no fit noo, Airchie,' I tell him. 'Disnae dae much.' Disnae dae owt.

'No fit fur the club, either,' Airchie says. 'No like Jock tae miss oor Setterday. They hud a karaoke. I wis singin. Vita brevis, Isa. You should come an all.'

'I furgot it wis the auld folk's Setterday,' I tell him. 'He never made a move.' Airchie steps back fae the gate. He's an awfy pile ae messages in they bags.

'At least you're lookin weel oan it,' he says. 'Somedy ay wins, eh? Ye shoulda hud a better man, Isa. Mind an dig they in noo. Guid fur the grund.'

Mibbe Airchie'd be the wan. Nothin seems tae fricht him. That's whit ye get fur no bein aw there. Mind, I'm no aw there masell noo. Drawin the pension. Dinnae ken whit I wis thinkin aboot. I huv tae haud ma wheesht noo. But somedy's gaunae find oot some day. Airchie's no awa twa meenuts an he's back. Wi a wee yella box.

'Wait tae I show ye whit I got the day,' he says. An he clicks a button an sits it oan the path. The noise near lifts me aff ma feet. A wummin singin. Black wummin, soonds like. Airchie draws me tae ma feet, pulls me intae his airms an burls me roon, singin alang wi hur.

'What's love got to do, got to do with it.'

He dances me up an doon the path, singin like a linty. I feel a right eejit. But he's no a bad dancer. I'm ootae puff afore he stops, bends ower an switches his wee machine aff. Thur's a hen blackie unner the hedge. Een like peenheids, waantin at the worms I've turnt up wi the grund.

'Got it fur nowt,' Airchie says. 'Free wi a music centre. Taen it fur a walk roon the corner, loosened wan ae its wires an taen it back. No workin. Telt them I wisnae chancin anither yin. Got ma money back. Tried tae take this aff me. I telt thum. Free gift, it says. Wi every music centre purchased. I purchased. Nothin aboot gien it back if yer purchase isnae richt. Couldnae huckle me oot the shop quick enough.' He sticks the yella box back in his pocket. 'Ye wur needin that. In toto,' he says. 'Ye're a bonny dancer.' An awa he goes.

If I hudnae still been ootae puff, I widda shoutit him back.

13

Tom, the Plot

INT.

IT'S MORNIN in the village, just efter the weans are aw awa tae school. Inside her garage, Julie builds up cley intae the figure ae a fallen angel wi broken wings.

EXT.

Tom peers up an doon, side tae side, along the ootside waw ae the garage. He finds a loose splinter ae wid an pulls it aff.

INT.

Julie works the cley, buildin a demonic face oan the angel's hauf-horned heid.

TOM: Oow owww! Ooow owwww!

Julie grabs a wet cloth an goes oot, dichtin her hauns.

EXT.

Julie comes ootae the garage. Tom hauds oot his haun. The splinter ae wid is stuck intae the palm. Julie grabs his haun an pulls it oot wi nae bother.

JULIE: Go fur yer bus, Tom. An nae mair
                         skelfs.

Tom daunders doon the drive lookin at his haun an rubbin
his crotch. Julie gangs back in the garage.

Doon the road, the red mini-bus idles. Moira peers oot fae
inside it, lookin fur Tom.

A fingur presses a front-door bell.

INT.

A bell abin the garage door rings. Julie sighs, drapes yin damp
cloth ower the figure, grabs anither.

EXT.

Hauns luft a rock. Raymond lufts it oot the wheelbarra, looks
ower at Julie's front door. David stauns oan the path, a box in
front ae him sits oan the doorstep. The Renault is in the drive.
Raymond, fae his front gairden, caws oot ower the hedge.

RAYMOND: She'll be in. Caur's there.

Julie comes roon the side ae the hoose, wipin her hauns.

JULIE: David!

DAVID: Brought it back.

Julie peers intae the box. Raymond, still watchin, streetches
tae try an hear. Ahint him, the red mini-bus comes alang
the road.

INT.

Tom, still rubbin his crotch oan the bus, face restin against
his left haun, peers oot the mini-bus windae.

MOIRA: You better stop 'at. R'am tellin oan
                         you.

Up aheid Tom sees Julie peerin intae the box.

DAVID: Might've found you a buyer.

EXT.

Bent ower, Julie looks up at David.

JULIE: Never.

DAVID: Depends. Wants to see the finish. He's
                    interested in a series. Ralf Wooldridge.
                    I gave him your address.

JULIE: The Wooldridge Gallery?

David grins. Julie hollers an flings her airms roon him.

INT.

Tom, screwed roon, masturbatin furgotten aboot, watches
oot the back ae the bus. Moira joogles up an doon oan her
sate ahint him.

MOIRA: You'll get it. You'll get it.

Jookin tae see by her through the bus windae, Tom sees Julie
cuddlin David. Raymond's still noseyin fae ahint his hedge.

EXT.

Raymond, at his hedge, draws his mooth thegither, turns awa,
lufts anither rock fae the wheelbarra an humphs it intae place
oan the rockery he's makin aside his front door.

INT.

Awbody in the Day-care Centre's busy wi craftwork. A
regular *rattlin* noise.

MOIRA: Miss Steven, Miss . . .

MISS STEVEN: I know, Moira.

Tom, at the door, rattles the haunle up an doon, up an doon, up an doon. The door's locked an willnae open. Miss Steven goes ower.

MISS STEVEN: Tom, you've only just got here.
MOIRA: I hink he likes daen that. Up doon. Up doon.

She sniggers.

MISS STEVEN: Thank you, Moira. Tom?

Tom rattles the haunle, up doon, up doon.

INT.

Cup ae coffee in his haun, David looks roon the garage.

JULIE: Well, what d'ye think?
DAVID: Not bad. Not bad at all.
JULIE: Pretty good, ye mean. Aw the space I need. Electricity, water. Just cauld, mind you.
DAVID: And in winter?
JULIE: Electric fire?
DAVID: You could've had the cottage at the Pottery.
JULIE: I need tae dae this oan ma ain. An I have tae work at hame, David. To fit in wi school. (*laughs*) An Tom.
DAVID: Tom?
JULIE: Special-needs guy. Lives doon the road. I think he's adopted us.
DAVID: Another lame duck.
JULIE: That's no fair.
DAVID: No. Sorry.

Julie shrugs.

JULIE: Tom's fine. Like the bairns at St Catherine's.
DAVID: Just a kid, then?

JULIE: Naw, naw. He's aboot forty. In Day-
                    care.

DAVIE: Forty? Look Julie, maybe you should
                    . . .

The face oan her stops him.

DAVID: All right. Okay.

He drains his cup, puts it doon oan the workbench.

DAVID: But, if you want to avoid teaching
                    again, make sure you get the Wooldridge
                    sale.

He heids fur the door.

JULIE: If I get it, I'll buy ye lunch to celebrate.

DAVID: Tell you what, even if you don't get it,
                    I'll buy you dinner.

INT.

The door haunle Tom was rattlin is abandoned. Awbody's
huvin tea. Moira cairries twa cups, yin meant fur Tom.

MOIRA: Miss Steven, Tom's no here. He's in
                    the toilet.

MISS STEVEN: Yes, well, I expect he needs a change
                    from door handles.

Miss Steven is a wee bit frayed. She's weel yaised tae her
chairges gaun aff tae masturbate an is usually quite happy
they've minded aboot privacy. But Tom's new cairry-oan an
Moira's whinin is gettin tae her.

EXT.

Sandra, pushin her baby buggy, stauns bletherin tae Raymond
at his gate. Ahint thum, oan eethur side ae Raymond's front
door, the rockery's comin oan.

SANDRA: Mibbe it's her man.

RAYMOND:	Huvin coffee in the garage? Ye waant tae hear the noises I'm hearin.
SANDRA:	Noises?
RAYMOND:	Slappin, squelchin, bumpin.
SANDRA:	Ye're kiddin!
RAYMOND:	Naw.
SANDRA:	In the garage?
RAYMOND:	Tellin ye. Ask the wife. You dinnae huv tae listen tae it.
SANDRA:	Fuckin hell! Nae fuckin wunner her weans're ootae haun.

Julie an David come doon the path. Raymond dunts Sandra.

SANDRA:	Broad fuckin daylight an all.

David an Julie reach the pavement aside David's caur.

JULIE:	I'll bring it back yince I decide the glaze.
DAVID:	Should've kept it there, then.
JULIE:	Naw, naw. I need lookin an thinkin time first.

David gets in his motor, rolls the windae doon. Julie bends ower, gies him a wee kiss.

DAVID:	What about that dinner?
JULIE:	Nae sitter, yet.

David drives awa. Julie, walkin back tae the hoose, nods tae Sandra an Raymond.

SANDRA:	Nae fuckin shame, hus she?

INT.

Awbody in the centre's workin again. Tom's sate is still empty.

MISS STEVEN:	Okay, canteen's open. Lunch, everybody.

Folk start tae rise, leave their sates, heid fur the canteen.

MOIRA: Miss Steven, Miss Steven. Tom's no
                    come oot the toilet.
MISS STEVEN: Still?

She rolls her een an heids fur the men's toilet.

EXT.

A flash caur pulls up at Julie's hoose an a suave-suited man
gets oot.
Raymond watches fae his front gairden.
The man's fingur presses Julie's doorbell. *Bell rings.*

INT.

The men's toilet. Miss Steven comes in. Tom's no there. Miss
Steven opens the furst cubicle. It's empty. She opens the
saicond door. That cubicle's empty an aw. Abin the cistern,
in the nerra fanlicht windae, the flat soles ae a pair ae shoes
are jammed.

INT.

Ralf Wooldridge hunkers doon tae study the angel Julie's
workin oan. Julie hings aboot, nervous, at his back.
WOOLDRIDGE: I like this. Very much. Erotic. Not sure
                    about direction though, bestiality.

He stauns up, goes tae the fired piece.
WOOLDRIDGE: Lucifer's a bit bog-standard.
JULIE: More real than perfect being though.
WOOLDRIDGE: I'm not telling you what to do. Maybe
                    there's a third?
JULIE: You'd want three?
WOOLDRIDGE: Let's just say I'd like to see what you
                    end up with when they're finished.
                    Three wouldn't be too many.

EXT.

Ootside the centre, Tom hings upside-doon by his shoes fae the fanlicht windae. The grund's just too faur awa fur his fingurs tae reach. Miss Steven an a male assistant come hurryin roon the side ae the buildin.

Doorbell rings.

EXT.

Efternin. Fingur oan doorbell.

Julie opens the front door. Raymond has a fitbaw in yin haun, Matthew by the ither.

RAYMOND:	Booted this intae ma flooerbeds.
MATTHEW:	I didnae mean it.
JULIE:	I'm sorry. Hope nothin's damaged.
RAYMOND:	If it comes ower again, I'll burst it.
JULIE:	No, I don't think so. Inside, Matthew.

Matthew goes in. Julie hauds her hauns oot. Raymond slaps the baw in thum.

RAYMOND:	Bloody yob. Thur's a park roon there.
JULIE:	I'd raither he played in his ain gairden.
RAYMOND:	Waants a man's haun, that yin. Plenty fur his mither, nane fur him. Mibbe if ye kept the boyfriends doon tae wan a day?

Julie slams the door shut.

Doorbell rings.

A fingur on the doorbell.

Julie yanks her door open.

Tom stauns oan the path in front ae the door, his airms spread wide, a big beamer oan his face.

JULIE:	Tom!

Tom, airms oot, waits. A cardboard box sits oan the doorstep

in front ae him. Julie bends ower, looks in the box. It's empty.
No shair whit's gaun oan, Julie feels roon aboot inside the box,
checkin oot the corners wi her haun.

JULIE: Tom, it's empty.

Tom, no shair whit's gaun oan eethur when she disnae fling
her airms roon him, draps his airms, bends, feels roon aboot
inside the box, checks the corners.

JULIE: See? There's nothin in it.

Tom stauns, sticks his airms oot wide again. Julie lufts the
box, grins.

JULIE: Thanks fur the box, Tom. Wid ye like
                         tae pit it in the garage fur me?

She puts the box intae his ootstreetched airms.

INT.

A circle ae flattened cley. A stick pushes twa holes intae it fur
een, twa dots fur nostrils. The stick is turnt roon tae its flat end
an a big, curvy smilin mooth is cut oot. Tom hauds the stick,
leans back an looks at his handiwork.

Hannah, makin a flooer beside him, looks ower at the face.

TOM: Joo lee.

Tom makes his ain mooth intae a big curvey grin.

TOM: Joo lee.

Hannah laughs. Tom laughs.

Baw bouncin. Julie comes intae the garage.

HANNAH: Mum, Tom made you.

TOM: Joo lee.

He makes his ain mooth intae a big grin. Hannah an Tom
giggle. Julie grins.

Matthew stauns in the open garage door daen keepie-uppies.

JULIE: No in here.

TOM: Voot baw.

MATTHEW: Kin ye play?

Tom grins again.

TOM: Tomm. Dwin gull doze.

MATTHEW: Dwin gull?

Tom pints tae his feet, grins.

TOM: Doze.

JULIE: Twinkle toes?

Tom hoots laughin.

MATTHEW: Aw, right! Come oan then.

He draps the baw at Tom's feet. Tom dribbles it awkwardly oot through the garage doors.

EXT.

The fitbaw sits among the flooers in Raymond's front gairden.

Tom an Matthew, hunkered doon, peer ower the hedge at it.

The fitba still sits among the flooers. *Tuneless whistling.*

Tom, tryin tae look like he's no up tae nowt, whistles as he daunders by Raymond's gate, stops, dives intae the gairden, grabs the baw.

RAYMOND: Oi you!

Tom burls roon. Raymond stauns in his open front door.

Matthew, still hunkered ahint the hedge, sees Tom run by wi the baw unner his airm an vanish ootae sicht. Raymond runs by at the back ae him an vanishes. Matthew stauns, sees Tom double back, Raymond closin oan him.

MATTHEW: Pass it, Tom. Pass!

Tom drap-kicks the baw. Matthew stares at it. Tom stares. Raymond stops an aw, an stares.

The baw arcs ower Julie's gate heidin fur the wee Renault in the drive. Julie comes oot the garage, sees the baw heidin fur her as it skims the tap ae the caur. She puts her hauns up an catches it.

Matthew jumps up an doon, punchin the sky.

MATTHEW: Yes! Yes!

Tom starts tae jump an aw, sees Raymond comin fur him an bolts through Julie's gate, up the drive an past yin side ae the caur as Julie walks doon tae Raymond past the ither side. Tom beetles intae the garage an pulls the door to. Him an Hannah peer oot the crack.

RAYMOND: That dummy came in ma gairden efter that baw.

JULIE: Like you're in mine efter him?

RAYMOND: Think ye're smert? Well, ye'll no be sae smert whin I get the polis tae the lot ae yeese.

JULIE: Fur whit?

RAYMOND: Trespass. That baw comes in ma gairden again.

JULIE: They'd only tell ye tae gie it back.

RAYMOND: We'll see. Oh, we'll see aboot that awright.

He mairches back tae his ain hoose. Matthew folleys Julie intae the garage.

INT.

Tom an Hannah shift back oot the wey as Julie an Matthew come intae the garage. Julie gies Matthew his baw back.

JULIE: But if ye're gaunae play wi Tom, mibbe ye should go roon the park.

Tom mocks his drap kick.

TOM: Dwin gull. Doze.

He hoots laughin. Tae hide her ain grin, Julie takes the cloth aff her model, damps it.

MATTHEW: Twinkle toes nothin. You near done Mum's caur in.

Tom stares at the unwrapped cley angel strugglin tae rise, its wings broken, its face demonic.

TOM: No. No.

JULIE: No panic. Ye missed.

Tom shakes his heid, pints at the angel.

TOM: No. Badd man.

JULIE: Whit's wrong?

TOM: A ainge jull. No. No badd. Man.

JULIE: Angel, yes. It comes efter this one.

She turns the fired piece roon so he kin see the angel fawin oot the sky. Tom stamps aboot, gettin mair upset.

TOM: Ainge jull. No. No.

He pulls oan Julie's airm, jerks her furrit.

JULIE: Tom!

Tom pulls again.

TOM: M'oan. See. Ainge jull.

HANNAH: He wants us tae go, Mummy.

Tom jerks Julie ootae the garage.

EXT.

Tom hings oantae Jullie an pulls. Hannah an Matthew come oot the garage.

JULIE: Matthew, lock the doors.

Matthew shuts the garage doors.

TOM: M'oan see. M'oan see.

He takes aff doon the path, across the road, heidin oot the village. Hannah an Julie run efter him. Matthew fastens the padlock.

EXT.

Tom runs doon the dummy road tae the main road, stops, waves thum oan ahint him. Julie grabs Hannah's haun an folleys him ower the main road, gaun towards the canal brig. Tom runs oan, up the back road, Julie an Hannah ahint him, Matthew catchin up. Strung oot, Tom, Julie, Hannah, Matthew run up the back road.

A field. Tom runs across it. Hannah, Julie an Matthew run ahint. Julie pechs.

JULIE: Where're we goin?

Tom waves thum oan towards the trees.

TOM: M'oan. M'oan.

He runs tae the fence, climbs ower it intae the trees. The rest folley.

Tom, Hannah, Matthew an Julie run ower leaf litter, jump ower roots.

The thunder ae fawin watter.

Tom an Matthew come ootae the trees oantae a river bank. Hannah is just ahint thum. Tom pints. Matthew stares up the wey he's pintin. Hannah stares up.

MATTHEW: Wowee!
HANNAH: Cool!
MATTHEW: Ultra cool!

Julie comes ootae the trees, stares up.

A high waterfaw burst wi torrents ae watter.

JULIE: Oh, Tom.
TOM: Ainge jull.
JULIE: Waterfall.
TOM: Ainge jull.

He streeches his hauns high abin his heid, palms turnt oot the wey, flat up tae the sky.

TOM: Ainge jull. Whooosh!

Julie stares up at the watter.

At the tap, a heidstane splits the watter in twa. Like wings, the twa streams faw, poorin doon an comin thegither whaur they froth intae the pool at the bottum.

Julie runs her een back up the faw, seein the giant figure soarin fae pool tae sky.

TOM: Ainge jull.

JULIE: Oh, aye. Angel. Yes.

The tumblin watter. Hannah, ahint it, pushes her face through. Julie puts her haun oan the lassie's face, pushes it back through the faw.

Up at the tap ae the watterfaw, Tom an Matthew appear oan the heidstane. Julie, at the side ae the pool, waves her haun fur thaim tae get aff.

JULIE: Get aff ae there!

Tom grabs a haud ae Matthew an leads him aff ootae sicht. Julie sits wi her bare feet in the pool. Matthew runs up.

MATTHEW: It's great up there. Ye kin see ower the taps ae the trees.

JULIE: Ye kin faw aff.

MATTHEW: I can swim.

Julie splashes watter ower him.

JULIE: Ye'd brek yer back first. Look!

She pints tae the bottum ae the faws.

The watter biles ower rocks.

Tom comes roon the edge ae the pool, his hauns cupped thegither, hauds thum oot tae Hannah, opens thum. A toad sits in his haun. Hannah strokes it.

EXT.

The licht is failin.

Matthew swings oan the gate intae the hoose, dreeps aff

oantae the path. Julie turns tae luft Hannah aff Tom's shooders.

HANNAH: Night-night, Tom

JULIE: Good night, Tom. An thanks.

She pecks a kiss oantae his cheek.

JULIE: You're an angel.

She cairries Hannah awa tae the hoose.

Tom stauns like a stookie, mooth hingin open a wee bit, watchin thum go. He cannae see his ain isolation, noo aw the mair sherp an sairly clear. He kin only feel the achin loss, an its opposite, tinglin oan his cheek whaur Julie's mooth touched his skin.

Julie opens the door. Matthew goes in. Cairrying Hannah, Julie goes in. The door shuts.

Tom lufts his haun, gey slow, an touches whaur Julie kissed his cheek.

INT.

Tom comes in his ain front door.

Nancy rises, stiff, fae the livinroom an, ferocious as an auld guard dug, goes fur him.

NANCY: Whaur ae ye been? Dinner sittin there no touched an me near aff ma heid wi worry.

Tom goes right by her an up the stair.

NANCY: Ye cannae keep oan daen this. That Raymond Small's been oan the phone again. If he gets the polis tae ye, they'll tak ye awa an lock ye up. Dae ye no unnerstaun? I'm getting ower auld fur this, Tom.

Tom's bedroom door shuts.

Doorbell ringin.

EXT.

In the daurk, a fingur oan the doorbell.

Julie opens the door. Twa polismen staun oan the doorstep.

JULIE: What oan earth's wrong?

PC YIN: We've had a report about illegal activities goin on in this property.

JULIE: What? I think you've got the wrong address.

PC TWA: In your garage. Now if we can just check it out.

JULIE: There's nothin illegal in the garage.

PC YIN: Then you'll no mind if we take a look.

JULIE: No. Naw, wait a minute. I do mind. I think you need a warrant for this kind of thing.

PC TWA: No bother. Two minutes, an I'll huv one. PC Johnston'll wait here.

JULIE: What, in case I get rid of the illegal workforce an the drug barons an the forgers in the meantime?

PC TWA: This isn't something to joke about, madam.

JULIE: Look, I'll get the key.

INT.

Nancy stauns ootside Tom's shut bedroom door.

NANCY: Ye huv tae try an unnerstaun. The Centre phoned the day an all.

In his room, Tom lies oan his bed, yin haun strokin his cheek, the ither rubbin his crotch. His mither's voice comes through the door.

NANCY: Ye'll end up losin that place. N'en

whit'll we dae? Ye dinnae get it, dae ye? I cannae look efter ye nae mair. I'm no fit.

TOM: (*whispers*) I ainge jull.

Phone ringing.

In the hall, Nancy comes doon the last twa steps an lufts the phone.

NANCY: The polis, at this time ae nicht! Whit's he been daen?

At the tap ae the stairs, Tom's door swings open. Tom crawls oot oan his belly, pokes his heid through the bannister an earwigs.

NANCY: Och, Raymond! It's got nothin tae dae wi ma Tom, hus it?

Tom shimmies backwards oan his belly, back intae his room. Door shuts.

EXT.

The ootside ae Tom's hoose. A windae opens. Tom looks oot, lookin doon at the grund, at the concrete ledge abin the front door. He leans furrit oot the windae as faur as he kin. It's no faur enough. Just afore he faws, he catches hissell an pulls hissell back in.

INT.

The twa polismen poke aboot in Julie's garage.
Julie stauns by the light switch an watches.

PC TWA: Funny stuff. For a garage.

JULIE: Perfectly legal, though. I kin show ye receipts.

PC Yin pulls at the wet cloth coverin the model she's workin oan.

JULIE:	Would ye be careful, please?

EXT.

Tom's backside comes oot the windae. He lowers his legs till he hings full streech then swings his legs tae try an walk his feet ower tae the concrete ledge abin the door. Just when it seems he cannae make it an is gaunae faw, he makes it wi the taes ae yin fit. He lets go yin haun, walks it alang the waw, walks the ither alang the windae ledge. Noo he has baith feet oan the ledge. He takes a quick step tae the side, shoogles, bends wi his bahookie stickin oot fae the hoose waw, starts tae faw, grabs the door ledge. His feet dangle an catch the front door a dunt. He hings there, swingin.

INT.

Nancy, in the hall, still oan the phone, looks ower tae the front door.

NANCY:	Hing oan. I hope that's no thaim at the door.

She puts the phone doon, goes tae the front door, opens it. Thur's naebody there. She looks oot, looks aboot, shuts the door, goes back tae the phone.

EXT.

Tom's face is screwed up wi effort. He's hooched up, elbas bent tae haud his body up, his knees bent tae keep his legs up. Slow as he kin, he lowers his legs, dreeps tae the grund and tiptaes awa wi his awkward elasticated walk.

EXT.

The twa polismen an Julie come roon fae the back ae her hoose. She's fair fashed.

JULIE: An anonymous phone-call?

PC YIN: We have to check, ma'am.

Julie looks up at Raymond's lit stair windae an the shadda oan it.

JULIE: An will ye tell this anonymous caller whit ye fund?

PC YIN: No, ma'am. Your private business. Sorry tae huv bothered ye.

Soond ae coal bein shovelled. Julie heids back fur the garage.

EXT.

At his coal bunker, Padraig rumbles the coal aboot wi the shovel held in yin haun. Wi his ither haun, he hauds a bottle ae wine up tae his mooth an gulps fae it.

Tom peers through the bushes at the bottum ae Padraig's gairden, sees Padraig cap the bottle, tuck it awa back intae the bunker, shovel up some coal an heid intae his hoose wi it. Tom creeps oan alang the back ae the gairdens.

INT.

Julie, in the garage, scoops a haunfy cley oot the bin, starts tae pound it.

INT.

Nancy, oan her road tae bed, stops ootside Tom's room.

NANCY: An anither thing. That new wummin's

hud the polis at her. Ye need tae keep
awa fae there. Raymond says she's a . . .
I just dinnae waant ye gaun there.

INT.

In the garage, Julie starts tae build up cley.

INT.

Nancy ootside Tom's door.

NANCY: D'ye hear? Ye're no tae go roon there
                   again. Ye hear me?

She listens, then goes tae her ain room, mutterin.

NANCY: Well, ye better hear.

EXT.

Up the tree ahint the fence at the back ae Julie's gairden,
Tom lies streeched alang the thick branches, slowly rubbin
hissell up an doon against thum, his face watchin oot towards
the noise comin fae the garage. He touches his cheek wi his
haun, whispers.

TOM: Tomm. Ainge jull.

14

The Burnin

THEY WUR burnin tyres at the scrappy. The stink driftit ower intae the village streets. A smell ye couldnae mistake. Same as ye couldnae mistake the stink ae rotten eggs that belched up fae the BP or when the fermers wur muck-spreadin. Burnin tyres wur liveable wi.

'That is honkin oot there,' the wummin comin intae the shop said. 'Ken, some days the air in this place'd gie ye heartburn.'

Jas Ferrier was awready ower at the lottery machine. He pridit hissell oan kennin his customers' habits.

'Ne'er mind, Sandra,' he said. 'If yer numbers come up this week, ye kin buy a gas mask.'

Sandra drew him a look. She hud plans fur her lottery win. They includit things like palm trees, the perfect aw-ower body tan, a shiny red twa-seater sports caur. They includit bein strawberry-blonde insteed ae peroxide an a sudden painless shift fae size sixteen tae size ten. They didnae include a gas mask.

The Boot was ower at the ginger. He luftit a bottle ae juice an pit the money oan the coonter.

'I'd buy a queue I wis at the front ae,' he said an heidit fur the door.

'An a Mars bar,' Jas said.

The Boot looked roon at him.

'The yin in yer pocket,' Jas said.

'Och. Furgot aboot that,' the boy said. He rummled in his pocket, put the richt chainge doon aside the juice money an went oot.

'Sleekit, that yin,' Jas said.

'Cannae be up tae thum,' Sandra agreed.

Ootside, the Boot pulled the Mars bar oot his pocket an haundit it tae Andrew Donald. The twa lads turnt up the side ae the shop by the red phone-box. Thur was haurly ony red phone-boxes left in the country. Naebody in the Glen kent whey theirs still was. Maist folk just presumed it'd been furgotten aboot. Tucked awa aff the main road, it was easy tae go by the place an no notice thur was even a village there, faur less yin wi a red phone-box.

Rummlin in his ither pocket, the Boot pulled oot anither Mars bar, tore the paper aff wi his teeth an spat it awa afore bitin intae the chocolate. It was Seturday an they wur gaun doon tae Cali Park tae check oot the chicks. Sometimes Andrew worked Seturdays, sometimes he didnae. This was yin ae the didnaes. He wasnae long oot the school an hud got the job he waantit. Caur mechanic. At least he would be a caur mechanic eventually. They wur trainin him up. Right noo he got tae sweep the flairs, fill the motors up wi water an ile an chainge tyres. He liked talkin aboot tyres.

'Whoo, look at that!' he said, gaun through the back ae Hallglen an drawin Boot's attention tae a wee saloon parked in yin ae the bays. 'Bald as a baby's bum. That'll git him stopped bi the polis. If it disnae burst gaun roon a corner furst.'

The Boot hunkered doon aside the offendin vehicle.

'Whit ye daen?' Andrew said.

The *scoo-oosh* answered. The Boot kept the match in the valve till the tyre was flat as a pancake.

'Public service,' he said, staunin up. 'Ye'll mibbe get his business the morra. Gie's that juice.' The bottle ae Irn Bru was passed ower. The twa boys walked oan, jumpin the hole in the waw roon Callendar Park estate and daunderin doon through the trees. Andrew was a stocky lad, squarer than his rat-faced faither an taller an aw. The Boot was yin ae they blond, blue-eyed, guid-lookin lads, fresh-faced, butter wouldnae melt, like. He was shair ae hissell. Shair he wouldnae get caught. The money fur the fags he smoked came oot his mither's purse. Ay hud. When he'd got the boot fae his paper round fur no turnin in the right takings, she went roon an kicked up hell wi the shop. Waantit tae ken whit they wur implyin an if her Duncan said he never got the money, weel then, he never got it. Boot hud stood there, thirteen year auld, smilin at Jas Ferrier, lookin aw innocent an it dawnin oan him that his mither was stupit.

He'd hud twa jobs since then. The scam in the furst yin was aboot concert tickets. He telt his mither his pals hud asked him tae get thum n'en wouldnae pey fur thum so he was feart tae tell his boss. Said he'd thought he was daen the shop a favour. Mair business. Naebody hud said he wasnae tae take the tickets tae sell ootside his work. The polis wurnae sae easy pleased wi his story. But the shop just cancelled aw the missin tickets an didnae waant ony mair bother. Wi their hauf-price tickets useless, his pals wur nane too pleased fur a wee while. So he telt thaim it was the boss's scam an he'd just got caught up in it.

The job in the pet shop hud lasted longer. Filchin rabbits an puppies hudnae much appeal. He contented hissell wi ringin up the wrang money oan the till. Until a customer noticed, that was. He got the boot again. His mither was tryin tae get him intae an office somewhere. He was messin up the interviews, steerin clear.

'Hink we'll git a shag?' he said as they came oot ae the trees in front ae the big hoose an saw twa lassies daunderin by, eatin ice-cream.

'Do ya feel lucky?' Andrew asked, grinnin.

'Haw, youse,' Boot shoutit. 'Fancy a shag?'

The twa lassies' heids swivelled roon, yin fair, yin daurk. Their faces wur unfamiliar. No fae the school Boot an Andrew hud recently vacated.

'Well, really!' A middle-aged wummin wi twa wee scrubbin-brush dugs oan a lead passed by in front ae the boys. The lassies kept gaun, heidin fur the lake.

'I hink they're up fur it,' Boot said.

'Whit ae you like?' Andrew shook his heid.

The Boot ran aff then. Andrew leaned against a tree trunk an watched him go, heidin fur an aulder lad, aboot nineteen, twenty. Andrew kent wha he was. It was Boot he wasnae shair ae. He'd been watchin him fur a while. The gress at the front ae Callendar Hoose was thick, green. It was a braw hoose. Copy ae a French chateau an built back tae front. Twa broad stane staircases curved up oan the ootside tae the furst flair. The road in arrived at the back, though, back or front, it was hard tae tell the difference. At this time ae year, the rhododendrons wur full oot. Aw kinds, aw colours. The air buzzed an hummed, alive wi insects, sweet-smellin an thick wi the scent ae flooers. Fae ower at the lake, ducks an geese cackled an quacked. The Boot ran back. His black jaiket flapped open. His T-shirt showed a vee ae honey-coloured skin.

'Scored onywey,' he said, openin his haun tae show Andrew. 'Waant a dip? Ye kin owe me.'

'Naw, ye're awright.'

Boot gubbed some, put the rest awa in his pocket fur efter.

'So, ye no up fur a shag then?'

'Aye.' Andrew was wingin it afore he kent. 'Ae you?'

Boot stared at him. Then the look crept intae his een an the corner ae his mooth lufted in a wee cheeky grin.

'Ye mean it?'

Thur was a wecht oan Andrew's chist. A fire ablow his belly.

'Aye.'

Boot's grin got wider, makin his cheeks roond, his een bricht.

'M'oan then,' he said.

In among the trees oan the faur side ae the lake, awa fae folk, they fund oot whit it was like tae be touched an tasted, tae be stroked an fondled an kissed. Whit they lacked in expertise they made up fur in sensation. Abin thum, blue dregs ae sky wur trapped ahint the taps ae pine an spruce an birch. Wee burds hopped an pecked, cheeped an fluttered. Andrew kent he'd never be mair alive than this.

'Oh, man,' Boot kept sayin. 'Oh, man.'

Back in the village, Howie was waitin at the shop, sookin oan his bottle.

'Whaur ae you twa been?' he asked as they came doon the side ae the shop by the phone-box. 'Fuckin near bed-time.'

The time was immaterial. It was still licht.

'Cali Park,' Andrew answered.

Boot was still high. He kept grinnin an shakin his heid.

'Score then?' Howie asked. Then, 'Apairt fae the go oan the magic roundabout. That's whit ye git fur watchin weans' telly. Fuckin eejit. Talent ony guid?'

'No bad,' Andrew muttered.

Howie taen a swally fae his juice. Unner his broos, Andrew stole anither wee look at Boot. A caur went by, gaun in the wey. Boot drew a fag oot, wet his mooth, pit the tip atween his lips, pulled oot his matches.

'Yer faither ken his caur's pishin itsel?' Howie asked.

They aw looked. A wide, wet, liquid trail ran roon the road.

'If that's ile, his motor's fucked,' Howie addit. 'If it's petrol, it wis a wastit trip.'

'Micht be his radiator.' Andrew jumped aff the apron, dipped his fingur in the trail tae sniff it.

'Quick wey tae fund oot.' Boot drapt his match oan the black line. Noo it was a line ae flame, like he'd lit it fae yin end ae the street tae the ither. 'Fuck.' He giggled.

'Fuck!' Andrew jumped back.

'Fuckin hell!' Howie yelped. He was watchin the yella flicker vanish roon the corner efter the leaky motor. Andrew taen tae his heels chasin efter it. Howie ran the back ae him, thumb ower the tap ae his bottle so's it wouldnae sloosh oot. Boot, seein they wur gaun somewhaur in a hurry, was aff like a whippet efter thum. They'd aw the wey roon Hallglen Road tae run an the flame was weel aheid ae thum an no strainin at aw. It reached the motor just as Andrew's faither opened the driver's door an got oot. He saw, a coorse. The yella-an-blue flicker drew his een. Thur was just a meenut's hesitation as he tried tae recognise whit it was. Comin intae sicht roon the bend ae Hallglen Road, his son's feet battered the road, his hert an muscles pumped, his voice roared.

'Da! Git back! Git back!'

Drew never heard. Thur was an explodin roar ae licht. Andrew saw his faither vanish in a ball ae flame as the caur became a fire. His hert did a drum solo.

'Did ye see that? Did ye see that!' Howie gasped aside him. 'Yer fuckin faither jist vaporised.'

'Oh, man,' said the Boot, a guid twa-three yairds aheid ae thum noo. 'Oh, man.' Six legs kept pumpin, six feet slapped the road.

Inside the hoose, Elinor heard the bang. Her livinroom filled wi yella licht. She dived tae the front door, yanked it open, then hud tae shield her een fae the glare. Boot, a black stick man against the brichtness, jigged aboot oan the edge ae the heat. Andrew gallopin up, Howie at his back, clocked his mither in the open doorwey.

'Whaur's ma faither?' he shoutit.

Elinor scoured roon, saw nothin but glare, flame, reek. Tae get roon tae the front ae the motor, Andrew louped the wee hedge intae the front gairden an fell ower a saft lump. It was his faither, flat oan his back in the gress, singed but no burnin, flung there when the caur went up. Elinor startit doon the steps tae help luft him. The tyres oan the motor caught, flamed. The stink ae burnin rubber jined the ither fumes.

'Phone the scooshers!' Howie shoutit. 'The watterworks. The greasy pole guys! Oh, ya cunt!' He got ower-close tae the burnin an the heat flung him back.

'Harriet's phoned the fire brigade,' Padraig said, comin ower in his semmit an baffies fae across the road and gaun sideyweys roon the meltin heat. Ither neeburs wur oot at their doors, shieldin their een, clockin the driftin sparks fur ony that micht light oan thaim. Drew was comin roon fae his swift journey through space. Staggerin oan the steps whaur his son an wife wur tryin tae get him in the hoose, he turnt an stared at the orange-an-yella firebaw that was his motor.

'Is yer granny awright?' he said. 'Did she git oot?'

'Oh, man. Oh, man,' danced the Boot.

15

China Doll

———

THUR WIS a young lassie oan the station platform. Fourteen mibbe. Petite. She hud a face like a china doll. Make-up oan such young skin.

The train wis fu ae folk. I stared oot the windae. Stopped at the Haymarket. Mair squeezin oan. Aw gaun somewhaur. The lassie wis near the end ae the platform. She wisnae waitin fur naebody. Wisnae traivellin eethur. Talkin oan her mobile phone. As if that wis whey she wis there. Edinburgh ran alangside, gaun the opposite road, awa ahint us.

Jist by the hooses, thur wur caravans oan a strip ae gress aside the road. Caurs parked, wheels ower the kerb. Whit kinna folk go thur holidays oan a grass verge? Traivellers. Wur they traivellers? Ye could feel sorry fur thum. Nae-man's-land. Confined tae a strip. Aywis exhaust fumes. Road alangside. Trains gaun by.

I tried no tae think. Jist watched oot the windae. Watched the world hurl oan by. Fields, sheep, gress, coos. Hooses noo an again. The drunk got oan at Linlithgae. The only sate wis aside me. I hudnae realised. If it wis the only sate. Mibbe he picked me. *Am I annoyin ye?* he kept sayin.

I'd went intae Edinburgh tae see *Madame Butterfly*. Rain sheetin doon. I saw him furst. No faur fae the station. A young lad sat oan the pavement, back tae the waw, knees tae his chin. Gettin wet. The white polystyrene cup held twa-three wet coppers. I couldnae gie him onythin. It wisnae the money. He embarrassed me. His situation. Did sittin in the rain help? Blue jeans daurk. Wet aw the wey through.

Saw him aheid ae gettin there. Didnae look wet but he musta been. Every stitch. His cup fillin wi watter. Whey sit in the rain? Sympathy? Stupit tae get no weel. Oan the streets. It wisnae him bein homeless. The embarrrassment. But thit he'd sit in the rain. Go that faur. Fur ma money. Aw I could dae wis go by. The young lad didnae look up. Widnae even hae noticed me. Splashin. Ma feet gaun by.

I couldnae go in. It wis the doors. Big. Wide. Like a mooth openin fur me. Stood ootside. Under ma umbrella roof. It wisnae the money. Ticket in ma bag. Folk went by. No noticin. If they seen me, likely thought I wis waitin fur somedy. Ootside. In the rain. If they thought. Ye'd wait inside. Did they jist no notice? Me staunin in the rain. No visible. The laddie sittin in it. Beggin. Whey did he dae that? In the rain. Beggin tae be seen. The rain stopped when it was ower-late tae go in. Oan the wey back tae the train, he was awa.

Watchin oot the windae. Me, gaun hame. Tryin no tae think. Jist watchin. Waitin by the Haymarket. The toon awa. Nae mair folk. Space tae breathe. Her oan the platform. The train stopped. Rain stopped. She'd oan a broon leather jacket. Short. A mobile phone. Face like a china doll. Bonny. White teeth. Mooth energised. Talk. It wisnae the make-up. It wis the black lines roon her een. Meant tae make thum bigger. Stole the expression. Blank. It widda been the same at the opera. Expressionless een. Me tryin no tae think. That's how it widda been. Nae faces. Jist make-up. I couldnae go in. Doors like a mooth. No welcome.

The drunk got oan at Lithgae. The only sate aside me. *Aye*, he said. *Made it.* Fell intae it. The sate. *Am I annoyin ye?* He seemed tae waant tae be annoyin me. Me pittin a face oan. Fist squeezin ma hert. The caravans musta been gypsies. Wha else? Naebody holidays oan a verge. Towable. Wee. I'm shair they ay hud big vans. Like hooses. No wee. When did awhing get wee? Thur must be fields somewhaur. Even yit. Hills. Burns. Ye'd go there. Whit freedom. No a verge. Ye'd waant watter. Toilets. Whit freedom? Nae rainbow fur aw the rain.

The young lassie oan the platform. China doll. Talkin oan her mobile phone. Talkin in the station. Like she belonged there. Happy mooth. Somebody she could talk tae. No leavin. No gaun tae. Face like a china doll. No gaun onywhaur. The drunk leaned ower oantae me. *Am I annoyin ye?* Nae mair'n I deserve, I telt him. I didnae waant tae think. Jist tae see. Jist tae see. *I dinnae get ye.* Disnae maitter. *Must maitter if ye said it.* No. *Am I annoyin ye?* Leaned. Beer stinks. Ower oantae me. Stubble oan his cheeks. Me, nearly hame.

The pushchair wis ootside the shop this mornin. In the rain. The wean smilin awa. Wee cheeks glowin. Ma grandwean. I gied her mam the frock I made. Aw wrapped up. Peace-offerin. Back ae ma knuckles. Jist touchin. Warum wee cheeks.

His airm wis aw bone. Diggin intae me. Leaned. Stink ae beer. Ower. *I dinnae want yer fuckin presents!* She flung the parcel awa. Broon paper tore at yin corner. The wee frock. Nae hope noo. Sittin in the rain. No lookin at naebody. Heid doon. Knees up. Cup full ae watter. Full ae watter. *Get yer fuckin hauns aff that wean!* Wee pink frock stickin oot. Gettin wet. Jist waantit tae see. Make-up. Beggin. No visible. Huv I jist tae walk by?

It taen him tae get up at the High Station. Drunk. Aw hauns an lurchin the wrang wey. Oan tap ae me. I need tae get aff. Him in ma road. Me staggerin. I'll never get aff in time. End up in Glesga. Naewhaur tae go. *Dinnae greet, missus.* Nae-man's-land. *Am I annoyin ye?* Back tae the waw. *Dinnae greet.* Cup fillin wi watter. Make-up. Oan young skin. Doors openin. Shuttin again.

16

Shootin the Craw

'COME OAN, man. Ae we gaun or whit?'

'I'm comin, I'm comin.'

Fraser was huvin trouble wi his gun. The tights kept wrunklin up. An keepin his grip wasnae easy either. Howie stepped oantae the road an drew the younger boy wan ae his special 'how-stupit-dae-you-feel' looks.

'Wantae stick that doon yer drawers,' he says. 'It looks like a leg.'

'Gey skinny leg.'

'It looks like a fuckin leg.' Howie shoodered his rifle. Ye could tell he wasnae bothered aboot coverin it up. 'Caught wi a concealed weapon?' he'd said. 'No me. Short cut tae a long stretch that is. If ye've got it, flaunt it.'

When he thought up the tights, Fraser imagined they'd be just the job. Wan leg inside the ither then slip the barrel in. Colour was close. Should look somethin like a gun bag. Didnae. Didnae feel like yin either, aw slippy an waantin tae slide oot his hauns. Made ye wunner hoo wummin could cross their legs wearin yon.

'Pit it ower yer shooder,' Howie said, slappin his just tae show the richt wey fur a man tae mount his weapon.

'Ye're supposed tae cairry it doon. In case it goes aff.'

'Aye, walks aff. Ae ye mental? Ye look like Jake the peg. Hink ye hud three legs.'

Fraser hoocht the tight-clad gun up till it rested, casually, ower his shooder. Howie was struttin, short-sleeved in the sunshine. Big man swaggerin like he'd a gun tae back him up. Fraser was weel up oan aw the rules.

'Ye waant tae brek that barrel,' he says. 'Seein it's no covered.'

'You waant yer mammy,' Howie says. 'Brek it? Ower yer heid. Noo whit if I'd done that, wi the tights? We'd hae a pair ae legs. Yin each. They'd be waantin tae ken wha we'd carved up. Stopped afore we're oot the Glen. Assume the position then aw right. Daft cunt. You waant yer mammy, right enough. Gie'r her tights back. See if she kin mail-order ye a brain.'

Fraser was the quiet man again. Sayin nothin, let Howie rabbit oan. It was watter aff a duck's back then. Ye only hud tae listen fur key words. Like whit came efter 'Fancy gaun . . .' or 'Come oan, we're . . .' or 'Uh oh!' The last yin was usually the polis or somethin else Howie didnae like. Maist times it was folleyed by a sherp sprint.

They were headin fur the big glen. Bit ae target practice. A deep tree-lined cut sooth ae the village, it was the local nae-man's-land. A mile lang, quarter ae that across the middle, comin tae a pint baith ends. The burn ran through it. Years ae watter wearin doon the grund. Roon aboot was ferm-land except whaur it was skirted by the back road tae Slamannan. Rough grazin maistly. Baith their mithers'd hud enough ae thum. Taen Howie's maw a while tae figure oot hoo her knickers come in aff the rope full ae holes. Till she fund the pellets in the crotch.

Wance they wur ower the canal, awa fae folk, Howie cheered up.

'Oh, I think we're in fur a bit ae luck the day. Rabbit, maybe. We could just set up a wee fire and roast it oan the spot.' He slapped his belly. 'Mmmm hm! That wid just hit the spot.'

The guns wurnae new. New tae them, but Howie'd got his in a deal, Fraser fae his cousin. He'd spent hoors cleanin it, oilin it, an polishin up the butt tae a deep warum broon. 'Ye grow ootae thum,' his cousin'd said.

He fingered the pellets in his pocket. Wee hard beads wi flat heids an a skirt.

'I dinnae hink they'll kill a rabbit,' he said. His mither reckoned guns wur fur gettin yer dinner an their yins nae yuise. Howie would hear nane ae it.

'You no read the papers?' he says. 'No watch the news? Kill folk wi these, ye kin. Rabbit's a right fuckin dawdle. Just get it through the een. Straight intae the wee brain. Mr Rabbit's gaunae keel ower then, aw right. Shove a stick up his jacksi. Toast him ower the flames. Hink ye kin dae that?'

'Aye. Efter you gut it an skin it.'

'No that. Hit it in the een.'

'I get mair bull's-eyes n'you.'

'Dream on, man. Mine go in oan tap ae yours. Every time. I dinnae even aim fur the bull. Just fur that wee dottle whaur yours went in.' Fraser still didnae believe it. Bit the yin time he'd argued, Howie made him dig the pellets oot the target they'd been yaisin peened tae his da's hut door. An there it was, twa in the yin hole. Yin oan tap ae the ither.

The twa lads jumped the wire an started walkin doon the field. Thur wasnae much gress in the tractor tracks and the grund hud that dry powdery smell ye get efter a warum week. Their feet creaked oan it as they walked.

'Ye gaunae take they tights aff noo,' Howie says. 'Some cunt drivin past micht catch sicht ae that. Think we've taen a hostage. Be oan the blawer, nae mistake. Next hing ye ken, the big glen'll be full ae bazookas an we'll be dodgin the SAS.'

The tights'd been easier gaun oan. Loose as they wur, ye couldnae just pull. They snagged oan everythin, the hammer, sight . . .

'M'oan tae God,' Howie shook his heid. 'Never thocht a gun was like a wummin, no till noo. Nothin tae catch oan, right enough. But try gettin their tights aff. Same fuckin bother. An a red-hot lug tae boot. Fur snaggin thum. No fur haen yer haun in thur knickers, like.'

Fraser stuck his thumbs ahint the slippery nylon, streetchin it awa fae ony sticky-oot or rough bits, an yaised his fingers tae work the material doon. The tights came aff doughnut-shaped.

'Frisbee,' Howie says. 'Chuck it.'

Fraser shoved them in his pocket.

'Oh, aye,' Howie says. 'Savin thum fur efter, eh? Fancy a bit ae daylight robbery then? Naw, I get it. Present fur the Cissie-lassie, that it?'

'Cassie,' Fraser says. 'An dinnae talk daft, she's no ma girlfriend.'

'Aw, but we've got the wee hankerin. The hots fur the rumpy-pumpy. I've seen ye watchin her.'

'Gie it a rest, eh? Rabbits dinnae like noise. They'll aw be miles awa.'

Howie was wrang. Fraser could haurly look at Cassie. Somethin happened tae his een. No that he meant it or onythin, but they ay turnt awa, wouldnae look at her. Aw he ever saw ae Cassie was wee bits ae her. The shape ae her body comin roon the corner. Her hauns cairrying her books doon the corridor. Her feet as she went by him. The back ae her heid. Her hair used tae swing an she was ay laughin wi her pals. Afore the holidays she startit gaun aboot oan her ain. An her hair didnae swing. Every time he saw her comin he thought he would say somethin. But that somethin just never came intae his heid. So she ay went by. Just her feet. Him lookin doon, or the ither road. N'en the back ae her heid.

At the fence intae the big glen, they flung the guns ower

oantae the gress at the fit ae the trees. Howie crunched yin fit oantae the bottom wire, haudin it doon, an pulled up the middle yin. Fraser eased hissell through, tryin no tae catch claes or skin oan the barbs. When he was clear, he turnt tae dae the necessaries but Howie grabbed the tap ae the post, fit oan the tap wire, an lowped. Up oan the rise, whaur the grund was driest, they planked theirsells atween the trees, facing the slope doon tae the burn, an rolled up.

The smoke was part ae the ceremonials. Twa braves, sniffin the breeze, scourin the trees an gress fur game, preparin fur the hunt.

'Your mither's guid tae hersell,' Howie passed the joint. 'S'at her new man?'

'Aye,' Fraser drew in the smoke. 'He's awright.'

'New faither then. Needae watch yer back.'

'Dinnae hink so.'

'Naw, ye dinnae waant that. New broom, ken. Tryin tae prove hissell. I'll gie ye ma auld yin. Disnae dae much cept work an sleep. Keeps him oot the road, but.' Howie taen the joint neatly atween his forefingur an thumb an sooked. 'Waants ye tae go tae the yoonie, din't she, yer maw?'

'Aye.'

'Gaun?'

'Dunno.' He wondered whit Cassie would dae. She was smert.

'Never fancied it masell, like. Poncin aboot wi books. Some fuckin lark. Cannae learn owt that's ony yuise ootae books. How's the sheep-shaggin gaun?'

'Shearin.'

'Guid money?'

'Naw. Money, but.'

'Keep ye ootae mischief ower the summer. That's whit they'll be sayin.' Howie passed the joint back. 'Treeza cracked up aboot the community service. Tell ye that wummin's no sane. Ma mither says she better let us see the wean.'

'You still got that stuff?'

'Aye, ye're tootin. Tucked awa in a wee private hidey-hole that is. Waitin fur the man. An if he's inside ten year, it'll still be there. I wisnae born yesterday, ken. Dinnae needae go tae yoonie tae learn whit side yer breid's buttered oan.'

The last threid ae soor smoke drifted up atween the branches ower their heids. Banged up wi a smack-freak an telt tae haud his stuff. Howie ay hud a story. Fraser watched the smoke go. Watched it chainge fae white against the tree trunk tae black agin the sky.

'Didnae gie him a false address then?'

Howie got tae his feet, brushed the dampness fae his backside, swung his gun up and broke the barrel.

'Aw, aye, mister fuckin smart-arse. An at's whit you'd dae wi a blade aboot tae slice yer Adam's apple. You wid mind an say he'd fund ye in Achiltibuie when he gets oot.'

'Naw, I widnae. Just thocht you might.'

Howie was mollified.

'Gaunae lie there aw day?' he says. Pullin a haunfy shot oot his pocket, he pushed yin pellet intae the barrel, snapped it shut an tossed the haunfy intae his mooth workin them roon tae his cheek pocket. Fraser waved awa the offered spit-slaigered pellet, drew a dry yin oot his ain pocket an loaded his gun. The hunt was oan.

Thur wasnae a rabbit onywhaur. Every noo an then, a pigeon lifted oot the trees an flapped awa. But nae rabbits. Whaur the burn went unner the wee tunnel, they stopped an hud anither smoke. The sides ae the burn wur built up wi bricks efter that. Neethur ae the twa ae thum kent whey. Somebody musta done it years afore. Made it kinna like a gairden. It was strange that folk hud ever been that interestit in the glen. Haurly onybody ever went there noo. They walked aw the wey tae the tap, tae whaur the watterfaw battered doon ower great stacks ae flat rock an the glen got nerra.

'Christ, they must aw be awa thur holidays,' Howie shoutit. 'Rabbits' day oaf.' A pigeon skelped ootae the branches at their backs. Howie swung roon, aimed, fired, missed. The trees roon aboot biled ower wi flappin as the crack emptied thum ae birds. 'Might as well just hae some fun,' he says. 'Nae free grub, that's fur sure.'

They wasted hauf a dozen pellets firin at the trees afore settin theirsells some tests. This branch, that leaf, yon fence post. Howie pushed each pellet fae his cheek an gripped it wi his teeth afore pickin it oot and slippin it in the breech. They ran aboot, duckin an weavin, firin at nothin, kiddin oan they wur guerillas an'en the SAS. They fund a couple ae bottles an set thum up. Yince the gless was smashed tae buggery, they rattled a tin can full ae shot until it was that bauchled it wouldnae staun up. The lack ae roast rabbit startit chewin at Howie's gut.

'Time fur the aul cheese an toast,' he says, an they startit tae walk back doon the wey. They wurnae faur fae the fence when Howie seen the craw sittin up a tree oan the ither side ae the burn.

'Beggin fur it. Potshots. See wha coups it.'

'Whit ae we waantin tae shoot a craw fur? Cannae eat that.'

'Vermin, but. Fermers hate um. You furst. Aim fur its een.'

'Aye, right.'

The craw was aboot twenty-five feet up in the tree, mindin its ain. Didnae even seem tae notice them. There was nae wey they would hit its een. Fraser swung his gun up, rested his cheek oan the butt, taen aim. A dozen sun spotlights fanned oot like rays fae the tap ae the tree doon past the sittin craw.

Steady. He squeezed the trigger. Crack. The craw never even stirred.

'Intae next week,' Howie crawed. 'Whaur wis that gaun?'

Fraser was shair he hudnae missed but the evidence was there. Black, stationary. No bothert. Howie was gaunae make mincemeat ae him. Fraser stirred the leaves oan the grund wi his fit, waitin fur the cock-a-hoop victory yoddle. Crack! The reverb zinged roon the quate woods.

'I don't fuckin believe it,' Howie says. 'Never fuckin budged.'

'Missed, did ye?' Fraser grinned.

'Pound oan it, that hit full square,' Howie insistit.

'Aye, right.' Fraser grinned some mair, loaded, tucked the butt intae the crook ae his shooder, aimed.

'Come oan then, come oan,' Howie egged. 'Get it done.'

Fraser wouldnae be rushed. He squinted along the barrel, sightin just ablow the bird's black heid. This time he wasnae gaunae miss. Crack! A wee puff ae feather lufted high oan the bird's chest. Howie hooted.

'Haw! Missed again. Whit happened tae dead-eye Dick, eh?'

The bird hudnae shifted. Not a flicker. Oh, it looked aboot, the wey craws dae, ay watchin. But no a glimmer that it felt the shot. Howie was shovin at him.

'Come oan, shift. Let a man see the gemme.'

'I hit it.'

'So ye did.' Howie was sightin, good an slow. 'Write it a letter. Let it ken it's number's up then.'

'I'm tellin ye, I hit it.'

'Watch an weep,' Howie says an pulled the trigger. Crack! Fraser saw the dust puff oan the bird's chest, the craw's beak open, shut. But it didnae budge. 'That went in,' Howie says. 'I seen it hit.'

'Aye,' Fraser says. 'So it did. So did ma yin.' Howie stared across the burn at the craw, still in its tree, still lookin aboot, no fur shiftin.

'Right,' he says. 'Like that, is it? No playin, eh? Bang, bang, you're deid. No, I'm no, ye missed me? Weel, we'll see.'

They fired thegither. Two wee puffs ae dust. They fired again. Yin. Again. Twa. The craw seemed tae be totally deef tae the soond, immune tae the pellets smackin intae its chest. It sat, up in its tree lookin roon about, never lookin doon at the twa lads, peyin them nae heed. They micht as weel no've been there.

'Tough as aul fuckin boots,' Howie says. 'Go fur its heid.' They baith fired. Nothin.

'We got it. We must've. Did we?' Howie asked.

'Couldnae see.'

'Musta got it. Come oan, man, we kin baith shoot.' The craw didnae think so. It sat oan, sun shinin oan the leaves roon aboot, it in the shaddas. Desperation crept in. The boys fired indiscriminately. Sometimes thegither. Sometimes separate. Efter aboot five minutes, they stopped.

'Gaunae fuckin dee,' Howie shoutit. The craw's feet wur clamped oan the branch. It turnt its heid, looked aboot.

'It's no gaunae,' Fraser says. Howie kicked the nearest tree trunk.

'It disnae get tae pick,' he says. 'We're shootin it. I mean, does this craw no ken aboot guns? Naebody telt it? It's full ae fuckin shot! The wecht should bring it doon. Dumb fuckin cunt!' Fraser was beginnin tae feel mightily sick. He wished they'd never startit oan the bird.

They fired again, an again. Every time, feathers puffed twin sprigs ae dust. Sometimes, the bird's beak opened, shut. It made nae soond. An it didnae budge.

'Right, I'm shootin the craw.' Howie shoodered his gun. 'I mean, I'm awa hame fur ma tea.'

'No, ye're no.'

'Watch me.'

'We cannae go.'

'How no?'

'It's no deid yit.'

'Course it's fuckin deid,' Howie says. 'Just disnae ken it.'

'It wid faw doon.'

'Chuck a stick at it.'

'Naw.' The thought ae getting close enough tae chuck a stick, or huvin tae staun unner it, made Fraser feel worse. He didnae waant tae be ony closer that he was, or tae feel sae personally involved wi this bird. 'We cannae go hame till it's deid.'

'Awa tae hell,' Howie says. 'Look, it's deid. If it tried tae flee, it'd faw oan the grund. Couped ower wi its beak speart in. Wid ye look at it. Stiff as a stookie. Rigor mortis has probly set in. That's whey it cannae move.'

'It's no deid,' Fraser says.

'Ye kin see the blood.'

That wasnae possible. They wur too faur awa. The feathers oan the craw's chest looked disturbed. But it hudnae moved fae when they startit. Apart fae its heid, every noo an again, lookin fae yin side tae the ither.

'There's somethin fuckin funny wrang wi that bird,' Howie says. 'An I'm ootae here, awa hame.'

'It's only wounded,' Fraser says. 'We huv tae feenish it aff. Pit it oot its misery.' He didnae waant left alane wi it.

'Weel,' says Howie. 'Efter I've ma tea etten, I'll nip roon tae the guid aul GPO an order up a nuclear missile. Cause that's aw at's gaunae shift it. But right noo, I'm offski. Pit masell oot ma misery. You please yersell.' He marched awa up the bankin, headin fur the fence whaur they'd come in. Fraser could see by the wey he walked that Howie was not best pleased. In fact, he seemed in a helluva hurry tae be ootae there. He watched Howie's ticht, angry walk till the aulder lad was ootae sicht. The talk ae blood hudnae helped. When he turnt back roon tae the craw, he was hopin it hud fell doon in the meantime.

The bird sat on, straight, still, its feet clamped roon the branch, its heid, every noo an again, turnin, lookin. A soor taste rose intae Fraser's mooth. Whey hud they tried tae shoot the bloody bird? It was just sittin. Nae herm tae them in it. Noo, he felt there was herm in it. Like he'd done somethin terrible wrang. Aw he waanted noo was tae make the hurtin stop. But he couldnae. An it didnae maitter hoo much he tried tae tell hissell it was the guns that wur nae yuise, he couldnae get rid ae the feelin that somethin evil was in that tree, waitin fur him tae turn his back.

He raised the gun up. Aimed. The craw turnt its heid. Its yin black ee was starin richt at him. His fingur tichtened oan the trigger. The craw's ee blinked. He couldnae squeeze. Whit if it fell? Whit if it crawled aboot the grund? Whit if it launched itsell oot the tree, comin at him? It was bleedin. He fired. He loaded an fired again an again an again until he couldnae see craw nor trees nor daylicht fur the tears in his een. An when he dichted them, the craw still sat.

Thur was a thick, heavy flutter, a 'Caw!' an anither craw lichtit in the tree tap. The yin that hudtae be weerin a full metal jacket shook itsell.

'Faw doon,' Fraser whispered. But it didnae. 'Caw,' it croaked an let its black feathers settle back again. Fraser startit backin awa. He couldnae staun bein there ony mair. If it hud steyed alive this faur, mibbe it wasnae hurt at aw. Mibbe it would get better. But he kent it wouldnae. Just nothin in him could make him lift the gun again. He turned an ran, awa fae the bird, awa fae the wee puffs ae dust, fae the black heid turnin, the black ee lookin, the daurk blood he couldnae see an the dozens ae holes in the skin unner the drookit black feathers that he kent wur there.

He lowped the fence, pelted doon the field oantae the road. His feet slap-slap-slapped oan the tarmac an he was shair somethin fluttered at his back, waantin him tae turn an look at what he'd done, but he would not turn roon.

It was a craw. Just a craw. An if ye shot a craw that didnae maitter. An if ye tried tae kill it an couldnae, wha cared? It was just a craw.

He pulled the pellets oot his pocket an flung them as he ran. They rattled doon like rain in the hedges. When he reached the canal brig, he stopped, slid the gun butt doon till it thudded oan the road, grabbed the barrel and swung it roon, hard, tae clatter against the stane. The deep warum broon wid he'd polished fur sae lang shuddered but didnae brek. Again, he swung. Again, it thumped. Wi a roar, he swung it up, yin haun each end, abune his heid, swung back, an flung. The airgun left his hauns, sailed oot ower the brig an fell, doon an doon, till it splashed in the watter an disappeart.

Back in the hoose, he lay oan his bed, starin at the white ceilin, tryin tae keep the craw oot his heid. He thought aboot his mither an the wey her heid tilted tae wan side when she expected an answer. He tried thinkin aboot Cassie an mindit the wey she tossed her long black hair an hoo it aw fell back intae place. That craw would ay be in his heid. Like a strip ae film. Replayin. Ower an ower. Aw his days.

When his mither shouted up that Howie was at the door fur him, he said tae tell him that he wasnae comin oot.

17

Butterflee

IT WIS the bloody music. Soondit like opera. Ken, aw that laddi-da stuff. Yodellin wi nae tune. Blarin oot. A wummin her age. Hink she'd ken better. Widnae a' done that whin her man wis aboot. I went tae her door. Battered oan it. Nae answer. Christ, we could hear it doon the Terrace.

It was the wey the door shut ahint him when he came back in. Elinor, in the kitchen, bit her lip. Whit noo? She turnt her heid tae him when he came ben. A wee man, perfectly chiselled nose. Guid-lookin when he smiled. He wasnae smilin.

'Coffee?'

'Fuckin racket. She's no answerin. No lettin oan.'

She poored his coffee, steered in sugar. He liked it sweet.

'She'd likely no hear. No ower that noise.'

'Shouldnae be ony bloody noise. That's the pint. Hink we're aw waantin tae listen tae her crap music?'

'It's no that bad.' Milk, a wee tate milk. 'No doon here.'

Noo whit wis that supposed tae mean? That I cannae tell whit's guid an whit's no? That I'm complainin aboot nothin? She stauns there, oan edge. I kin tell she's oan edge. The back ae her neck's straught, ticht. Thinkin I'm an arsehole.

'Hoo mony times've I telt ye?'

'Whit?'

'Ye pit the milk in furst. Afore the sugar. Fuckin stupit bitch. D'ye ken nothin?' I grab the cup aff the worktop an tim the stuff doon the sink. 'Noo make us a decent fuckin cup!' Length ye've tae go tae git a decent cup ae coffee in this hoose. If she could jist dae yin thing richt.

Elinor's hauns shook. She spooned mair instant in the cup. Poored in watter. He was like a ticht spring ahint her. Watchin.

'Fuckin bile it again!'

He reached by her, snapped oan the switch. The kettle sizzled again.

'Sorry.' She turnt tae tim the cup oot intae the sink efter the last yin.

'Jist fuckin leave it. Christ, I don't know. Ye widnae make tea wi hauf-biled watter. So whey coffee?'

'I wisnae thinkin.' A wee tate milk, twa spoons ae sugar.

She's daen that oan purpose. Everythin that slow. I mean, a cup ae coffee? Draggin it oot. Makin it look like work. Like it wis resented. Ony meenut she'll start talkin aboot the laddie again. I dinnae waant tae hear it.

'I'm no stupit, ye know.'

'Whit?'

'Stupit. An arsehole.'

'I never said ye wur.'

'Naw but ye wur thinkin it.'

'I wis not. I wis thinkin aboot yer coffee.'

I ken whit she's thinkin. That she's humourin me. That widn't it be nice if I wisnae as dumb as she thinks I am. Nae respect. Nae fuckin respect. Gaunae fuckin let her huv it. Knock some intae her.

The kettle biled, steamed, clicked aff. The coffee skailed when she lufted it. Elinor let her braith oot, annoyed. No cause she was. A wee splash ae coffee oan the worktap. Wipe aff nae bother. But tae let him think she was annoyed wi hersell. She haundit the cup ower, haunle furst so's he could grip it.

'Fuckin hell!'

'Whit is it noo?'

'Fuckin drippin wi coffee, that's whit it is.'

'Och, fur ony sake, Drew.'

His een flickered up tae her face. Cut gless. Blue an sherp.

'Fur ony sake whit?'

'It's only a cup ae coffee.'

'Oh, is that aw? Is that aw? Weel, here's yer cup ae coffee!'

The hot liquid hit her face like a wet sponge. Scaddin. Splooshin everywhaur. Her hair drippin.

Noo she'll mibbe get the message. Cannae make a cup ae coffee athoot a song an dance. She shoves by me tae the sink. Turns oan the cauld watter. Starts slooshin it ower her face. Everythin's gottae be a big number. Makin oot she's burnt. Bloody actin it. Tryin tae pit me in the wrang.

'Waant some cauld watter, dae ye?' I grab her hair, haud her heid unner the tap. 'Waant coolin doon, dae ye?' Teach her tae act it wi me. She must fuckin ken hoo annoyin that is. Makin oot I'm the bad yin. Son that's a fuckin poof. Dochter awa hoorin it wi a mairrit man. Wha's faut is that then? I turn the tap full oan. Shove.

'Hiv some mair. Go oan, hiv some mair.'

Elinor was chokin. Een full ae cauld watter. It runnin ben her nose. Sair. Burnin. Her airms thrashed aboot. Tryin tae get a grip. Tae shove up, oot, awa fae it. Her blonde hair, drookit, swam intae the plughole. Blocked it. Watter floodit her mooth. She coughed, spluttered.

'Ye waant watter, ye kin hae watter!'

He rumped her heid up an doon in the sink. The side ae the sink clunked an clunked against her skull. Hair ripped oot the back ae her heid. Afore she could rise against the lost pressure, his haun was back again. Shovin doon, fingurs fundin mair hair, a better grip. She couldnae hear whit he was shoutin ony mair. The sink was near full. Watter drooked the kitchen wi every plunge. Strugglin was somehoo immaterial. Her lungs sooked in. Deep. The watter wasnae cauld nae mair.

'Right. Noo ye ken.' I let her go an turn the tap aff. Bloody music wis still yodellin awa. Looder'n ever. Must be deevin the folk nearer haun. She slid oantae the flair. Actin aw wabbly. Her heid cracked the tiles. Hell mend her. She kin lie. It went quate. Hallelujah. Somedy hud turnt the fuckin music aff. Kitchen's a friggin mess. Watter aw ower the place. I wipe the hair aff ma hauns. Poor masell some mair coffee. Go ootside fur a look.

An ambulance sat in Hallglen Road. Blue licht flashin. A wee pauchle ae neeburs hung roon aboot the gate. The opera wummin's gate. Drew'd kent her man. Fae the club. Didnae ken her. Magrit, she was cawed. He daundered up the Terrace a bit, coffee in haun. Tae hae a better look. Padraig's wife detached hersell fae the observation team ae worrit neeburs, came doon the road.

'Whit's gaun oan, Harriet?' Drew cried ower the road tae her.

'Dinnae ken. They're sayin it's an overdose. Raymond an Howie's faither broke in. She's unconscious.'

'No deid then?'

'Shairly no. No yet.' The wee sherp wummin went in her ain door an shut it ahint her. A stretcher was cairried oot tae the ambulance. The body oan it looked lifeless. Christ knows whit she was weerin. A rainbow ae colours sparkled in the licht. Drew went awa back in.

Dressed up tae dee. Like a fuckin butterflee. Whit kinna attention does she waant? Get aw she waants noo, eh? Folk flutterin aroon. Humourin her. Whin she comes roon. If.

Fuckin fine. She's still lyin oan the flair. Nae fuckin dinner oan the go. Watter everywhaur. Thank fuck nae weans stey here ony mair. I gie her a dunt wi ma tae.

'Ye kin get fuckin up noo. Somedy else bate ye tae it.'

A wee dribble ae watter runs oot her mooth. I gie her a shake. Nuhin. Her een look funny. Three quawters shut. Unconscious-lookin. I scud her jaw so's she'll wise up. Draps ae blood spatter oot her nose. Whit the fuck is she daen? Stupit bitch! I skelp her again. A crack opens oan her bottum lip. Oozes rid. Oozes. Disnae run.

'Ye better git fuckin up, Elinor!

The lifelessness ae her body gied him the creeps. The no-richtness. Yin ee was open mair than the ither noo. Stared, blund, at him. A fixed freaky hauf-wink. Drew backed aff. Stood up. Spread his hauns oot tae shield him fae the sicht ae hur, lyin, twistit, hauf-winkin, puddles ae watter roon her dreepin hair. He went intae the lobby. Walked back an furrit, draggin the fingurs ae yin haun through his ain hair. Cursed. Swore. Nothin chainged. Nothin shiftit in the kitchen. Nae soond. Nae soond.

He went ben the livinroom. Poored a whisky. Swallied it in a wanner.

'Fuck sake.'

Yince he'd calmed hissell enough tae think rationally, he went back ben the kitchen an carried her through tae the bath.

*   *   *

'Hink ye'll get me this road? You'll see. It's aw fur nothin. Drooned in the bath. Folk dae it aw the time. Jees, yer bloody heavy.' I'm tryin no tae dunt her. Get her in nice'n smooth an easy. Somethin feels stupit aboot the hale thing. No real. Whit the fuck's happenin tae me?

'Ach!' She clatters in, heid bangin aff the bottum, knees bent. I reach atween her feet an pit the plug in. Claes! Fuck's sake, she's still got her claes oan. Ye dinnae hae a bath wi yer claes oan. Guid thinkin. I'll dae the hale number. Watter, jist warum enough tae huv been a bath hauf an hoor ago. Bubble bath in it. Slooshed up. How she likes it. Candles. A wee gless ae wine. Naw, no wine. They micht check her stomach. I start haulin the claes aff her.

'Christ, Elinor. Ye micht help.' It's no easy. I check ma watch. Needae mind the time fur the temperature ae the watter. The watter. The'll be cauld watter in her lungs. Oh, Christ. Better if she'd fell in the canal. Naw. Naw. The bath watter'll be cauld an aw by then. Soap. Whit aboot soap? Fuck!

Lyin nakit in the bath, his wife looked thin an white an pair-lookin. Thur was a pink patch ower maist ae her face whaur the coffee'd hit. The freaky, lifeless hauf-wink. Hair fanned oot in the watter like wet wings. Drew's een prickled. Tears fulled up in thum. Ran doon his face. Whit hud she done tae him noo? Stupit bitch. Could she no've stopped him? He'd naebody tae go tae wi it. Nae mither tae fix hings. Nae Elinor tae tell him they'd sort it oot. That it'd be awright. Wummin ay kent whit tae dae. He was lost.

'I'm fuckin lost here, Elinor!' He banged the bath wi his fist. It wouldnae dae.

Ben the livinroom, he shut the curtains, put lights an telly oan. Swallied anither whisky. Then he locked the front door. No cause he was expectin onybody. Their dochter hud left just afore her granny burnt tae daith. Awa tae her wee love-nest. She phoned her mither a couplae times. But she wouldnae be back. He'd telt her she wouldnae be back. Peened aw his hopes oan his boy then. Much guid that did him.

'Fuckin nancy-boy.' He was cursed. Life hud dived intae a black hole it couldae rise ootae. He'd huntit the laddie. Got him oot afore the rest ae the place kent onythin aboot it. Telt him no tae come back eethur. Nothin mair could happen then. Nothin worse. Noo it hud.

Right. I kin sort this oot. Same wey. No gien that lot oot there the satisfaction ae yappin. Nae doot they'd aw hae plenty stories tae tell then. Run aff at the mooth, nae bother. Me, the bad yin. She fuckin widnae stey in. Made shair they aw seen plenty tae yak aboot. Lock the back door an all. Bin bags. Whaur the fuck's the bin bags?

'Caw yersell a wife! Fuckin chaos, that's whit it is. Fuckin chaos!'

Right. Bet she hinks she got the better ae me this time. Aye, well, we'll see. We'll fuckin see wha got the better ae who.

18

Tom, the Cast

MOIRA

A RED contract bus throbs at the Day-care Centre bus
stop. Passengers get aff. Moira, aw gaun, beetles awa inside,
shoutin.

MOIRA: Miss Steven!

She breenges through the gless doors, shouts.

MOIRA: Miss Steven!

In the craft room, Miss Steven rolls her een an turns roon as
Moira comes in.

MOIRA: Tom didnae git oan the bus!

Miss Steven heids fur her office. Ahint her, Moira's beside
hersell.

MOIRA: Bet he's wi that girlfreen. Oh ho, he's
                   in trouble noo awright.

NANCY

Staunin in her hall, Nancy talks oan the phone.

NANCY: I slep in. Thought he'd got hissell oot.
                   S'pose he must'a slep in tae.

She hings up the phone, sclumbs the stairs, shoves Tom's
door open. The bed's no been slept in. The windae hings
open.

TOM

Tom waukens up in the tree ahint Julie's back gairden. Julie's caur's no in the drive. He gets doon oot the tree, climbs ower the fence intae the gairden an goes up tae the side ae the garage. Thur's nae noise fae inside. He searches aboot, bendin, streechin till he funds a space in yin ae the planks, pits his ee tae it an peers in.

In a dusty shaft ae licht, the cley figure ae an angel rises soarin skyward fae a pool ae watter.

Peerin in through the gap, Tom gawps. His mooth tries the word a time or twa afore he manages tae whisper it.

TOM: Ainge jull.

Inside the garage, the cley angel soars tae the sky.

Tom steps back fae the wid, lufts his airms high abin his heid, palms ae his hauns flat tae the sky.

TOM: Ainge jull. Whooosh!

He burls roon. Abin him blue-an-white sky burls roon an aw. He burls again.

TOM: Whooosh! Whooosh!

He burls. Abin him, the sun burls tae.

DAVID

In the Pottery, David stacks the kiln. Ahint him, Julie comes intae the doorwey.

DAVID: God, you look tired.
JULIE: Thanks. I was up aw night.
DAVID: Bad or good?
JULIE: Wan ae each. The guid yin's dryin.
DAVID: Worth loosin sleep then. Got anything
                to go in?

JULIE:	No. Thought I'd let ye buy me lunch.
DAVID:	Yeah?
JULIE:	I need a friend.
DAVID:	You got one. Just let me get this stacked.

Julie lufts the bits ae pottery an hauns thum tae him.

SANDRA

The sky burls roon. Tom burls, high as a kite.

TOM:	Whooosh! Ainge jull. Whooosh! I. I ainge jull. Whoosh!

Fae the ither side ae the garage, a vice.

SANDRA:	Polis, right enough?

Tom stops burlin, looks roon tae see wha spoke but cannae see naebody.

RAYMOND:	Searched the place.

Tom flattens hissell against the garage, slides alang it.

WIFE:	Tap tae bottum.

Tom hunkers alang the hedge till he kin see Raymond's gate.

Raymond, his wife, Sandra an Nancy are aw staunin roon it.

RAYMOND:	Aye, an a fat lot ae guid they wur.

He turns tae Nancy.

RAYMOND:	Did ye ask her?

Ahint thum, Tom's heid keeks ower the hedge.

NANCY:	She's no in. Caur's awa.
SANDRA:	D'ye hink she's got Tom awa wi her?

Tom jooks doon ootae sicht.

NANCY:	I dinnae ken. But his bed's no been slept in.
WIFE:	Oot aw night?

Tom's face crunkles. He turns tae creep awa.

RAYMOND:	She's gottae be stopped. Men comin an gaun. Aw hoors.
WIFE:	An noo Tom.
SANDRA:	Fuckin slag.

Tom turns roon again an keeks through the fence.

NANCY:	If I just kent whaur he wis.
RAYMOND:	He'll be in that garage. Bet ye anythin.
NANCY:	D'ye hink?
SANDRA:	Well, we kin fund oot.
RAYMOND:	I'm gemme.

The fower ae thum mairch towards Julie's.

Tom burls roon against the hedge, een like saucers.

Raymond, his wife an Sandra, wi Nancy trailin the back ae thum, mairch intae Julie's drive.

Tom skitters awa doon the side ae the hedge, alang the garage, faws ower the fence oantae the rough gress an runs aff tae the *soond ae wid splinterin*.

HANNAH

Heid doon, Matthew scribbles awa fair busy, like. The rest ae the class are writin, the teachur sits at her desk, markin.

Tom runs across the playgrund tae the buildin. Thur's nae door oan the side. He runs tae the nearest windae, peers in, chaps oan the gless.

Tom:	Joo lee. Joo lee.

The teachur looks at the windae. Through the gless, Tom looks roon the room. He runs aff. Hannah, at her desk, stares at the windae, worrit, wonderin.

Tom runs fae windae tae windae, jookin tae see as he stops tae gawp in every wan.

The scrape ae widden doors openin.

RAYMOND

The spotlit angel floods wi licht as the widden garage doors scrape open. Raymond, his wife, Nancy an Sandra step intae the garage.

RAYMOND: Whit the fuck is this!

NANCY: I dinnae hink we should be in here.

WIFE: Is that plasticine?

SANDRA: Playin? Is that fuckin it?

NANCY: We shouldnae be in here.

Sandra looks at the cley-stained widden bench wi the tools upright in their cylinder.

SANDRA: Come oan tae fuck. She's no screwin onybody in here.

She lufts yin ae the widden tools, tippin the container so the ithers spill oantae the bench.

SANDRA: Unless she's intae some seriously kinky business.

RAYMOND: Kinky! Is that whit ye caw it?

WIFE: Look at that!

She pints tae the soarin angel, complete wi genitals. Raymond clocks it.

RAYMOND: Christ, wid ye believe it! Perverse, that's whit that is. Perverse.

Sandra coups the angel tae the flair.

SANDRA: Durty bitch!

As they heid oot, Raymond keeps ahint thum an steps oan the cley figure, deliberately turnin his fit back an furrit tae squelch it flat.

Urgent chappin oan gless.

MATTHEW

Matthew scribbles awa. *Urgent chappin oan the windae.* Matthew looks up.

His teacher looks up.

Ootside the windae, Tom chaps furiously oan the gless wi baith hauns.

TEACHER: What on earth?

JACKSON: It's the dummy.

The weans aw laugh. Aw but Matthew.

TEACHER: Jackson! Heather, run and tell the jani-
                      tor.

A wee lassie runs oot the room.

The teacher stauns, waves a haun tae order Tom awa.

Tom chaps even mair, his vice dulled by the double glazin.

TOM: Joo lee! Joo lee!

Matthew jumps up oot his sate.

MATTHEW: Please, miss.

TEACHER: Sit down, Matthew. All of you, sit down!

She goes tae the windae. Tom squints tae see by her tae Matthew. He rattles the gless.

TOM: M'oan see. M'oan. M'oan see.

TEACHER: Shoo! Go away!

Tom chap, chap, chaps oan the gless wi baith hauns.

TOM: Joo lee. M'oan. See.

Ahint the gless, the teachur's face is ticht, angry.

The weans, aw oan their feet, laugh an pint. Matthew, back in his sate, pits his heid in his hauns.

The janitor, oot tae pit a stop tae the interruption, beetles roon the side ae the buildin. Tom legs it.

DAVID

A warum, discreet restaurant in reds, greens, polished wid. Lunchtime, an busy. A waitress busies aboot servin folk. David an Julie sit opposite yin anither, eat.

DAVID: How can you work with all that going on?

JULIE: I'm tired noo. But Wooldridge'll want

	thum. I know he will. This is the best I've ever done. Mibbe it helped tae be stirred up.
DAVID:	This time. It'll wear you down eventually.
JULIE:	One horrible guy? Just wish I knew whit wis wrang.
DAVID:	You're divorced. A stranger. That's probably enough. It's a wee place.
JULIE:	No. He hates Tom an all. An he's nae stranger.
DAVID:	Well, he might have reasons for that. Something between them in the past.
JULIE:	Tom's fine if folk bother tae communicate wi him.
DAVID:	And when he needs to be understood and isn't?
JULIE:	Yeh, okay. I kin guess. But that's hardly his fault.
DAVID:	Look, all I'm saying is, if you didn't make so much space for him, Raymond might get on better with you.
JULIE:	Think I'd rather huv the hassle.
DAVID:	So I'll be buying a lot of lunches then?

He grins at her thrawnness. She grins back.

| JULIE: | No too many, I hope. |

He pits a haun ower hers.

| DAVID: | Hey, I'm fine with this. However many it takes. |

JULIE

Tom stauns in the garage doorwey. Blinkin, he takes in the straiggled tools, the empty place whaur the angel sat. He edges furrit. His fit squelches oan a lump ae cley. He bends ower, lufts twa full haunfys. *A CAUR engine*. Tom shoves the mess in his hauns thegither, tryin tae fix it.

Julie drives her wee motor intae the drive, sees the garage doors lyin burst open, Tom wi his back tae her.

Tom stares doon it the mess in his hauns. Julie comes up ahint him.

JULIE: Tom!

Tom burls roon, hauns full ae grey, shapeless cley.

JULIE: Whit've ye done!

Tom hauds oot the mess.

TOM: Ainge jull.

JULIE: Oh, Tom, whit've ye done.

TOM: Joo lee.

Julie slumps against the garage door.

TOM: Make.

JULIE: Go hame, Tom.

TOM: Make ainge jull.

JULIE: Go hame. Now!

She pints, orderin him oot the garage. Nancy stauns in the drive.

NANCY: Ye're a bit late sendin him hame.

Julie goes ower tae her. Tom, hauns full, folleys ahint.

JULIE: Please. Ye don't know whit he's done.

NANCY: Whit he's done? Whit aboot whit you've done? Ye've hud him oot aw night. Creatit a right stushie in the village. Got the Centre up in airms an me hauf oot ma mind wi worry. An ye're gaunae blame him? Weel, he wis nae bother afore you came. Nae real bother onyroads.

Tom's been gettin mair an mair agitatit as his mither speaks. He goes richt up close tae her. His vice, sair, bursts ootae him.

TOM:	No! Badd! Ainge jull.
JULIE:	It wisnae bad. Oh, Tom.

Nancy shoves Tom.

NANCY:	Git you oan doon the road. Go oan, git.

Tom hauds oot the muck in his hauns. His face is ticht, workin, strugglin.

TOM:	No! No ainge jull!
NANCY:	Aye. Ye're nae bloody angel, awright. Noo git oan hame wi ye!

Tom shoves the cley intae Nancy's face, rubbin roon an roon as he bawls.

TOM:	Ainge jull! No! No ainge jull!

Julie pulls at him.

JULIE:	Tom. Stop it, Tom. Tom, stop it!

She pulls him awa. He's incoherent, blubberin.

JULIE:	Come oan, calm doon. It's no your fault ye can't fix it. Just go hame. Please?
TOM:	No hame. Tomm!

He jerks awa fae her and runs doon the drive, oot the gate, gaun the opposite wey fae whaur his hoose is.

Nancy dichts her clarty face wi her sleeve.

NANCY:	Ye see? Ye kent fine weel he wis daft. An still ye driv him dafter. I'll never git him back noo. He's gaunae end up locked awa in a hospital. Whey could ye no just hunt him like awbody else?

She goes awa doon the path.

Julie, devastated an cut tae the quick, watches her go.

19

The Cat's Mither

LOOK, SHE said the wean wisnae his. Telt awbody. Hoo d'ye think that made me feel? Whit did that say aboot me? Like I wis jist hoorin aroon. She kent I wis gaun wi him. I thought we got oan aw right, me an her. Then he dis the disappearin trick an she goes aboot sayin the wean's no his? So she kin jist go tae hell.

Oh, aye, chainged her mind soon as she saw the wean. Could haurly deny it then. That wean's her faither aw ower the back. I'd hate her if I didnae love her sae much. No the wean's faut her faither's a waste ae space, is it? Noo she waants tae see her granwean. Fair cut up that I'll no let her. Widnae tell me whaur he wis though. Said she didnae huv an address. I mean, her ain son, an she disnae ken whaur he steys? Must hink I wis born yesterday.

Gied me his phone number. As if that made it awright. Like she'd done somethin tae help. I hud tae go tae the Child Support folk. I hud tae track him doon through his work. Jist tae get money tae pit claes oan his wean's back an grub in her wee belly. Ye huv tae wonder whit kinna man that is. An whit kinna mither he hud.

Noo I'm aw the bad yins. Again. Like I wis bein hard. An I'm supposed tae feel sorry fir her. So her man left. So whit? I wis left tae. Her bloody son. She wisnae sorry fur me. Tried tae kid oan she didnae ken whaur he wis. Tried tae buy us wi a present fur the wean. A wee frock. Said she made it hersell.

I chucked it. Telt her me an the wean'd manage fine athoot her presents. Couldnae pit her haun in her pocket tae buy yin. Och, I seen richt through her. Stingy. Ye ken whaur her son gets it.

That dochter ae hers is the same. Snotty bitch. No the kind tae huv weans. Got hersell a job in London. Jist up an left her mither oan her ain. So noo she waants her granwean? Weel, she kin waant. Me an the bairn'll dae fine athoot her interferin. Look whit she done tae her ain faimly. Whaur ae they? Up an left, the hale lot ae thum, that's whaur. Reap whit ye sow, richt enough. She made oot I wis a slapper. Widnae look the road I wis oan then. It'll take mair'n an overdose tae get roon me. I never went through aw that tae pit masell oot fur the likes ae her.

20

Doin the Darkie

THE MAN was a strange sicht oan a fine summer efternin. It was warum. Fine. He'd oan a heavy overcoat, big green wellie boots an thick woolly gloves. He shiftit the wecht ae the coat oan his shooder. Gled tae be aff the road, ootae sicht, he walked doon the slope tae the Union Canal. Middle-aged, near fifty, he walked lookin doon at the grund, een folleyin the stane scree that edged the grey tarmac. Every noo an again, his wellies scuffed oan thum. Stanes. He bent doon, reached fur the maist sizeable yin, egg-sized. It wasnae easy gettin a grip wi the woolly gloves oan. Yince he hud it, he pursed his mooth, blew the dirt aff, dichted the stane oan his greatcoat an shoved it in his pocket. Anither twa-three steps an his een lichted oan anither yin. He bent, luftit, blew, dichted an shoved it in wi the ither yin. By the time he reached the bottom ae the slope, his pockets wur bulgin.

Doon ablow the level ae the road whaur trees covered the steep canal bank, thur wasnae much licht. He turnt richt. In front, abin his heid oan the parapet ae the brig that taen the back road tae Slamannan ower the canal, a stane face grinned doon oan him. The contractor wha'd built that section ae the canal, pleased wi the job done an a healthy profit made, hud put it up. He walked unner the brig. Comin oot the ither side, the sun was in his een. At his back thur was anither stane face. A miserable, greetin yin. Twa contractors' work hud feenished there. The laughin-greetin brig folk cawed it.

The yin cuttin the canal fae the west lost a fortune. He'd tae cut the Falkirk tunnel oot. A mile lang through solid rock. The man was heidin fur it. He didnae look back at the greetin face. Fair doos. It was fittin, but.

In a hoose oan Falkirk Road, a lassie couldnae move quick enough. She grabbed a bag fae the corner, tipped schoolbooks oot it oantae her bed, yanked open drawers an wardrobe, pulled oot twa changes ae underwear, socks, jeans, her warumest jumper, stuffin thum intae her bag. Thur wur things she'd like tae hae. But she wasnae gaunae be weighed doon. In the kitchen she taen crisps, juice, a packet ae biscuits. Enough tae tide her ower. Five meenuts efter decidin tae shift, she was oot the hoose, runnin doon the Glen brae, ower the ashie, across the road tae the station brig. She stopped there, ootae braith, hert thumpin as she mindit aboot the taxis.

She looked ower the stane parapet doon tae the station. Tae the taxi rank. Stupit, stupit, stupit! Of course, he'd be sittin there. Just her luck, wasn't it? The middle ae the efternin. He was sittin at the back. Caur windae open, readin the paper, havin a fag. Last in the queue. Even when the train came in, he wasnae gaunae get a fare. She turnt her back tae the stane, in case he looked up. Shut her een. It was mair than she daur, gaun doon oantae the platform. Chances wur he wouldnae see her. But he was too close. She couldnae bring hersell tae go doon there. And whit's the bettin, if she did, he'd huv some reason tae go oantae the platform. A passenger wi a lot ae luggage. Somethin like that. Probably aw he hud tae dae was look in his wing mirror as she walked doon the steps. Or the noo. Mibbe he'd see her oan the brig.

Her hert rattled in her ribs. She ducked doon. Thur was anither wey. Keepin hunkered doon, she scurried up tae the end ae the brig, straightenin up only when she was hid by the bushes. When she reached the wee lane that led tae Bantaskin park, she turnt doon it. Unner the trees, the earth was bare an saft unner her feet. The canal ran alang the tap ae the park. If she doubled back, folleyin it, she'd come tae the next station. The lane came oot whaur the *Wild Heron* barge was moored, near the west mooth ae the Falkirk tunnel. Nothin else fur it. She'd hae tae go through it.

'You have two messages. Message one.'

'Eh, Linda. I thought I better let ye ken. I've got held up. I mean, that is, I'll no be hame . . .'

The wummin grinned, listenin tae the voice oan the answerin machine an takin her jaiket aff at the same time. She was fine-lookin. Average hicht but slim. Fine bones an cropped fair hair tae show thum aff. What a man. As if she didnae ken he'd work late the nicht. While he rambled oan, vague an distracted, she filled the kettle. Looked like it'd be tea fur wan. A pizza. Somethin easy. An a wee gless ae wine. Some days in the library she haurly got tae sit an staunin did her feet in. A wee gless ae wine, film oan the telly, then an early nicht. The morra she'd go doon the shop an gie Jas a haun. She pressed delete.

'Message two.' It was him again.

'Oh, an I love ye.'

Daft goat. She laughed oot lood.

'End of message. Please wait.'

Steady dribs ae watter ran streamin fae the roond airch of the east mooth ae the tunnel, poorin intae the canal. Far awa, the ither end was a wee dot ae licht. Jas, oan the towpath, walked several yairds further in. Faur enough tae be awa fae the licht ahint him. The path was smooth enough, concrete, wi a metal rail tae stop ye fawin in the watter and puddles noo an again fae the leakin roof. He stopped whaur the brick became stane. Whaur, opposite, thur wur twa wee windaes cut oot as if thur hud been a station ae some kind ahint thum. Tollbooth mibbe. Fae his inside pocket, he taen oot a wee torch, clicked it oan an checked the grund was dry enough. Then he sat doon an pulled his wellies aff.

Furst yin, then the ither, wur dipped in the canal, fillin thum wi watter. He reached in his breest pocket again, drew oot a square packet, opened it an timmed the white pooder, first intae yin wellie an, when he was shair he'd yaised half, intae the ither. A tidy man, he shoved the empty packet back inside his coat, stood an shoved his feet, turn aboot, back intae his wellies. The wet mixture squelched atween his taes an he'd tae work it a bit tae get his fit in. Yince they wur baith oan, he sat doon again, shiftin furrit so his feet dangled up tae the ankles in the watter, body ahint the metal rail. He crossed his airms oan the strut, restit his heid oan thum, an waitit.

Urgency hud taen her intae the tunnel. Noo, a few yairds oan, she mindit hoo much she hated it. The *Wild Heron* ran trips through it. Fur disabled folk. Went aw the wey tae the viaduct at Linlithgow. Nice there wi Muiravonside Park streechin oot ablow it, aw green fields, trees, burn an big wide sky. No here. Daurk, creepy. The licht fae the ither end a mile awa. That wee, the licht, ye thocht ye'd never reach it. Oan the barge they hud company. No her. She'd only ever been through it twice afore. Yince wi her pals. Yince oan her ain. Doin the Darkie they cawed it. Tae prove ye wurnae scared. Wurnae a wean. A rite ae passage, really. Ye wurnae a Glen bairn till ye'd done it. Wurnae yin ae the gang. Eleven year auld, she'd been terrified oan her ain. Sixteen noo, she wasnae ony less feart.

Soond, inside, was different fae day. Holla, echoey. Watter dripped. It was black daurk. Thur could be onybody in there. Onything. When she'd been in it wi her pals, they'd passed a couple. Man an a wummin. Didnae see thum till the last meenut. *Mornin*, they'd said. Frichtit the life ootae her wee gang ae weans. She walked fast, trainers haurly makin a soond, keepin awa fae the rail an tryin tae keep the notion oot her heid that somethin slimy would rise oot the black watter an grab a haud ae her.

She thought aboot singin an decided no tae. If thur was ony strange body or thing aboot, thur was nae pint lettin it ken she was there. No as if thur was ony possibility ae rescue. No doon here. In the middle, nae watter ran. The streams at either end wur silenced by distance. Just a plop an a gurgle noo an again. She looked back, waantin tae be oot. Ahint her, the licht was as faur awa as the peenprick she was heidin fur. Nae pint turnin roon. Keep gaun. Keep gaun.

Several yairds oan, the funny feelin she wasnae oan hur ain got stronger. She hurried faster. The licht in front grew bigger. No faur noo. Her een, strainin in the daurk, picked oot a daurker curvin shadda up aheid. A black shape crouchin ablow the rail. Her hert explodit in her chist. Somethin was comin oot the watter. Up oantae the path. Waitin fur her.

The pizza was suprisinly guid. Ham an pineapple. Her favourite. Linda poored hersell anither gless ae wine. Jas favoured rid. She liked a tingly sherp dry white. A placid wummin wi a placid man, she'd nae particular ambitions. But she did dream. Jas was a guid man but, efter twenty-five year, could haurly surprise her. A nicht oan her ain was a luxury. She haurly ever hud the bed tae hersell. Apairt fae cuddlin up tae, it never hud been an never would be Jas's best thing.

Fur a saft, slow, unexcitin man, he was peculiarly rough in bed. She couldnae figure him oot. Soon as they got in a clinch everythin aboot him became coorse an quick. His mooth, his hauns, his dick. It was like bein stabbed. Even a kiss. Thur was nae such thing as smoochin wi Jas. He pecked. Peck, peck, peck. Wi hard wet lips. She couldnae unnerstaun hoo lips could be hard an wet at yin an the same time. But his wur. Sometimes she'd haud his heid at peace an gie him a saft, slow kiss, hopin he'd get the message. It didnae work. Soon as she opened her mooth against his, he'd stab wi his tongue insteed. Flick, flick, flick. Fast as he could. Even his tongue was hard. It was still like bein pecked.

He treated every bit ae her body the same. Like she was a dick he was jerkin aff. Lick, lick, lick. Rub, rub, rub. Stab, stab, stab. Like he didnae ken she was there, different tae him, waantin somethin slow an tender. Gentle lovin. Tae be aroused, teased, tormentit even. Somethin she'd waant tae last.

'Look, we're no balin watter oot a sinkin ship, ye know,' she telt him yince. 'Sex isnae aboot pumpin, it's aboot strokin. Like ye wid stroke a cat.'

He went in the huff.

'Jist whit ye want,' he said. 'Whin ye've jist made love tae a gorgeous wummin. An autopsy oan yer performance.'

She never mentioned it again. Jist let him get oan wi it. Kidded oan she came soon as she could get awa wi it. Solved her ain problems ither weys. It kept thum baith happy. Kind of. Linda poored mair wine. Wine somehoo gied ye permission tae dae things ye micht no itherwise dae.

Waitin fur the Polyfilla tae set, Jas heard the feet comin. Yin body. Twa feet. Then he heard thum stop. Fuckin great. The wan place ye should get peace oan a sunny Wednesday efternin. He kent they'd stopped because whaever they belanged tae hud seen him an was feart. Yince he micht've shouted: *It's awricht. It's only me.* But no the day. He couldnae be bothert. Suit him fine if they chainged their mind an went back the three quarters ae a mile they'd just came.

They didnae. Thur was a hesitation filled wi braith. Then the feet came oan, faster, nearer. Jas didnae look up or roond.

The feet skelped by his back. He breathed oot. The feet stopped. Whaever it was, near intae the grey fae the tunnel mooth, turnt roon. A lassie spoke.

'Eh, is the shop shut?'

He could haurly believe it. Slowly, he turnt his heid, looked up at her staunin five, six feet awa. Daurk-heidit wee thing. No faur aff his ain lassie's age.

'See, it is so you,' she said, 'Is it then?'

'Whit?'

'Open. The shop. See, if it's open, I'll . . .'

He cut her aff.

'It's shut, right?'

It was Cassie Forsyth. Name of God.

'Just, sometimes you're no there an yer wife . . .'

'Shut!'

She gied a wee laugh.

'Awright. Well, I'll no bother then. Just stey oan the path.'

Jas, sensin she was gaunae go oan her wey, turnt back tae starin at the opposite waw. The lassie shuffled.

'Eh, ae you fishin?' Thur was a pause. He didnae fill it. 'Cept I don't think thur's onythin worth catchin. Just pike.'

He glared roon at her.

'Dae I look like I'm fishin?'

'Then whit are ye daen?'

'Waitin fur cement tae dry.'

'Right.' Again she hesitated. 'Right, listen. Ye never saw me. Okay?'

'I never saw ye,' Jas repeated.

'Okay?'

'Oh Kay.' He spat the syllables oot. Shairly she'd get the message he was in nae mood fur pleasantries.

'Right. Well, cheerio,' she said an turnt awa. He listened tae the soond ae her feet fadin, lifted the wee torch an shone it doon intae the tap ae yin wellie, feelin doon intae it wi his fingurs at the same time. Nae wet Polyfilla. Aw dry. He laid the torch oan the towpath so its beam shone oot across the watter, dipped unner the handrail, bent furrit an let hissell slide aff, heid furst, intae the watter.

Oot in the sunshine, een floodin wi the licht, Cassie drew a deep braith an walked oan. Up aheid, the miserable dour stane face glowered doon at her.

'Fuckin nuts,' she telt it. 'Waitin fur cement tae dry!' Her feet stopped aw by theirsell. 'Oh shite,' she said. Turnin roon, she stared back at the black, drippin mooth ae the canal tunnel. 'Mr Farrier?'

She ran back intae the tunnel, shoutin his name. Thur was nae answer. When she reached the place whaur the man'd sat, thur was just the wee torch, shinin ower the smooth unwrunkled surface ae the watter. Hert poundin, no waantin tae be there, no waantin this tae be happenin tae her, she shouted again, mair in desperation than fur reply.

'Mr Farrier!'

The surface ae the watter broke, spillin aff the sole ae yin green wellie, then anither till the bottoms ae baith boots bobbed an splashed in front ae her.

'Oh, please, God.' She yanked the bag aff her back, hopin he was still attached tae the ither ends. Dumpin the bag against the waw, she lay doon oan her belly an wriggled furrit.

'Please, God, dinnae let me faw in that watter.'

As she reached fur thum, the boots thrashed. A gloved haun rose, then the man's heid, coughin, splutterin. Cassie grabbed yin wellie.

'It's awright. I've got ye,' she shouted, an pulled. The yank turnt the man ower in the watter, face doon, airms flailin.

'Ye're fuckin droonin me,' he spluttered.

Cassie, wi a guid grip oan the wellie, twisted his leg roon. Jas turnt ower again, oantae his back, gloved hauns slappin the watter. Wi aw the strength she hud, the lassie pulled his fit towards her, through the rail oan yin side ae the upright post until she could kneel oan his ankle.

'Jees, ma fuckin leg,' Jas groaned.

Keepin the upright atween her an the watter, Cassie reached roon the ither side ae it fur the ither wellie, got a haud an pulled.

'Ye're awright,' she gasped, pullin it through the rail. The man's backside drew up against the edge ae the towpath. His hauns flailed, tryin tae keep his heid abin the watter.

'Christ, ma back. Ma fuckin back,' he gulped an choked.

Workin hard noo wi the last ae her strength, Cassie grabbed his coat lapels and yanked. The man's heid rose oot the canal, fast, an slammed intae the upright post.

'Awright!' he yelled, grabbin oantae the post. 'Awright, I'll get masell oot.'

She let go. Knelt, pantin, oan the path. Jas drew his legs back through the rail, knelt oan the edge, hung oantae the rail an began tae pull hissell up. The wet wellies slipped. His feet splashed back intae the canal. The boots, hauf fu ae Polyfilla, startit tae fill wi watter. The wet gloves oan his hauns slid aff the rail an doon the upright. Cassie stared as the man slid slowly back intae the canal.

'Oh, God,' he said, gaun doon like a fireman in slow motion. 'Oh god.'

She dived furrit, leaned ower the rail an grabbed his collar. Her fit slammed against the upright fur support, trappin the fingurs ae his gloved haun. Jas yelled. Cassie yanked. Their twa bodies struggled an splashed an finally Jas was through the rail rollin oan his back oan the towpath clutchin his crushed haun an moanin. Alive, but. Safe.

*　　*　　*

Oan the ootskirts ae the toon, when the last ae the efternin sunshine shiftit oot the livinroom in the wee hoose up Station Road, Linda swished the curtains shut an switched the licht oan. Dinnae wait up, Jas'd said. In the bathroom, she turnt oan the shower. Let it steam. If she hud a pang ae conscience aboot no phonin him, it died when she screwed the tap aff her Jungle Mist body scrub. Excitement burled up through her belly. The lover she waantit was only meenuts awa. It was as if he was awready watchin, awready there, near enough tae smell.

She let her wrap drap aff her slim shooders. Steam condensed oan her skin. She was in a tropical rainforest. The heat steamin. She stepped unner the spray ae watter. Innocent. No kennin he was watchin. Smooth-skinned, tall, daurk-featured. Watchin her step unner the waterfall. Her thinkin she was alane. She streeched her airms. Let the watter run, hot, ower her breists, her belly. Turnt unner it, feelin it ootline the curve ae her back, her buttocks. Watter was like havin anither skin. A livin, feelin skin. That's when she saw him. Arrogant, in plain sicht, leaning languid against the tree. Watchin. Een rakin her, heid tae fit. His pal sittin oan a boulder no twa metres awa. Baith ae thum shair ae theirsells.

In the failin sunlicht, a greatcoat hung, straiggled ower a bush. Twa drippin woolly gloves waved oan the ends ae twa branches. Nearby, oan the gress bank ablow the greetin stane face ae the brig, the man an the lassie lay, several feet apairt, dryin oot.

'Ae you nuts or somethin?' Cassie said.

Jas, green wellies still plaistered firmly tae his feet, felt his dignity unner threat. He pintit tae the mooth ae the tunnel.

'Naebody goes in there,' he said.

'Naebody cept weans.'

'Somethin wrang wi the road?'

'Aye. Taxis.' Cassie sat up. 'I'm gaun tae Polmont. Get a train. Gaunae tell me somethin?'

'Whit?'

'Whit's wi the gloves?'

'I thought it wid be cauld in the watter.' It was the only answer but noo it soondit daft. The lassie's face crinkled up. She snorted. So did he. Baith ae thum began tae laugh. Wild, lood, sair. Rollin aboot oan the bankin, they hooted an hollered, beatin the grund, kecklin like weans till their een ran wi tears.

Efter, she opened her bag, flung him a packet ae crisps an opened yin fur hersell. They crunched awa thegither.

'Be nice here,' she said. 'When they get the millennium link done. Aw they pleasure boats stead ae just the *Wild Heron*. Plenty business fur yer shop.'

'I'll dee waitin,' Jas said. 'You no like yer step-faither then?'

'Waants me oot the school,' she shrugged. 'Got the job aw lined up. Oan the blower. Two nineteen, two nineteen. Proceed tae corner ae Newmarket Street. Drunk waants taxi tae puke up in.' She looked at him, een slate grey, serious. 'I waanted tae be an archaeologist.'

'Whit's yer mam sayin?'

'Waants me tae humour him. So's he'll feel like pairt ae the faimly. I'm gaun tae Edinburgh. Get a job. Try fur uni next year.'

Jas didnae feel in ony place guid enough tae gie advice. Tae stop it comin oot despite hissell, he slid aff the bank oantae the tow-path, startit kickin his boots against the waw tae brek up the plaister in thum.

'Whit's up wi you onyroad?' she asked.

'Gaun bust.'

'Thur's ither jobs.'

He kicked ower hard. Pain ripped through his taes. He bit back the yell.

'No at ma age. That shop wis ma last chance. Taen aw ma redundancy. Ma lassie's at the uni awready. Ken whit it costs these days? Nae grant. Nae hoosin benefit. Nae dole durin the holidays. Pey yer ain fees. An airm an a leg. That's whit it costs. Airm an a fuckin leg!'

'Your wife'd crack up if onythin happened tae you. She's nuts aboot ye. Still. It shows.'

Jas pulled aff yin boot an timmed the broken plaister oot intae the canal.

'She'll get the insurance.' He put the boot back oan an startit kickin the ither yin. 'We've an audit the morra. I've been makin the books look guid fur months.'

'Stealin fae yersell?'

'Naw. Lyin. So's she widnae worry. Noo, it's aw gaunae come oot. Thur should be five grand in that safe. An thur isnae.'

'Five grand! In that wee shop! Ae you nuts? Whit if ye got robbed?'

'Weel, if I hud it, it wid be in the bank whaur it'd be safe. I only keep it in the shop cause it's no there. Get it?'

'Aye. But I dinnae hink yer wife will. Ye dinnae get insurance if ye top yersell. An ye dinnae git the money back if they hink you stole it.'

Jas pulled the ither boot aff, timmed the contents intae the canal, watched the white lumps float aff. He felt a richt fool. No shair hoo he got tae this place.

'Ye could get robbed,' she said.

He turnt, glared at her. Did she hear nothin?

'Ye could,' she said again.

The moon came up, a bricht yella slice. Cassie darted back ower the road, slithered doon intae the gress unner the trees aside Jas.

'Naebody saw me,' she hissed, slidin the wood-haunled

gairden shears ower tae him. 'Airchie's shed's ay open. Cooncil cuts his gress noo onywey so he'll never miss thum.'

Jas, lyin oan his belly, worked the haunles ae the shears open then shut.

'You shair this is gaunae work?'

'Course it'll work,' she hissed. 'It was robbed when I was in primary. Afore you came. They cut the phone wires so naebody could phone the polis.'

He looked up at the telegraph pole, illuminated by the streetlicht. Twa wires swayed at the tap ae it. A big bush grew roon the bottom ae it. She could see he wasnae shair.

'Cannae be worse than jumpin in the canal,' she said.

He walked ower tae it, pit his fit up oan the fence that ran alangside, then stopped. Reachin in his coat pocket, he pulled oot haunfys ae stanes an drapped thum at his feet.

'Whit ae you aw aboot?' Cassie said. 'Get a move oan. Afore a caur comes.'

Still, he dawdled. Unclippin the strap fae her bag, he got up oan the tap ae the fence post, passed the strap roon the pole an clipped it tae his belt. Then he yaised it tae tak his wecht as he shimmied up, monkey-style, tae the tap. No bad, she thought. The tap wire was thick, the bottom yin thin.

'Whit yin?' he hissed doon at her.

'The thick yin,' she hissed back. 'Ye waant tae get aw the phone lines, mind?'

Bitin her lip, she watched him sway as he eased the shears oot the back ae his belt, leaned back, opened thum wide roon the wire. An chopped. A bang explodit in her ears. Licht flashed, whitin oot baith man an pole. The shears flew awa, clatterin in among the trees. Sparkin an yellin, the man slid aw the wey doon the pole an crashed intae the bush at the bottom. Cassie leapt tae her feet. Please, God, dinnae let him be deid.

He was oan fire. Spreadeagled in the bush, his hair reeked.

Cassie grabbed her bag, flung it open, pulled oot a can ae juice, yanked the ringpull aff an ran ower tae him, poorin the juice ower his smokin heid.

'Dinnae dee,' she begged. 'Please, God, dinnae dee.'

Jas coughed, spluttered, choked.

'Thank you, God,' she said. She unclipped the belt tyin him tae the pole an wrestled him oot the bush oantae his back oan the grund. His face was scorched an scratched.

'I'm blund,' he said. 'I cannae see.'

'Open yer een!'

His lids flickert up.

'I am blund. Everyhin's aw black. Wee pinpricks ae licht. That's aw thur is.'

She looked up whaur he was lookin. The sky was full ae staurs.

'I kin see a wee pinprick tae,' she said. 'Lyin oan its back oan the grund. Get up. We'll need tae git a move oan.'

'A move oan?' He struggled tae his feet. 'I've been steeped, mangled, hauf droont, crushed an broke in bits. Noo, I'm stir-fried an tossed in a bush! Ken, if you hudnae decided tae rin awa fae hame the day, of aw days, I wid be quite happily painlessly deid!'

Cassie stared at him. Tae cover the tears that nipped her een, she lufted the strap aff her bag, clipped it back oan an swung the bag oantae her shooders. Let him sort his ain life oot. He wouldnae last five meenuts athoot her.

'Look, I'm sorry.' He grabbed her airm. 'Dinnae go in the huff. I didnae mean it.'

'Go jump in the canal.'

'Done that. God, I hurt in places I huvnae got. An ma heid's sticky.' He rubbed his hair. 'Is that blood?' He held his haun oot an peered at it. 'I cannae see.'

'It's juice,' she said. 'I thocht yer hair wis burnin.'

He looked roon aboot. 'Ken, it is daurk.'

'The streetlights blew when ye cut that wire.'

'The hale village?'

'Like enough. That means . . .' She stopped as she realised.

'I'll hae ScottishPower efter ma blood an all.'

'Naw. It means the alarms in yer shop'll be aff tae.'

'Aw,' he said. 'An that was a hale lot easier than me just switchin them aff.'

She was losin patience wi him.

'A burglar couldnae dae that. No withoot the codes. The polis'll think the wire was cut oan purpose.'

'Throw them aff oor trail.'

'*Oor* trail?'

He was gettin excited noo. His words runnin awa wi him.

'Wi nae lichts an nae telly at this time ae nicht, awbody'll go tae bed. Naebody aboot tae pey us ony heed. Ye comin? Afore the electricians arrive.'

She better hud. It seemed tae her he'd only hauf a brain. As if bein suicidal hud robbed him ae common sense. They crossed the road thegither, heidin fur the shop.

'Ken somethin aboot cuttin wires?' he said. 'Fairly dries yer underweer oot.'

He muttered somethin in a daurkly foreign language as he laid her oan the gress. His een glowed black wi desire fur her. Hers flickert shut against the ache ae waantin an the saft licht fae the stairheid. Her skin was damp fae the watter, her braith comin oot an oot an oot in hot rushes. The touch ae his hauns was warum oan her, shair, as if he kent exactly hoo tae stroke her an whaur. Jist when she micht go ower the edge, he slowed doon, drew her back, teasin it oot. It was excruciatin. Her braith just kept oan comin oot an oot.

The ither yin was shorter, broader. His muscles even harder. The soond ae Linda moanin filled her bedroom. The damp towels crouched in a heap oan the flair. She shoved awa the thocht ae bein selfishness. Jas workin late. Minded again hoo they'd looked, steppin intae the waterfall aside her, nae shirts oan, muscles shudderin ticht, tense, as the cauld watter hit, the daurk heids drippin wet. The wey their een raked her body. The wey they just did. Just presumed.

Wi thaim, she waantit tae touch. Tae taste. Tae look at their nakedness. No wi Jas. She couldnae staun that bit ae him. Bit these twa wur a gemme she played fur her ain pleisure. Mooths that lingered oan the taste ae hers, that nibbled an kissed her neck an throat, her breists an belly, her thighs. Hauns that stroked an teased and brocht her skin alive. Erections that she ached fur wi her hauns, her tongue, her cunt.

The tension in her muscles drew ticht an tichter then released, pumpin agonies through her so she cried oot. Bit no fur thaim. The only name that was ever in her heid, that she ever waantit in her mooth, when she came.

'Jas. Oh, Jas. Oh, dear God. Oh, Jas.'

Jas watched the lassie oan her knees in front ae him, wigglin the ringpull fae a juice can in the lock. He was gled she was there. Smert wee thing, an he couldnae think straight. Hudnae been thinkin straight fur a while. Thur'd been nae road oot. He couldnae tell his wife the business was failin, his dochter that he couldnae keep her at the Uni. The canal was the only answer. When the lassie suggested robbin the shop would cover whit he didnae hae, he only went alang wi it cause he couldnae face the watter again. No yit. Noo, it seemed they micht just pull it aff.

The lock was no fur shiftin. Jas pulled the keys oot his pocket. Hearin them jingle, the lassie burled roon.

'Whit ae ye daen? Think burglar.'

'Skeleton keys,' he said, slippin it in the keyhole and turnin it. 'Ye've awready scratched it aw tae buggery. Bound tae look forced.'

Inside, he pulled oot the wee torch, switched it oan, went straight tae the safe, knelt an startit turnin the dial tae the combination. The lassie was messin aboot at his back. He looked roon tae see. She'd straiggled some papers aff the coonter oantae the flair. Noo she was luftin tatties oot the box, layin thum aboot the place.

'Dinnae touch onythin,' he whispered.

'Burglars leave a mess,' she whispered back.

'An whit wid they be rakin in the tatties fur? High-yield dirt deposits?' He taen his woolly gloves aff, flung them tae her. 'Pit them oan an huv a go at the till. Go oan. Ma fingerprints dinnae maitter. They're supposed tae be here.'

He watched her pull the gloves oan then turnt back tae the safe. His fingurs wur aw bruised. Stiff an sair.

'Hey,' the lassie whispered. 'This willnae open.'

He got up. That's whit ye get. Gie a wean a man's job. Ower at the till, he punched the drawer key. Nothin.

'Damn!'

'Whit is it?'

'Nae electricity.'

She stared at him, een daurk in the daurkness.

'Then the safe'll no open eethur,' she said.

'Naw, naw. That's manual.' He went back tae it, clicked in the last digit, pressed the haunle doon, pulled. Nothin. He pushed the haunle back up. Pressed it doon again. Pulled. Nothin.

'Shite!'

'Ye said it wid open. Whit's wrang?'

'I dinnae ken.' He leaned oan the tap ae it, tryin tae think. In front ae his een, the wee clock's hauns read 2am. The second haun wasnae movin.

'Aw, shit,' he said. That's whit hope gets ye. A richt bummer.

'Whit is it?'

'The timer. The fuckin timer. Bloody clock stops every time thur's a power cut. Throws everythin oot. The safe'll no open till the clock's back oan track.'

'An when'll that be?'

He shrugged. It was aw ower. Hoist oan his ain petard.

'Hoo dae I ken? Hauf past six, usually. Noo it depends hoo long they take tae get the electricty fixed afore it shifts. Some time the morra.'

She couldnae look at him. Went ower tae the drinks cabinet an taen oot a can a Coke.

'Will you stop touchin things,' he said. 'I cannae staun mess.'

'That'll be whey ye're aywis in yin.' She was sorry the meenut she'd said it, waved the Coke can. 'Ye owe me. Fur the hair.'

'No, wait a meenut.' He held oot his haun. 'Gie me thon ringpull.' She haundit him it. He went ower tae the safe, wiggled the metal in the lock, then taen his key oot an unlocked it. The drawer rang open. He lifted oot a bundle ae notes, waved thum tae her. 'Here.'

'I dinnae waant yer money.'

'Go oan. I owe ye. Thur's aboot fifty quid. It'll get ye tae Edinburgh. Keep ye fur a day or twa till ye fund a job.'

Thur was nae pint arguin. The money was nae use tae him. She stuffed it in her pocket.

'Thanks. Ye're awright you. Really.'

He lifted twa packets fae unner a shelf, stuffed them in his ain pocket.

'Aye,' he said. 'I'm fine. Come oan then. Afore the electricians tell the polis that wire wis cut.'

They spent the nicht oan the canal bank, curled up unner the trees. It was guid ae him tae stey wi her. A deid man come daylicht. Only keepin her company, she kent. When she woke the sun was awready up. His coat was tucked roon aboot her. He was sittin oan the waw, starin at the canal. Yin fechtless daud ae misery.

'Ye could tell yer wife,' she said.

'You could tell yer mither.'

Wordless, she passed him his coat, reached in her ain pocket an pulled oot the gloves.

'Keep thum,' he said. 'Souvenir.'

'Sorry it didnae work.'

'Dae somethin fur me.'

'Whit?'

'Be an archaeologist. Fund oot whey somethin is the wey it is.'

He sat a long while efter the lassie vanished ootae sicht awa alang the canal. She'd be awricht. Hud her heid screwed oan. Mibbe she'd phone her mither yince she got hersell sorted oot. He sat till he minded Linda would wauken an wonder whaur he was. When she realised he hudnae come hame, she'd go tae the shop. Best if he got a move oan.

He shifted tae the edge ae the watter, taen aff his wellies, reached in his coat pockets an drew oot the twa packs ae Polyfilla he'd lifted in the shop. Filled tae the brim, the mixture squelched oot roon his knees as he worked his feet back doon intae thum. Sometime durin the nicht, the electricity would've been fixed. The streetlichts hud been back oan afore the sun came up. Ower late fur him. It taen hauf an hoor fur the boots tae set. Abin his heid, a bricht sun lit up the grinnin stane face. When he tried tae get up, it was like walkin wi a stookie oan each leg. No easy. He put the coat oan, walked, stiff-legged, *thud-thud-thud*, up the slope oantae the back road ower the brig. This time, thur would be nae mistake.

He got hissell hauchled oantae the parapet, sittin wi his Polyfilla'd wellied feet hingin doon oan either side ae the greetin face. In the richt place, nae doot aboot it. Roon the bend in the canal afore him, the black mooth ae the Falkirk tunnel dripped awa. Whaur he was sittin, he could haurly see the watter fur the trees. Just the daurk pool ablow him. Must be getting oan fur eight o'clock. Better get a move oan afore thur wur too mony folk aboot. He pulled the belt oot his troosers, bound it roon his wrists. Drew it ticht wi his teeth. Thur would be nae swimmin. Nae struggle. Just straucht doon.

At the shop in the village, a caur pulled up. Linda hud waukened early. The empty bed gied her a fricht afore she realised. Whit a man she hud, richt enough. A worrier. Dedicated. He'd huv fell asleep ower the coonter, frettin aboot the audit.

The door opened tae her haun. That wasnae richt. If he'd been in there aw nicht, he'd've hud it locked.

'Jas?'

Nae answer. Mooth dry, she jammed the door open, lettin sun spill in. A gold wedge oan the dusty flair. Twa or three tatties lay aboot. Daurk lumps castin daurker shaddas in the bricht band cuttin through the gloom. Further back, whaur she couldnae see it fae the door, the haunle ae the safe was in its doon position. The wee clock oan tap ticked roon tae hauf past six.

'Jas, you in here?' She heard a quate click, saw a shadda shiftin in the daurk. She reached fur the licht, switched it oan.

The till drawer lay open. Her hert fluttered like a bird liftin aff in her chist. She went ower, hesitant, an peered in. Empty.

Coins just. Nae notes. The pile ae weekly papers spilled aff the coonter oantae the flair.

'Jas?' The dullness ae her voice telt her she was oan her ain. She was feart tae go further in, feart tae look at the safe. Feart fur whit else she micht fund. Checkin the flair fur ony sign ae blood, she walked, careful whaur she was pittin her feet, back the shop. The safe stood there. Its door wide open. Nothin in it but the books.

Faint an faur awa, he could hear singin.

'There is a happy land far, far away.'

He hudnae thocht aboot that song fur years. No since he was a wee boy. His mind was weel an truly wandert noo. Jas shut his een. The voices sang even looder in his brain.

'Where saints in glory stand.'

He eased his backside furrit oan the parapet,

'Bright, bright . . .'

pushed hissell aff the edge.

'as day.'

Green wellies like twa arra heids plummeted doon tae the watter.

'Oh, how . . .'

Doon.

'they . . .'

Doon till the wellies

'sweetly . . .'

thudded intae wid, crashin through it. Jas' heid burst back against the tap ae the *Wild Heron* barge as it swung unner the trees, the folk oan it cut aff in the middle ae the song they'd startit singin fur a laugh as they came oot the tunnel. Jas didnae hear their screams as his twa green wellies made a sudden appearance through their roof. He was unconscious. Unconscious, an airm an baith legs broken. An no deid.

21

Local Hero

LOCAL HERO SURVIVES VICIOUS ROBBERY

An heroic village shopkeeper survived an all-night beating and his attempted murder yesterday morning when a Union canal barge saved him from drowning.

Mr Jas Farrier, Station Road, Falkirk, was bound, weighted and thrown off the Limerigg Road canal bridge while robbers made off with £5000 from his Glen village shop safe. His fall was broken by the *Wild Heron* charity barge as it passed under the bridge on one of its regular daily trips. Taken hostage while he worked late and subjected to an ordeal lasting more than twelve hours, Mr Farrier (49) bravely tried to protect his property.

Detective Ian Mullen, Falkirk office, said: 'There were obvious signs of a struggle. The thieves were clearly unaware the safe was protected by a time-lock and, having extracted the combination from the victim, failed in their attempt to bypass the device by cutting the electricity supply.'

The all-night vigil finally paid off when the electricity was restored and the escaping thugs then tried to dispose of their witness victim.

The popular village shopkeeper's condition is now stable. A statement from Falkirk Royal Infirmary said: 'The victim suffered concussion, various fractures and some memory loss. He's now conscious but unable to recall the events leading to his injury.' In his delirious state, Mr Farrier frequently repeated the phrase: 'An arm and a leg.' Police believe the reference may be to threats made during his ordeal.

Forced to cover for his own non-appearance at home, the victim had tried to alert his wife in a coded telephone call. Unfortunately, the message was deleted. His wife is by his hospital bedside where Mr Farrier is expected to remain for several weeks. Police, with no definite leads, have appealed for any witnesses to come forward. Detective Inspector Mullen said: 'Mr Farrier is a very lucky man.'

22

Deid Rat

WHEN THE door chaps, I'm jist sittin. Thinkin. Ma hauns're fine. Fine as they'll ever be. I'm gettin yaised tae it. The quate, ken. The news wis oan. Jock never misses. I'd gie it a rest masell. But he wis lookin happier than I'd seen him.

Takes a while tae heist ma auld bones oot the chair an hauchle tae the door. It's the boy. Howie. Wee pair ae shears in his haun.

'Thought I'd better daunder ower an gie yer plant a wee trim,' he says. 'Be crowdin ye oot ae hoose an hame. Yaisin up aw yer air.' He's by me afore I kin no let him in. 'Jees, ye've a smell in here,' he says. Thur's a face oan him. We baith look roon the kitchen. Lavender-blue it is. He lufts the lid ae the bin, peers in.

'Mibbe it's the drains,' I says. The chrome sink shines. Ay did it fur Jock, that did. Somethin aboot a wummin at the kitchen sink, he'd say. Only thing I miss. The boy's face shows in the mixer tap as he bends tae sniff.

'No here either,' he says. 'Ye've mibbe got birds doon the aul chimneys. Whit a guff.' He's flappin his haun in front ae his nose. 'Hoo kin ye live wi that?'

I cannae smell onything. Age. Awthing goes. The boy goes ben the livinroom. His een licht oan the plant. It looks fine tae me.

'There ye go,' he says. 'Ready fur a wee trim, is it no?'

That's when I mind I dinnae waant him here.

'It'll only growe mair,' I tell him but he's oan his knees, snippin awa wi the wee shears, drappin the clippins in a plastic poke. Jock's sittin ahint him. In his chair. Starin straight aheid. Nothin else fur it then. 'Will ye be waantin a wee cup ae tea?'

'Naw, ye're awright,' the boy says. 'I'll jist get this done an awa.' He waves his haun in front ae his nose again. 'Man, that's mingin. Must be a deid rat in the waws. I hink it's worse in here. Ye waant tae git the pest control in. They come up fae the canal, ken?'

I seen a deid rat in the gairden yin time. Efter Jock put pisen doon. The body wis rotten. Aw slimy an stinkin. Tail like string. But the skin oan its heid wis dried up. Showin its teeth like it wis still snarlin. The laddie blaws his braith oot. 'Jees, it's honkin.' That's when he turns. 'Kin you no smell that, Jock?'

I fauld ma hauns in ma lap. Knuckles like chesnuts noo. That's whit athritis does. Cannae yaise ma guid cheenie ony mair. They wee haunles. Ma weddin cheenie tae. Royal Doulton. Cost oor Meg a fortune. Nothin but the best, she said. Wee red roses an gold leaf. I've no been very fair oan that laddie. Lettin him fund oot like that. He goes a gey funny colour. Never seen onybody shift oot a hoose sae quick. Furgets his wee poke, even. But he'll ken the road tae the polis, that yin. S'aw ower noo. Baur the shoutin. Mibbe they'll let me pey the pension back. I didnae ken whit else tae dae. I mean, yer ain man. It's been a long road. Fifty year. Guid in pairts tae. The pairts he never broke. But the bruises are awa. An Jock's no snarlin. He's nae teeth in. Grinnin, mair like. Daith does that. If ye gie it time. Pits a smile oan yer face.

23

Tom, the Place

VILLAGE

IT'S DAURK. At the thirty-mile-an-hoor speed-limit sign, the hooses are ootae sicht ahint the trees. Aside the last streetlicht, Tom sits oan the stane canal brig. He pulls a fauldit piece ae paper oot his pocket an slowly unfaulds it. Fae the square ae paper, a smiley face grins up at him.
Caur engine.

DAVID'S CAUR

Inside his motor, David drives doon fae Shieldhill towards the Glen.
Oan the sate aside him sit bags ae take-away food an a bottle ae wine.

VILLAGE

Sittin oan the waw, Tom picks oot a loose stane. Wi it, he scratches a circle oan the flat stane ae the brig. He gies it oval een, twa nostrils, stops tae wipe his ain een an nose wi his sleeve then, wi a shoogly haun, draws a wide doonturned mooth. Heidlights licht him.
Caur engine chainges doon tae saicond gear.

David's caur comes roon the bend ower the brig. Ahint the windscreen, David's face is lit by the streetlicht.

Tom stares at the man drivin by. Then he faulds his airms roon hissell in a bear hug.

TOM:　　　　　　Joo lee.

Carefully, he refaulds the paper, puts it in his pocket, an jumps aff the waw oantae the road.

JULIE'S HOOSE

In the livinroom, Hannah, aw ready fur bed, sits by the coffee table concentratin awfy hard oan cuttin her rag doll's hair wi a wee pair ae blunt-end shears.

MATTHEW:　　　　Whey would Tom dae that, Mum?

Julie an Matthew are sittin at the dinin table, Matthew's long-division homework is spread in front ae thum.

JULIE:　　　　　He didnae like thum. Remember?

MATTHEW:　　　　He didnae see the new yin.

JULIE:　　　　　He must've. He kent whit the mess wis.

HANNAH:　　　　Tom was at school the day.

Julie turns tae look at the wee lassie, sees the yella hair clippins.

MATTHEW:　　　　Yeh. He wis knockin oan the windae. He wis . . .

JULIE:　　　　　Hannah, whit ae you daen?

Hannah hauds up the scalpt dolly.

Julie turns back tae Matthew.

JULIE:　　　　　He wis whit?

Matthew chaps his fists in the air, imitatin Tom's agitated windae chappin.

MATTHEW:　　　　He wis . . .

HANNAH:　　　　He wanted somedy tae help him.

Doorbell rings.

Julie gets up, goes intae the hall, opens the front door.

David stauns oan the doorstep, haudin up food packages an wine.

DAVID: If the woman can't come to dinner, dinner can come to the woman. Couldn't think what would cheer you up. Then I remembered. Starving artist. Answer? Food. Wine.

Julie grins, takes the bags an wine as David comes in an shuts the door.

Hannah, cairryin her doll, runs intae the hall.

HANNAH: David!

He swings her up intae his airms.

DAVID: Hey, somebody chewed your doll.

Hannah hauds the doll up tae show him.

HANNAH: It's Tom. He's invisible.

DAVID: How'd you know he's there then?

HANNAH: Cause I'm magic.

JULIE: Well, magic yersell awa up tae yer bed then.

David gies Hannah a peck oan the cheek.

DAVID: Night-night, magic girl.

He swings Hannah back tae the grund an she runs up the stair.

JULIE: Full marks fur diplomacy. How's yer long division?

JULIE'S GAIRDEN

A wee while efter, up in the tree ahint the fence, Tom lies streeched alang the branches. Chin restin in his huans, he watches the hoose.

Inside the lit kitchen windae Julie an David, at the dinin table, feenish their meal. David lufts the wine bottle.

JULIE'S HOOSE

In the livinroom, David poors wine intae Julie's gless an then refills his ain. Julie pushes her plate awa, lufts her gless ae wine.

JULIE: Ye're a life-saver. Well, ma sanity anyway.

She drinks.

DAVID: Oh, please, God, no. Artists need to be a wee bit insane.

JULIE: It was . . . I had it, David. I really had it. Ye know that feelin? Maist ae the time what ye're reachin fur is . . . beyond ye. But then ye catch it.

DAVID: You lost me at desire. I don't catch it, remember?

Julie raises her hand, cups the side of his face.

JULIE: Hey! You're a craftsman. Bloody fine one too.

David moves her hand down to his mouth, kisses the palm.

DAVID: You don't have to humour me.

JULIE: I'm no. Stop fishin.

JULIE'S GAIRDEN

Tom, up the tree, cups his cheek wi his haun, then presses the palm tae his mooth.

JULIE'S HOOSE

Julie mock-toasts wi her wine gless.

JULIE: Bang goes the Wooldridge sale.

DAVID:	Did I hear the slap of a towel being thrown in? What happened to spirit? Go for it again.
JULIE:	I cannae. Makin. Reproducin. They're no the same. You know they're no the same.
DAVID:	So much for craftsman, eh? People need cups.

Hurt, he gets up fae his sate. Julie gets up an all.

JULIE:	David, I didnae mean . . .
DAVID:	I know what you meant. Look, I can handle you being incredibly talented. Can you handle the fact I'm not?
JULIE:	That's crap an you ken it. You make gorgeous, functional things. Repeatedly. Things folk need. I'd just hoped they needed angels as well.
DAVID:	They do, Julie. I do.

Julie puts her hauns oan his shooders, moves her heid nearer hers. Their mooths touch. They kiss.

JULIE'S GAIRDEN

Up the tree, Tom presses the back ae his haun against his mooth, shuts his een.

In the lit kitchen windae, Julie an David staun, haudin each ither, still kissin.

Tom, in his tree, mooth open, watches thum.

The licht in the windae goes aff.

Tom draps oot the tree.

A licht goes oan in the doonstairs bedroom.

Tom sclumbs the fence, crosses the gairden an goes tae the lit bedroom windae. Face pressed against the gless, he peers in through the thin curtain.

JULIE'S HOOSE

Touchin, kissin, Julie an David take aff the last ae yin anither's claes. Naked, close thegither, Julie pits her airms roon David's waist. He cups her face, kisses her, runs his haun doon her cheek, ower her breistbone tae her breist.

JULIE'S GAIRDEN

Tom, aside the windae, reaches his haun oot flat against the roughcast waw. He steps sideyweys, tae whaur he kin see the twa inside shift ower nearer the bed. He presses his cheek tae the waw. His een flick shut, open, his mooth pechs oot wee gasps ae braith.

JULIE'S HOOSE

Oan the bed, Julie pulls David oan tap ae her. He grips her haun, shifts it up against the pilla. Their fingurs entwine. He kisses her shut een, her earlobe, her thrapple.

JULIE'S GAIRDEN

Against the waw, Tom is livin the same tenderness. His fingurs grip at the roughcast, his cheek presses against it, his body moves up an doon, his braith growes deep, lang, slow. Ahint the curtained windae, David's body moves oan tap ae Julie's in slow penetrative thrusts.

JULIE'S HOOSE

Oan the bed, Julie's haun grabs at the sheet, twists it. She moans, low, saft.

JULIE'S GAIRDEN

Aside the windae, Tom's haun grabs a haud ae the edge ae the recess. His een are shut, his face, ticht wi passion, presses against the waw, his mooth gasps in air, he whispers.

TOM: Jooo leee. Jooo leee.

Orgasmic pain shoots through him as his fingurs clutch an clutch at the waw.

A broth ae watter poors.

THE BURN

Watter biles ower the rocks, the sheet ae watterfaw, sun risin ower the heidstane.

JULIE'S HOOSE

Dawn creeps intae Julie's bedroom. In the bed, David an hur sleep cooried thegither.

In Matthew's room, the boy sleeps cooried up unner the cover like a wee moose.

In her room, Hannah sleeps cuddlin her doll aside her oan the pilla.

JULIE'S GARAGE

Inside the open burst door, at the back ae the garage, ahint the workbench, Tom lies oan the flair, soond asleep, airms huggin hissell.

JULIE'S GAIRDEN

At the front door, a fingur presses the doorbell.

JULIE'S GARAGE

Inside the garage, the bell abin the door *rings*.
Ahint the workbench, Tom jerks awauk, looks aboot.

JULIE'S HOOSE

Julie, wi her wrap oan, opens the front door.
The twa polismen staun oan the step.

JULIE'S GARAGE

Tom waggles his fingurs in his lugs, stauns, streeches, yawns.

JULIE'S HOOSE

Julie, in her wrap stauns in the doorwey, David ahint her,
talkin tae the polis.

JULIE: I didn't know he wis missin. I haven't
                    seen him since yesterday.

JULIE'S GAIRDEN

Tom daunders roon the side ae the hoose.
Raymond, at his ain gate, pints, yells.

RAYMOND: There he is. There's yer man.
Tom sees Raymond, turns, legs it awa back doon the gairden.
Raymond lufts a stane as the twa polismen gie chase.

RAYMOND: I've got him!
He chucks the stane.
The rear polisman realises Raymond's gaunae chuck the stane
an turns tae warn him aff. The stane stoats aff his hat.
Raymond's mooth draps open.
The polisman stabs a fingur towards him.

PC YIN: I'll have a word wi you later, sir.

He runs efter his colleague doon the gairden.

Phone rings.

NANCY'S HOOSE

The phone *ringing*. Nancy, tired, crumpled, picks it up. The voice is Raymond's.

RAYMOND: Next door. Whit'd I tell ye?

RAYMOND'S HOOSE

In the hall, Raymond talks oan the phone.

RAYMOND: An her fancy man there an aw. As if your Tom wisnae enough bother. Whit kinna stuff's she teachin him, d'ye hink?

JULIE'S HOOSE

David comes oot the front door, turns roon.

DAVID: Sure you'll be okay?

JULIE: Sure, I'm sure.

DAVID: Come over soon. At least take a look.

JULIE: Okay awready. Noo, go. The kiln might go oot.

David goes tae his caur.

A phone rings.

SANDRA'S HOOSE

The phone *ringing*. Sandra, in dressin goon, comes intae the livinroom. He husband, sleepin in the chair, hidden unner a newspaper, mutters.

HUSBAND: Waant me tae git that?

Sandra draws him a look, shoves his feet aff the coffee table, picks up the phone.

RAYMOND'S HOOSE

Raymond talks oan the phone.

RAYMOND: Tellin ye. Baith ae thum, durty bitch. Wi a daftie. Bit late fur the polis if ye ask me. An they'll no catch him. He's ower-fly.

JULIE'S HOOSE

Julie sorts Hannah's hair ready fur school.

HANNAH: Will they pit Tom in the jail?
JULIE: No. They'll just take him hame.

THE BURN

The polismen prowl roon the edge ae the pool aside the watterfaw, lookin roon it the trees.

HANNAH: If they didnae chase him, he wouldnae run away.

PC Yin shrugs that they've lost him. They walk awa fae the pool. Seen through a sheet ae poorin watter, they growe weeir an weeir till they vanish ootae sicht.

Watter poors doon ower the faw, foamin oan the rocks. The sheet ae watter breks as Tom's heid pushes through fae ahint it. He blaws the poorin watter aff his face.

PADRAIG'S HOOSE

Nicht. The bunker lid, shoved open, rests oan the fence ahint. Tom peers in, sees coal, the shovel lyin oan tap.

He brushes coal awa fae yin corner ae the heap. A box lid appears. Lookin ower his shooder, Tom checks there's naebody at the daurk kitchen windae an turns back tae the bunker. His face scrunches up as, quately, he shifts the bits ae coal aff the box. He takes the lid aff it. Inside are fower bottles ae wine.

A doorbell rings.

JULIE'S HOOSE

Julie, wi her wrap oan ready fur bed, opens the front door, looks oot, sees naebody. Aboot tae shut the door, she looks doon.

A bottle ae wine sits oan the doorstep. She lufts it, looks oot up an doon the street.

The street is empty.

JULIE'S GAIRDEN

Up the tree ahint the fence, Tom watches Julie's hoose.

Inside the daurk kitchen windae, Julie comes back intae the lit livinroom, sits the bottle oan the table, spreads her hauns an looks doon at thum. They're black.

Leaves rustle. Tom shifts in the tree.

In the kitchen windae the licht comes oan, Julie goes tae the sink, runs watter, waashes her hauns.

Tom strokes his cheek wi the back ae his fingurs.

The kitchen licht is oot. The livinroom licht goes oot.

Tom slips oot the tree, lowps the fence, crosses the gairden.

The bedroom licht comes oan.

JULIE'S HOOSE

In her bedroom, Julie slips her wrap aff an puts the licht oot.

JULIE'S GAIRDEN

Tom, breathin haurd, burls awa fae the windae, back slammin against the waw. His fingurs spread oot against it. He shuts his een.

JULIE'S HOOSE

Julie lies awauk in bed, thinkin.

RAYMOND'S HOOSE

Bent ower, Tom creeps roon the side ae Raymond's tae the front door. He cairries a bottle ae wine. Cawin awfy canny, he streeches his airms tae sit it oan the doorstep. The big rocks in the rockery oan the richt-haun side ae the door draw his attention. He looks tae the ither side. Mair big rocks. He draws the bottle back close tae his chist an, cairryin it ticht tae him, creeps awa roon the back ae the hoose.
A doorbell ding-dongs.

SANDRA'S HOOSE

Sandra comes intae her livinroom haudin a bottle ae wine.
SANDRA: It wis a bottle ae wine.
Her man, in his chair, draps his paper, looks ower it.
SANDRA: At the door.
HUSBAND: Pisoned then.
SANDRA: Still sealed. Fuckin black, but.
She goes oot tae the kitchen. Her man reaches tae the shelf ahint him, lufts twa upturnt glesses, sits thum richt wey up oan the coffee table.

Sandra comes in wi the dichted bottle in a tea-towel an a corkscrew. She clocks the glesses.

HUSBAND: Never look a gift horse.

Sandra sits oan the sofa tae open the bottle.

HUSBAND: Waant me tae open it?

Sandra draws him a look.

SANDRA'S GAIRDEN

Tom leans oan the waw aside the windae. He cannae see much through the thick curtains so he puts his ear near the gless an listens, breathin saft, movin his body the weeist bit back an furrit against the waw.

SANDRA'S HOOSE

The bottle ae wine is noo weel doon.

HUSBAND: Nice bit ae vino.

SANDRA: No pisoned then?

HUSBAND: Huv oor legs in the air awready.

He looks at Sandra.

HUSBAND: Come tae hink.

SANDRA: See you.

Her man moves ower aside her oan the sofa.

HUSBAND: Ken me. Yin drink an I'm onybody's.

He sits his gless oan the coffee table.

SANDRA: Fuckin better no be.

Her man grabs her breist, planks a big wet mooth ower hers. They faw back oan the sofa. He wrestles tae pull her skirt up, she reaches tae put her gless oan the table.

SANDRA'S GAIRDEN

Tom, een shut, grips the edge ae the windae, puts his cheek

against the gless, rubs hissell up an doon, hips against the waw, face against the windae.

SANDRA'S HOOSE

Her man's oan his knees in front ae Sandra, troosers roon his knees. He grunts as he thrusts back an furrit. Sandra groans. Her man stops movin.

HUSBAND: Listen.

SANDRA: Whit?

HUSBAND: I've got an echo.

He thrusts again, twice, stops, listens. Fae ootside

TOM: Uhh. Uhhh.

SANDRA: Whit the fuck ae you daen?

HUSBAND: Shut it.

He thrusts again, stops. They baith listen, a squeak against the gless keeps time as

TOM: Uhh. Uhh.

Sandra shoves her man aff.

SANDRA'S GAIRDEN

Tom, cairried awa, rubs up an doon, een shut, face ticht.

TOM: Uhh. Uhh. Uhh.

A haun clamps oan his shooder.

SANDRA: Ya fuckin durty bastard!

Sandra swings a punch. Tom ducks. Sandra's fist smashes intae the waw. Tom legs it. Sandra hugs her haun, groanin. Her man stauns oan the doorstep, pullin his troosers up.

HUSBAND: Waant me tae go efter him?

Face screwed up wi pain, nursin her sair haun, Sandra draws him a look.

24

Gold Leaf

WHEN THE door chapped again, I didnae bother gettin up.
The polis only huv yin wey tae chap. They kent I wis in.
Wurnae gaunae hing aboot. It wis off the catch fae when
I let the laddie in. Ken, it's funny. Aw I could think aboot
wis yin day when Jock wis oot the back. The poppies wur in
bloom. Yella Welsh poppies they wur. When they wur oot,
it wis like the sun hud fell in the gairden. A richt blaze ae
gold. Shinin up fae the grund. Jock wis waashin the motor
up the side ae the hoose. Soap an watter run aff it doon the
path. When he came roon the corner tae switch the tap aff, I
shouted tae him. *Hope that stuff's no gaunae kill ma flooers.*
He shoutit back. *Dinna be stupit.* Skited oan the wet soapy
petals aff the flooers. Skited an fell oan his bum. Musta been
thirty year ago. Dinna ken whey I minded that.

Thur wis twa polis. Yin a wee lassie. She come right ower,
sat aside me. Asked if I waantit a cup ae tea. Felt like I'd
been sittin nae time. But I wis stiff. I startit tae laugh then.
Couldnae stop it. Nae wey. The man polis jerked his heid. The
wee lassie got up an went ben the kitchen. He didnae really
take much ae a look at Jock. Opened the windaes. Wide. I
heard the lassie talkin in the kitchen. Talkin tae the teapot?
Ken, it's weans they let in the polis these days.

The man polis hud a look aboot. Startit writin in his
book. Staunin in the draught fae the windaes. Writin quick.
I watched his pen movin aboot. Cheap Biro. Think they could

dae better'n that. The wee lassie wis back awfy quick. She'd yin ae ma guid cheenie cups an saucers. The red rose. Gold leaf. I hud tae yaise baith hauns. The cheenie wis hot. She'd pit sugar in ma tea. I never said onything. Sipped it. Ye dinnae waant tae seem ungrateful.

'Is there a neighbour we can take you to?' she asked. I shook ma heid. 'Someone we could get in?' The man polis looked at her then. Quick, then awa. A funny kinna look. I shook ma heid. She spoke tae the polisman. 'I phoned the ambulance,' she said. 'Said they'd need . . .' Stopped cause he bent ower. Picked up the bag ae clippins Howie hud left. Fae the plant. Gied the lassie anither funny look. They must ken it wis me. Done fur Jock. 'Would you like to come in the kitchen?' she said. I shook ma heid. Ma hauns wur shakin. Mibbe I should tell thum aboot the pension. Get it aw ower wi. I sat the cup back in the saucer. Clinkin it, clear as a bell.

'Athritis,' I said.

'Poor thing.' She taen a haud ae ma haun. Her wee slim fine fingers oan ma lumpy aul sair knuckles. Nae ring oan her. Needles prickled in ma een.

'Gaunae no dae that, hen,' I said. 'Ye'll hae me greet.'

'I think that's allowed,' she said. Whit did she ken?

The hoose wis full ae folk then. A man in a suit taen a guid look at Jock. It taen him an awfy while. Taen me twa meenuts. When I came ben yon day. Soon as I saw him, I kent. The stillness. When thur's nae braith. Kent that nae bother. Jist didnae ken whit tae dae. The man in the suit seemed tae waant tae be awfy shair. Then they wur busy. Gettin him zipped up an awa oot. The man polis an the fella in the suit hud a bit blether. The wee lassie wis admirin ma plant.

'The post-mortem should confirm it,' the suit man said. I stared doon at ma hauns. They didnae look like mine. Mair like ma mither's. Thin as rice paper yer skin gets. Wi a motorway map printed oan. Blue blood. Aye, that'd be me. Haud they hauns up tae the licht, it'd shairly shine richt through. Cept fur the bones. Knots insteed ae knuckles. Dae they pit pensioners in jile these days? Spect they dae.

They wur aw awa. Aw but me an the twa polis. The man polis flicked his wee book. Whit a pages he'd yaised up.

'If you're up to it,' he said. 'Just a couple of questions.'

I waantit tae tell him hoo it happened. The words widnae come oot. Jist said hoo I came ben fae the kitchen thon day an there he wis. He wrote it aw doon. Made me say some ae it again. Couldnae be ower-muckle room in his book when I stopped. He didnae shut it. Gaunae ask aboot the pension next. I never spent Jock's hauf.

'Well, we'll see what the coroner says,' he said. 'Now, before we arrange some company for you, a couple more questions. About your plant.' Must be tryin tae bamboozle me. I minded aboot Welsh poppies then. Funny hoo things come back. Wales. Whaur me an Jock went oor honeymoon.

25

Brig

THUR WUR twa main brigs. Baith went ower canal an burn, runnin side by side fae west tae east, skirtin the sooth edge ae the village. Yin brig carried the main road sooth tae Bathgate. It twisted ower the brig in a Z bend, an rose near straucht up Purley hill. Shieldhill startit in the next dip an spread oot alang the next rise. It was the Glen's southern horizon. At nicht, lit up wi a string ae lichts.

Thur was nae northern horizon. Just Hallglen stuck atween the village an the waw roon Callendar Park, the auld estate cooncil-owned noo. Fawkirk was ootae sicht doon the Glen Brae.

The ither brig forked right aff the Fawkirk Road, aside the fitbaw pitch. A back road wi several side roads aff it that could take ye roon in as mony loops as ye wantit tae go. Its main drag wound aboot, dipped up an doon, gaun through Slamannan an finally arrivin at Limerigg. Fae there, ye'd tae pick. East or west. Avonbrig yin wey, Caldercruix anither an baith roads still led sooth.

Geese come ower in the winter, strung oot herrin bones, raucous, heidin yin wey. In spring, they come back the ither wey. The canal was a map. Route atween twa cities. A path fae coast tae coast. Lads escapin fae the Borstal at Polmont, twa miles alang the road, yaised it tae guide thum hame, or tae get lost in the city. Glesga. When that happened, the village was full ae polis, hingin aboot ahint the garages, waitin. An the helicopter chattered owerheid.

Archie was gaun fishin. Thur was nae pint in gaun fishin. The burn micht yield a wee troot noo an again. Maistly that wee ye'd take peety oan it an chuck it back. The canal hud but yin fish. He was share it was the same yin. A big pike that awbody catched back an furrit. Archie cawed it Brig, short fur Brigadoon, cause sometimes ye'd see it an sometimes ye widnae. The ither reason was the fish seemed tae like hingin aboot ablow the wee brig tae the east ae the village. Bein in the middle ae fields, it only served the odd tractor passin ower it.

The day looked like rain but wouldnae. The sky was a bruised knuckle. Just threatenin. Archie daundered doon the Terrace, rod an tackle swingin ower his shooder. At the bottom ae the road, he'd cut doon tae the canal whaur the burn, folleyin nature, hud its ain wee brig tae take it unner the canal. Watter crossin watter. Padraig was oot cuttin his front gress wi a bright orange mower. He shut aff the electric tae shout at Archie.

'Ye awa fishin then, Archie?'

'Naw,' Archie said. 'Just gaun fur a staun. Whaur'd ye git the mower?'

'Braw, in't it?' Padraig said. 'It's a dawdle, cuttin gress these days.'

'Only makes it growe aw the harder,' Archie sniffed. 'I've twa ae thaim. Got thum fur nothin. Tell ye aboot it some time. I coulda gied ye yin.'

Padraig's face fell. Thur was the price ae a mair'n a few crates ae vino investit in his psychedelic orange mower. Archie daundered oan. He felt like whistlin noo but he didnae. Across the road was Drew Donald's hoose. That pair wummin hudnae been seen fur weeks. Ony time ye did see her, she'd ay a black ee, or a swollen mooth, fingurprint bruises oan her neck. Aw in various stages ae turnin yella. It must be bad this time that she'd no been aboot. Keepin it hid till she thought she'd git awa wi the lee she'd tell tae cover up fur the brute she was mairried oan.

He steyed oan Padraig's side till he was level wi Maureen's. Noo there was a bonny wummin. Twa fine boys an hur oan her ain. Boyfriends. Nae man. He'd seen yin comin an gaun recently. But she never bid wi ony ae thum fur lang. A bonny wummin. Wi a bit ae sense. He crossed the road there, passed the last twa-three hooses and skirted doon by the last yin whaur the auld dirt track led awa tae Hallglen, crossin the railway brig just afore it got there. The railway cut east an west an all, but oan the north edge ae the village. Unner the grund. No visible. Hallglen built oan tap. The main road skimmed roon the place cuttin across runnin watter, still watter, railway track. Different eras ae transport. Like livin oan the intersection ae a cross atween auld an new whaur everythin went by an nothin come in. Thur was nae road oot the village, baur yin. The wey ye came in was the wey ye went oot.

Twa lads wur awready efter Brig, castin intae the reedy canal watter n'en lettin the line drift slow.

'Haw, Archie,' Howie shoutit. 'Hoo's yer plant daen?'

Archie noddit. Howie'd gied him the plant a while back tae look efter.

'Ma mither's been takin cuttins,' the laddie'd said. 'An I ken hoo you auld yins like plants. I'll come an gie ye a haun wi it noo an again. Keep it tidy like.' Musta thought Archie was as stupit as he looked. Richt noo, that suitit Archie just fine.

'It's grand,' he says. 'An I'll tell ye it's got a life ae its ain tae.'

The boy alangside Howie squinted sideyweys at his mate. It was Jenny's laddie, Duncan. Archie's neeburs ower the road. Wantit her een opened, did Jenny.

'How's at?' Howie asked.

'I've been addin some tae ma pipe baccy back an furrit,' Archie said. 'Tell ye, it draws weel.' He waitit till the laddie's face drapt then added, 'It went fur a wee holiday the ither day, an all. Polis came an luftit it.' Then he walked aff doon the towpath, heidin fur the wee brig. The twa lads widnae bide lang noo. Fishin was fur the patient, the content.

'Suum cuique,' he muttered. 'Each tae his ain.'

He'd been playin his rod fur a wee while when he heard the chopper. *Chucka-chucka-chucka.* Then it swung intae view, folleyin the line ae the canal an heidin richt fur him.

'Semper eadem!' Archie swore. Aywis the same. The racket would drive Brig awa doon deep. Waste ae a guid dreich sky. He glared up at the faces peerin doon an waggled a fingur. 'Kin ye no gies peace?' he roared. Plain as day, he could see the pilot in the copter lean ower an gie him the fingur. Nice yin! Archie responded likewise. 'Tu quoque,' he bawled fur guid measure. 'You an all!' Wastit, a coorse. Even owerheid, the pilot widnae hear an he was a guid wey doon the canal in his chatterin chopper afore aw the words wur oot.

Archie needit tae calm doon. Shair sign ae nerves, lapsin intae Latin. Only time he ever did. When he was nervous aboot somethin. Hidin ahint yer trade. It was somethin awbody did. Didnae maitter whit field their expertise was. Musicians that couldnae play a tune'd razzle-dazzled ye wi blethers aboot appoggiatura an acciaccatura. Mechanics that didnae ken whit was wrang wi a motor'd talk nineteen tae the dozen aboot valves an pistons. Art aficionadas favoured Fauvism an cubism when they didnae ken whit the hell they wur lookin at. Wi taxi drivers it was city planners an diversions. An God save awbody if a poet startit oan aboot symbols an poetic licence. Ye just kent ye wur in fur shite.

Archie's guid mood was thoroughly wastit. He planked the rod doon, weighted it wi a stane an wandert unner the wee brig tae huv a smoke. He was drawin flame intae his pipe when the gress in the ditch just the ither side startit steerin aboot. A laddie's heid appeared, then his body as he stood up an shook the gress aff. Lad fae the Borstal, right enough. His shiftiness gied him awa. The lad jined him unner the brig.

'Ye missed yer luft,' Archie said. 'Fawin in that ditch.'

The laddie noddit.

'Aye. They'll be back though, win't they?'

'Shair is eggs is eggs,' Archie says.

'I heard ye tellin thum they wur right cocks.'

Archie looked at the boy. Skinny, feart. Aboot seventeen an weerin the kinna bravado that was as resilient as a wet paper poke.

'Did ye?' he said. 'So whit wur ye in fur?'

'Joyridin.' The lad's mooth quirked it the corner. 'So, ye gaunae tell me whit's the best road ootae here?'

Archie drew oan his pipe. It wasnae the kinna question he was often faced wi. He could be wrang. That was the worst ae it. He kent he could be wrang.

'Ye waant aff the canal an oantae the road,' he said. 'Better hoofin it whaur thur's ither folk aboot. Ye'll staun oot like a sair thumb oan the towpath.' He pinted towards the burn. 'Ye waant tae git in among they trees an folley thum alang till ye come tae the burn. Then ye'll needae git back oan the towpath fur a couplae meenuts. So make shair Thunderburds isnae aboot. Dodge ower the path intae the next loat ae trees an work yer wey up among thum awa fae the canal. Ye'll see some widdin garages up abin ye. If ye go up through thaim, ye'll be in the village. Plenty folk aboot up there. Ye'll be awright.'

The laddie didnae seem very shair. Waantit tae ken hoo he'd fund his road tae Glesga athoot the canal tae folley. Archie telt him. Made it soond a dawdle. It was aw immaterial onywey.

'Waant tae lend me yer jaiket?' the boy said.

'Noo ye ur chancin it, son.'

The lad hesitatit then turnt an heidit intae the trees that ran alangside the canal. Sleekit, Archie thought. That's hoo he looked. Sleekit. The pipe was oot so he lit it again. He couldnae mind hoo mony year it was since he last dispensed onythin but unwaantit advice. He'd poored twenty year ae his life intae a bottle since then. Afore he sobert up. Still kent his Latin though. He liked it. Clean. Precise. Language the wey ye should yaise language. Say whit ye mean. Mean whit ye say. Doctors hud gied up writin prescriptions in it. But that was efter Archie'd gied up dispensin.

Chucka-chucka-chucka. Archie stepped oot fae ablow the brig tae salute thum a wave as they chattered oan by. They wouldnae be back. By the time he'd feenished his pipe, Brig would hae settled an be risin again. The lad would be oan his road back tae camp. Pro bono publico. The twa squad cars full ae polis that ay sat at the garages when the chopper was oot would make shair ae that. Joyridin. He'd yince seen anither mooth smirk like that oan the same word. Yin time when he'd been banged up. D&D. Persistent inebriation. The guy that said it then was in fur rape. Wasnae much recognisable left ae him by the time the screws got the remand-cell door open an hauled Archie aff. In vino veritas.

He knocked the pipe dregs oot oan the brig waw. Walked back tae his rod. He hudnae the passion noo. Or he'da couped that lad clean ower intae the watter. Then shoved him doon. Yin mair fur Caroline. Yin mair. His een wur wet when he lufted the rod. Nae fire left. But he still hud the grief. Aye. He still hud that.

26

The Mince Man

IT WAS late when the door was chapped. Hauf ten. That chap. Although thur was ay the off-chance ae yin ae Drew Donald's mythical noise-ye-up complaints, Maureen's thochts ran full circle roon the frichtnin possibilities afore she got the door open. Johnny was in bed, Fraser upstairs, heidin that wey. Her mither? Sisters? They aw steyed faur awa. Bad news fae thaim would shairly come by phone. The faces oan the twa polis, yin a wummin, wur carefully arranged so's no tae gie ony concern.

'We're just makin some enquiries,' the WPC said. 'Have you seen Ian McGuire tonight?'

'No, I huvnae. Hing oan, I'll see if ma son has.' She turnt an shoutit up the stair. 'Fraser, huv you seen Ian?'

'Who?' His vice soondit a million miles awa.

'Scratchy? Ian. Dae ye ken whaur he is?'

Fraser came haufroads doon the stair an keeked oot the stair windae. He'd see the Black Maria polis van at the gate.

'Come oan, the officers ur waitin. Huv ye ony idea where he micht be?'

'No. Dinnae hink he was at school an I've no been oot since.'

'Scratchy?' the WPC queried when Maureen turnt back tae thum.

'That's whit awbody calls him. Cept his mither, probably.'

'She said something about a shed?'

The shed was roon Maureen's back. She'd stopped the laddies yaisin it last time there was courtesy-Drew Donald bother wi the polis.

'It's been locked up fur months,' she said. 'They don't come here any mair.'

The WPC wrote oan a caird an held it oot.

'If ye hear anythin, if Ian . . . Scratchy turns up, ye'd mibbe give us a call.'

Maureen took the caird.

'Is he okay? I mean, he's no in any bother?'

The WPC smiled. She was wee but healthy-lookin. The big bulky PC ahint her smiled an aw.

'No, no. His mother's just concerned that he didn't come home at ten o'clock. Fifteen. Still a minor. That's all.'

'It's only half past.'

'Well, he's supposed to observe the curfew.' The WPC grinned again. 'Likely he'll turn up. Boys that age.'

Maureen shut the door. It was a bit steep. Less than hauf an hoor fur a fifteen-year-auld. Scratchy's mither was obviously errin oan the side ae strictness.

'She's tryin tae git him a criminal record,' Fraser said, still oan the stair, curlin his bare taes tae grip the lip ae the step.

'His mither? I don't think,' Maureen shook her heid at him. 'Mair likely tryin tae make the pint he should dae as he's telt.'

'Och, Mum.' The laddie turnt an went awa up tae his bed.

The twa syllables hud been loaded. He kent fine she was just sayin whit would be expected. Solidarity atween parents. They wur also loadit wi the fact that he kent Maureen didnae believe in tellin folk whit tae dae, no even hur ain sons. Ye learn by makin yer ain choices, she'd ay telt the boys. An by sufferin the consequences. But then her twa wurnae runnin aboot doon the toon late at nicht or gien her that kinna desperate cause tae worry.

She was oan her road tae bed at midnight when the phone rung.

'Maureen, kin ye come an git me?'

It was Scratchy, his vice slurred, dopey.

'Whaur ae ye?'

'If ye cannae l'no maitter.'

'Dinnae hing up.'

'I cannae git hame.'

'I'll come an get ye. Where ur ye?'

She didnae waste time phonin the polis in case he wandert awa again. The phone-box was oan the east road intae toon. No faur. He was still inside it when she pulled the caur up. She peeped the horn an he staggered oot. Drunk or somethin. Dazed onywey. The smell ae drink got in the motor along wi him. Beer. It didnae take much tae waste thum at that age. A coupla cans.

'Thanks, Maureen.'

'Ye're awright.'

'M'late.'

'Yer mum phoned the polis.'

'Whit fur?'

'Tae look fur ye.'

There was blood oan his haun, ower the back ae his knuckles.

'Whit happened tae ye?'

'Nothin.'

'Ye've hurt yer haun.'

He looked at his haun like he didnae ken it was his.

'Musta fell. Hink I hud a bottle.'

'Where d'ye git the money tae git in a state like this, eh?'

'Dunno. Somedy gied us a bottle.'

His heid nodded furrit, tired, hauf asleep. He looked that young. That sair. They wur nearly back at the village. In the Hallglen road-end the polis van, wi the twa wha'd been at

Maureen's door in it, waitit oan her tae pass so's it could turn right. They'd obviously scoored Hallglen an wur heidin fur Falkirk noo. Maureen slowed doon, waved an pintit tae the laddie aside her tae let thum ken they could stop lookin, then drove oan, turnin intae the village.

'I jist lit the polis ken ye wur awright,' she telt him.

'Right,' he gruntit.

Wi his mither worrit awready, it haurly seemed a guid idea tae drap the boy aff wi blood oan his hauns an him in nae state tae explain.

'Ye waant a waash afore ye go hame?'

'Aye.'

She drove oan by his hoose, doon tae her ain. He was in her kitchen waashin his hauns when the polis chapped her door again. This time it was the PC fae the van. Inside it the WPC was talkin oan her phone. He asked how she'd kent whaur he was so she telt him.

'Oh, aye,' he said. 'There's a flat up that street known tae us. That's where he'd be.'

'I don't think he knows where he wis,' she said, staunin aside tae let him in. 'He's hud a bit tae drink.'

'Well, we'll get him along the road tae his mither noo.'

'He's cut hissell. Nothin tae worry aboot. I jist brought him here so he could clean up.'

The polisman's expression chainged. He went intae the kitchen. Scratchy was swayin aboot, glaiket-lookin wi the booze he was sair needin tae sleep aff, dryin his hauns. Maureen hud the sinkin feelin somethin hud just went wrang.

'Awright, son,' the PC said.

'Aye.' Scratchy noddit, een hauf shut awready. Everythin aboot him was fur gaun hame, fur his bed.

'Let me see yer haun.'

'S'fine,' the laddie said, turnin thum baith ower like they wurnae attached.

'Let us see then.' The PC grabbed. The boy jumped. Maureen could see the grip oan the laddie's airm was ticht. Tichter'n need be. Scratchy pulled awa.

'Git aff us.'

The polisman yanked him back. He was solid. Side-ae-a-hoose solid. The lad's thin haun was awready turnin red wi the circulation cut aff fae the grip roon his wrist. There was haurly onythin tae see, like a graze. Spots ae fresh blood oozed.

'Hoo'd ye dae that, son?'

'He disnae know,' Maureen said. 'I asked.'

'Dinnae ken,' Scratchy said.

'Ye must ken,' the PC grabbed a haud ae Scratchy's shooder wi his ither haun, the jaiket bunchin up. 'Dinnae cut yer haun withoot kennin.'

'Git aff us, ya fuck.' Scratchy struggled.

'Look, officer,' Maureen said. 'He's hud a bit tae drink. I dinnae think this is a guid time . . .'

'Wha d'ye think ye're sweerin at, son?' the PC said, shakin the boy by his shooder. The jaiket zip pulled open.

'Fuckin lea' ma jaiket,' Scratchy shoutit, pullin awa even mair.

'Doon the road.' The PC hauled the laddie oot the kitchen door intae the livinroom. Claes an limbs flapped. 'We'll git yer story there. Nae bother.'

'Git yer hauns aff!' Scratchy yelled an twistit roon tryin tae shake the man aff.

His face was slammed intae the livinroom waw, his airm twistit up his back. The PC hooked the boy's feet backwards so's he couldnae get purchase tae struggle.

'Will you leave him alone, please,' Maureen said, strong as she could. The slam ae flesh intae the waw, the scufflin bodies, the thick fierce male anger livid an hot in the room was gaun fur her ain heid, makin her seek wi memories. The PC ignored her. The laddie squealed wi pain.

'Bastard!'

'Noo we kin go oot the easy wey or we kin go oot the hard wey,' the polisman growled in the boy's lug. 'Which is it tae be?'

'I'm gaun hame,' Scratchy gruntit.

The twistit airm was yanked further, turnin the laddie so he bent ower, tryin tae get awa fae the shriekin sherpness. Maureen winced. Wha did ye call when the assault in yer hoose was bein done by the polis?

'Wid ye leave him alane, please,' she said. 'He's jist a boy. Thur's nae need fur this.' Her nails dug intae the palms ae her hauns. She waantit tae drag the man aff. Kent she didnae daur try. This yin hud a uniform tae hide ahint.

'Thanks fur yer help fundin him.' The polisman dragged Scatchy through the lobby tae the front door.

'I wis helpin him,' Maureen insistit. 'He wis late hame, that's aw.'

They wur oot the door noo, Scratchy bein dragged an propelled doon the path like a wild animal that micht turn an bite. The WPC got oot the Black Maria an pulled the back doors open. Scratchy was greetin an yelpin an still tryin tae say he was gaun hame. The boy was bundled in, thrashin, batterin the inside. The doors slammed oan his growin hysteria. The claustrophobic space would hae him dementit.

Helpless, shakin an wabbit at the sudden violent turnaboot, Maureen shut her ain door. She kent the theory that ye could knock the truth ootae somebody. It was exactly whit they micht succeed in daen. Micht teach him tae lee next time, make up the plausible story, learn tae act the slimy slippery believable customer. An if the boy didnae get a doin in the cells fur no kennin whit happened tae him, he'd get yin fur the rammy he'd make.

Efter she'd tormentit hersell wi aw the things she micht've done different, like no lettin the polis ken she hud him, like drappin him at his mither's hoose, like no mentionin his cut haun, she went up the stairs tae her room. The room she kept fur her customers whaur the Wicca altar was laid oot. She taen everythin aff tae set oot fresh again. The wee mirror she put awa. It hud been shieldin her faimly fae Drew Donald's interference, reflectin back at her neebur whitever bad vibes he sent oot. She didnae daur think whit herm he'd meant her. If he'd reaped his ain curse, it was a sair harvest. His ain faimly, aw there when she'd set the spell, wur aw awa. His mither deid. Dochter, son an wife aw awa. Left. Yin by yin. Gone. Him, oan his ain. But he'd been quate since she set it. Nae tricks, nae batterin her door tae complain aboot nothin, nae tryin tae run her aff the road wi his motor, nae polis every week. Ower-busy wi troubles ae his ain, he'd mibbe finally run ootae steam.

This time it was Scratchy she waantit tae protect. She likely couldnae stop the doin, no enough time, but the claustrophobic cell would torment him. An whitever else happened that nicht, he'd a life aheid ae him that was awready turnin wrang. She picked oot a wee figure-shaped stane looped wi a yella line an sat it in the middle whaur the mirror hud been. The boy's mither'd become blund an deef tae her ain son an he'd a stepfaither Maureen wouldnae wish oan ony wean, cocky an shair ae hissell wi a dirty wey ae lookin at folk. She laid oot her ain boys an hersell tae curve roon aboot him. It just seemed the boy needit that kinna shelterin. Then she lit the caunles, set the rest, an fixed the spell.

The next day she seen the laddie in the street. He'd a couplae bad bruises oan his face hudnae been there the nicht afore.

'Thanks fur comin tae git me, Maureen,' he said.

'I nearly wished I hudnae,' she said. 'Ye micht've got aff withoot that.'

He put his thin haun up tae the side ae his heid. He was

at that age whaur laddies streeched, up or oot, but no baith thegither. The resultin gangly look gied thum Adam's aipples an bony lumps oan their wrists.

'Coulda been worse,' he shrugged.

He'd a nice smile. She watched him go in the path tae his hoose, scartin his backside wi yin haun, rakin his pockets fur the hoose keys wi the ither. His stepfaither's new caur wasnae aboot. Somebody hud done a pent job oan his auld yin that made him a laughin stock so he'd hud it crushed. He'd no been quite sae cocky since then, no sae ready tae meet folk's een. Must be workin days. Mibbe that explained whey the laddie wasnae keen tae be in oan time nichts.

Her sympathies wur streetched later that same nicht.

'Fraser, ye've haurly seen him fur weeks.'

'He's still ma pal.'

'Whin it suits him.'

It was a stand-off. Scratchy was a troubled boy. But he was somedy else's trouble. She'd enough tae dae bringin up her ain an workin tae cover aw that entailed while keepin Fraser oan at the school.

'You said we should look oot fur ither folk.'

'Aye. But I didnae say look efter.' She clocked her son's disappinted face. He'd an open face. Easy-gaun. A guid hert. She kent that. Wouldnae ay keep him in the best place though. He'd be taen a len ae. Sucker fur ony hard luck story gaun. A bit like hersell. She was likely gaunae regret this. 'Look, I'll think aboot it. That's the best I kin dae. His mither's probably only threatenin tae try an make him behave. I ken last night wisnae his faut bit he's no exactly been a joy recently, ye know.'

Scratchy's mither'd said she'd pit him oot the meenut he was sixteen. Maureen haurly kent the wummin. Villages wur only wee if ye wur born tae thum or hud time tae gossip. But she could unnerstaun hoo worrit the wummin must be.

Weans wur meant tae pull awa fae their parents at that age. It was nae fun fur ony ae thum. Fur some, it was a sairer split than need be. Kinna drastic solution though. Dumpin yer wean oan the street. Could only be a threat.

Twa days efter, sixteen happened. Scratchy stood oan the middle ae Maureen's livinroom rug, lookin sheepish an lost. Fraser stood an waitit. It was the furst time Maureen ever saw her son look bullish.

'Fur yer birthday?' Maureen said. They must be havin her oan.

'Never said onythin aboot ma birthday. Jist, right, git yer stuff, ye're oot.'

'So whaur ae ye supposed tae go?'

'Mum!'

'Aye, right, Fraser.' She turnt tae Scratchy again. 'I mean, yin ae yer grannies, an auntie or somebody?'

The laddie shook his heid an stared at the flair, turnin his fit ower an playin wi the tufts oan the carpet. His heid was sandy-coloured, his hair short. Maureen could see the colour ae embarrassment at the roots.

'He kin share ma room,' Fraser got oot, his voice ticht.

'Tell me the truth, Scratchy,' Maureen said.

He looked up at her then. His een wur big holes gaun back aw the wey tae the back ae his skull, near colourless.

'I could go tae ma granny in Kirkcudbright,' he said. 'Bit I waant tae stey here fur oor Karen. Till she kin leave. She's only got me.'

Maureen coulda gret an she didnae ken whey. Fraser hudnae budged. The muscles in his jaw wur ticht. He was big an all these days. No as skinny as Scratchy but taller'n her. She'd been savin up fur a new single bed fur him.

'Ye'll hae tae keep they bunk beds, then,' she said.

Her laddie's een lit like fire.

'He kin stey?'

'Aye,' she said.

Scratchy's heid whipped up again.

'Bit ye'll git a job an ye'll no drink. Right?'

'Right. Nae bother. Thanks, Maureen.'

'We'll see how it goes,' she said. There was aywis Kirkcudbright.

Whit she saw go was the grub. Fraser an Johnny could eat but Scratchy hud thum baith bate hauns doon. Atween the three ae thum, they could skim the cream aff a week's messages in twa days. Grazin the fridge seemed tae be a constant activity. The stuff in it only steyed cool noo cause it was wafted by the constant draft ae the door openin an shuttin. But Scratchy did his share ae the chores an mair. He'd pit coal oan the fire an leave the grate raked, the hearth waashed clean. Nane ae the grudgin hit-or-miss wey her ain boys done it. Maureen decidit parents should get thegither an make a habit ae swoppin weans when they became teenagers.

Ony time Scratchy was makin a cup ae tea, he ay asked if she waantit yin. The dancin attendance was freaky. No quite the bad boy she'd hauf expectit tae emerge yince he settled doon. He wasnae long in learnin that, like her ain twa, he'd needae waash an iron aw his ain claes. Yince he did, he waashed thum constantly. Claes in the machines, him in the bath twice a day. The electric bills went through the roof.

Three weeks efter he moved in, Scratchy hud a job. Skillseekers' trainin scheme. Peanuts fur wages. But a job. Joinerin. He got hissell up an oot tae it every day. He was puttin oan wecht at the same rate the fridge was losin it an there was never sign nor smell ae drink aboot him. Yin Friday nicht he was slappin oan after-shave in front ae the livinroom mirror.

'You twa gaun oot?' Maureen covered the grin that wondered whit he hud shaved. Fraser was up in his room wi Johnny, computer zappin awa.

'I'm takin Clair tae the pictures,' Scratchy said.

She realised he'd stopped scratchin an aw. Didnae fit his name ony mair.

'Clair?' It wasnae a question. Mair a consideration. She sat efter he was awa thinkin roon that yin. She could talk tae her ain boys aboot that. Kent whit she'd put in ower the years. But hoo did she haunle it wi somedy else's? It didnae seem her place. Sometimes she wished there was a man in the hoose. But no fur long. She taen up wi yin noo an again. Jack, the last yin'd been. Nice man. Very sexy. But, like the rest, when he reached the pint whaur he waantit tae bide, she'd come tae a full stop. It was like bein fenced in. She'd her ex-man tae thank fur that, a brute wha'd kept her hostage tae his moods till she finally saw the only road tae go was oot. Noo, she couldnae ever manage tae take the road in again. It didnae exist. Just the no entry, full stop. That was her curse. Awbody hud yin.

Clair became a regular sicht in the hoose, sittin oan the edge ae the sofa, lookin nervous. Worrit hauns the lassie hud, fur a young body, but she chatted awa bricht enough, an her een folleyed Scratchy whaurever he was in the room though they'd aw tae caw him Ian when she was aroon fur she did. Maureen, purse awready lichter by the extra mooth, was only gled the lassie didnae eat. Money was ay ticht. Noo it hud its back tae the waw an was tryin tae surrender. She squeezed in aw the clients she could. Her neeburs wur awready shair she kept her morals up wi knicker elastic. Noo they'd be convinced she ran a bawdyhoose.

She was upstairs earnin their breid an butter yin efternin when the hell she'd near gied up expectin finally broke loose. Afore the man arrived, she'd been gettin the room ready, burnin incense, puttin the black silk cover oan the table an a match tae the altar candles. The spell she'd made fur Scratchy was still guid. Workin oan subliminal energies, magic held best when it wasnae thocht aboot. Yince made, a spell'd sit till anither need became stronger. She looked at the altar noo an laughed oot lood. There he was, in the middle ae her ain faimly, whaur she'd pit him.

'I needae stop daen this,' she said oot lood. A spell ay did exactly whit was set. Times like this, the result mair'n the intention showed whit ye'd actually laid oot.

When the man arrived he was a business type. A Lothario an no the maist savoury customer she'd hud. Apairt fae the lassie in the typin pool, his biggest worries wur his investments an whether or no his wife would fund oot. Money wasnae Maureen's best thing but she could tell him fae the cairds she'd laid oot that everythin looked healthy enough wi unexpected growth in yin area an somethin owerseas he'd be better aff withoot. It seemed tae make sense enough tae him though she hudnae a clue whit it was aw aboot. He went a bit peely-wally-lookin when the pregnancy came up in the saicond spread. Taen folk different, that ay did. He'd kept the question secret so Maureen didnae ken if he'd asked aboot his wife or the typin pool. He didnae look the kind tae be happy either road.

'Look,' he said, wipin his roon, pale face wi his haun. 'I'll need some mair information oan that yin.'

'Nae bother.' Maureen gethered up the tarot pack an haundit it him. 'Jist shuffle again. Ye might like tae think aboot advice this time. How ye micht proceed or whit would be the best course tae take.'

Doonstairs, the front door battered aff the waw, feet stormed in, voices raised.

'Ye cannae dae that!' Clair.

'Fuckin watch. Jist fuckin watch me!' Scratchy. Lood. Anger bigger than he could haud. His feet stamped intae the kitchen.

'Ian!' The lassie was greetin. Her voice a wail.

Maureen was aff her sate by the readin table when she heard the cutlery drawer wallop open, the rattle tellin her whit it was.

'I'll fuckin kill him.' The laddie's voice was a howl.

The man shufflin the cairds in front ae Maureen went rigid.

'Scuse me,' she flung oot, awready runnin through the door, doon the stair. In the lobby, she nearly run oantae the blade in Scratchy's haun, him comin oot the livinroom again, blund rage propellin him tae the front door. It was ten year since Maureen'd faced up a carvin knife. It wasnae whaur she'd waantit tae be then an it sure as hell wasnae whaur she waantit tae be noo. Her brain froze so her body done the thinkin fur her. She whipped roon, slammed the front door, turnt the key, snatched it oot the lock.

'Lit me oot, Maureen,' Scratchy roared, een bulgin, Adam's aipple workin in his throat. 'Unlock the fuckin door!'

Key gripped ticht in her haun, Maureen checked in her heid whaur her sons wur. Johnny, oot playin wi his pals. Fraser, roon the shop. Naw, doon the complex playin basketball wi his school pals. She looked by Scratchy tae Clair. They baith clocked the look an the same thocht was in aw three heids at yince. Scratchy burled fur the back door same time Clair did. The lassie was closer. She'd the lock turnt an the key oot afore Scratchy was across the livinroom. Maureen went in the room at his back. She didnae shut the livinroom door. The laddie was beelin an there was nae pint makin him feel mair shut in than could be helped. The risk tae the man upstair he'd need tae judge fur hissell. If he kept still an quate, like enough it'd aw pass him by. But if he was fur mince, then mince he'd hae tae be. The world ay hud some plan ae its ain up its sleeve. Scratchy raged like a bull at the lassie.

'Gie me the key!'

'Ye're no gittin it,' she gret, though her voice was strang

ablow the tears. Wee an nervous she micht be, but made ae steel.

'I'll pit the door in. I'll boot the fuckin door in!'

The blade ae the carvin knife shivered wi licht, swung aboot, hackin at nothin wi every word. Time fur Maureen tae step in.

'In ma hoose, Ian?' she asked. Quate, like she was askin if he waantit tae sit doon. Scratchy swung roon, the blade perilously close. Maureen stepped back, slow like she wasnae bothert, just makin room.

'Then lit me oot!' he roared.

The pitch was doon a peg. No the time tae ask whey, or whaur he would go. The thocht would enrage again, drive the heat back up tae yon place whaur it hud nae reason nor sense.

'Come oan, Ian. Clair's frichtit enough. An so am I. Ye're better n'this. We aw ur. This isnae hoo we dae things here.'

'Open the fuckin door!'

'I will. Soon as ye gie me ma knife back. Nothin ae mine gits yaised fur onythin I widnae waant it yaised fur.'

'I'll git ye anither fuckin knife. Jist open the fuckin door.'

'Ye shouldnae talk tae Maureen like that,' Clair said.

Scratchy burled roon, but he didnae step ony closer tae the lassie, wha hudnae moved oot the kitchen.

'Fuck you,' he shoutit. 'I fuckin know. I fuckin know.' His voice was comin doon rapidly, breckin as it drapt. 'I fuckin know.' He swung awa fae Clair, tae turn his greetin private an was in Maureen's airms, breckin his hert, the knife slid oot his haun by Maureen's fingurs, laid oan the sideboard. Neutered.

'I fuckin know,' his voice a wee daurk croak in his throat, sobbed oot.

Maureen rocked him, airms wrappin him.

'There, noo. There, noo.'

Clair hud stepped furrit intae the kitchen doorwey. Een like saucers ae watter. There was a terrible dignity in her staunce. She was just waitin. Waitin fur her man tae be hissell again. Waitin tae be his wummin when he'd feenished needin a mither. Sixteen they baith wur. Maureen hud thocht it a wean's thing. She saw noo it wasnae. It was an auld thing, an iron baur atween thum, a bindin strong enough tae cairry thum fur evermair. If they let it. She coulda gret hersell at the sicht ae it, at the longin fur it, at the gien up oan it.

'There, noo. Ye're daen fine,' she said, feelin the slackin in the boy heavin in her airms. He was comin back. 'Noo tell me.'

The laddie shook his heid against her shooder. It wasnae a denial. He shook it again. He was tryin tae shake the words oot.

'Oor . . . oor Karen,' he said an shuddered.

'She's pregnant,' Clair said. Her een spilled watter ower but she wasnae greetin, her voice steady.

Whit age was his sister? No fourteen yit. Maureen put her hauns oan the laddie's face an luftit his heid so's she could see intae his een, so he could see her.

'Dick,' Ian said. 'Fuckin Dick!'

The stepfaither. Maureen's een flicked shut then open again. The hale story was in the wey he twistit oot that word. She'd never caw the boy Scratchy again an she'd hae the heid aff ony ither bugger that did.

'Keep it there, son,' she said. Dick. Their stepfaither. 'Whaur is she?'

'Roon the park.'

'We'll dae this thegither.'

'I'm no talkin tae the polis. Fuckin cunts.'

'Hey, whoah! Cunts caused nane ae this. It's dicks ye waant tae sweer aboot.'

A wee laugh leaked oot the laddie like he couldnae help hissell.

'We'll dae it thegither,' Maureen said again. 'I've a customer tae git rid ae furst. Then we'll fetch Karen roond.' She ruffled his hair. 'Ye'll be fine.' But she taen the back-door key aff Clair as she went by tae go upstairs, just in case, an left the twa ae thum oan the sofa, airms circlin each ither, dryin each ither's tears.

God knows whit her client hud made ae it aw. He wouldnae've missed a word ae it, even hud aw the doors been shut. There'd been nae mistakin the situation an, fur aw he kent, the quatin doon michta been cause they wur aw deid, livinroom awash wi blood an bodies hacked tae bits. Fine businesswummin she was. Willin tae let him be mince. She'd a reassurin face oan as she walked in the room.

'Sorry aboot that. Bit ye'll needae go.'

The mince man hudnae shiftit oot his sate. He was sittin bolt-upright starin straucht aheid, still shufflin the pack, jerky as a puppet. He'd wet hissell.

27

Tom, the Time

_____

MORNIN

THE MILK float drives doon the Terrace, a polis caur drives up it. The front door ae yin hoose opens. Padraig, in semmit an troosers, reaches doon tae luft the milk in.

A bottle ae wine sits in the middle ae the step.

Padraig jumps, looks aboot tae see if onybody hus noticed, grabs the bottle tae his chist. His wife appears in the hall ahint him. As he turns roon an sees her, the corners ae her mooth turn doon. She glares at the bottle.

Padraig, bottle in haun, spreads his airms an shrugs a shrug ae complete mystification.

His wife, een nerra, mooth drawn, faulds her airms an stares at his chist.

Padraig looks doon at his belly. His semmit bears the bottle's imprint in coal stoor.

DAVID: It's quite dry.

LATE MORNIN

In the empty main room ae a stane cottage, Julie looks oot the windae at the Pottery coortyaird.

DAVID: Habitable.

He stauns in the middle ae the room.

DAVID:	It's just too big for me. I'm quite happy with the flat over the shop.

Julie turns tae look at him.

JULIE:	The cottage is great. It's you an me. We're the problem.
DAVID:	That's quite an about turn. I thought your neighbours were the problem.
JULIE:	One neighbour. Tom didnae dae that. I'm sure he didnae. It was special. He showed me. He would've seen it.
DAVID:	Does it matter? You don't fit in there. That's not their fault. And it's not your fault. People understand what they know, that's all.
JULIE:	I just don't know if this is ony better. Bein in your debt fur the roof over oor heads.
DAVID:	There aren't any strings. You can pay rent. Throw a few pots to work it off if you like. I want you, Julie. But we've been friends a long time. I won't throw you out if . . .
JULIE:	If?
DAVID:	If you don't want me.
JULIE:	An if I do?

David laughs.

DAVID:	Oh, well, that would be a real problem.
JULIE:	Aye, it would.
DAVID:	Hey, come on. You need peace to work. And you need it now. You and me. We've got time.

Julie looks doon at her watch.

JULIE:	Oh, my god, the school. It'll be lunch-time before I'm hame.

She goes ootae the cottage intae the coortyaird.

David comes oot ahint her. Julie opens the caur door.

DAVID: I'm not a comfort toy, Julie. If we're a mistake, say that.

Julie gets intae the motor.

JULIE: I don't know whit I'm ready fur, David.

David watches her pull the caur oot oantae the main road.

NOON

Tom has crept doon the back ae the gairdens. Noo he keeks by the side ae Julie's garage at the street.

The street, naebody aboot, trees opposite.

Tom swings ower the fence, nips tae the back ae the garage, slides alang the side ae it, stops at the front corner an keeks at the road again.

The street is still desertit, nothin but trees ower the road.

Tom moves roon tae the hauf-open garage door, the wid broken, the bolt danglin. He pulls the door wide open. Licht floods ower the inside. Ahint him, shoutin.

JACKSON: He's here. The dummy's here!

Tom burls roon.

Jackson stauns in the drive. Raymond keeks ower his hedge.

RAYMOND: Keep him there. Keep him there!

Jackson lufts a haunfy stanes, chucks thum, yin efter the ither, at Tom.

Tom puts his airms up across his face tae fend aff the stanes.

Raymond shouts back tae his wife.

RAYMOND: We've got him! Phone the polis. Oy, Sandra!

Jackson keeps up the hail ae stanes.

Tom backs hauf intae the garage, jookin, as stanes clatter aff the widden doors, the stuff inside, an stoat aff Tom's heid, face, body.

Raymond, bouncin a fair-sized rock in his haun, arrives aside Jackson.

RAYMOND: Guid lad. Ye kin stop noo.

He looks intae the garage at the cowrin Tom.

RAYMOND: You bide at peace noo. Till the polis git here.

Sandra an Raymond's wife come up aside him an the wean.

WIFE: They're oan their road.

Tom makes tae shift furrit.

RAYMOND: Dae that, son. Gie me the chance.

He bounces the rock in his haun.

Tom takes the step. The rock crashes aff the door aside him. Tom jooks the ither wey. Sandra yanks that door open against the hedge, blockin aff ony escape that wey.

SANDRA: No ye fuckin don't, sunshine.

Jackson chucks a bigger stane.

It clatters aff the door. Tom jooks intae the garage.

The fower crowd roon the garage doors.

WIFE: Durty brute!

Raymond chucks anither stane.

It takes the heid aff the cast angel. Tom tries tae catch the bits as they faw.

SANDRA: Fuckin sleazeball.

Jackson chucks anither stane.

Tom jooks doon, airms up tae ward the stanes aff.

Oan the pavement, ahint thum aw, Matthew an Hannah arrive at their drive an clock the fower folk roon the garage, stanes being chucked in.

RAYMOND: Bide at peace.

He chucks again.

RAYMOND: Ye wur warned!

HANNAH: Tom!

Matthew reaches oot tae stop her. Ower late.

The wee lassie pelts through the gang ae neeburs intae the garage. Sandra grabs Jackson's airm tae stop the stane-flingin.
Inside, Tom cowers oan his hunkers, hauns cut an bleedin, airms up tae shield his bruised face. Hannah flings hersell ower him.

Julie drives roon the bend, sees Matthew staunin in the drive. She pulls the caur level, sees the backs ae the fower staunin roon the open garage doors.

Inside the garage, Hannah pats durt an stoor ootae Tom's hair. He jerks his airm doon, keeks at her fae yin swollen, tear-stained ee. Hannah wipes his face wi her hauns.

HANNAH: It's awright. Ye're invisible, 'member?
She takes a haud ae his haun, pulls.

HANNAH: M'oan. I'll take ye hame.
Keepin his een oan her, Tom stauns.
Julie, oot her motor, reaches Matthew. Raymond, his wife an Sandra step back fae the garage doors.
In the garage, haufwey fae the back waw, Hannah takes a deep braith an leads Tom oot by the haun. They come ootae the shadda intae the licht.
Jackson pitches the stane he's haudin.
The wee chuckie stoats aff Hannah's foreheid, cuttin the skin. Hannah's heid jerks tae yin side an she stops walkin.

JULIE: Hannah!
Tom jerks his haun in Hannah's but he disnae pull awa. The wean hauds oan, bites her lip, looks up at the man aside her. His face is bruised, cut an bleedin.

HANNAH: M'oan, Tom.
She leads him by the fower neeburs, doon the drive, past her mother an brither an intae the street. Julie takes Matthew's haun an the twa ae them folley the lassie an the man doon the road.

Sandra scuds Jackson oan the lug.

Nancy's front door stauns open. The auld wummin's stood oan the doorstep.

At the path intae the hoose, Hannah stops, looks up at Tom.

HANNAH: See? Yer mum's been lookin fur ye.

Tom looks at Julie.

Blinkin back tears, she nods her heid that he should go in.

Tom walks up the path. Nancy stauns aside, lets him go by intae the hoose an folleys him in. The door shuts.

Julie looks doon at Hannah.

JULIE: You are one very brave girl.

Hannah rubs the cut oan her heid.

HANNAH: I'm no invisible.

Julie swings her up intae her airms.

JULIE: No, ye're no. But ye are magic, sweet
                    angel. Ye most certainly are magic.

A polis caur pulls up alangside thum. Julie puts Hannah doon an, wi the wee lassie atween her an her brither, the three ae thum walk back hame haudin hauns.

EFTERNIN

Cotton wool floats in a bowel ae watter an disinfectant. Nancy, shooglin it an spillin some, sits it oan the coffee table. PC Yin turns Tom's heid tae the side, studyin his cuts an bruises.

PC TWA: Hud a bit of an accident, hasn't he?

NANCY: You shoulda got tae him furst.

PC Yin stauns up. Nancy swishes an squeezes the cotton wool an starts tae bathe Tom's sair face.

PC YIN: Dae ye waant them charged?

NANCY: Will that pit onyhing right?

The twa polis look at each ither.

Tom winces as his mither presses wet cotton wool against a sair bit.

PC YIN: So, whaur ae ye been the last twa days, pal? Eh?

TOM: Ide. Ainge jull.

PC Twa draws his partner a look, then speaks tae the auld wummin.

PC TWA: Might be wiser if ye keep him off the street fur a wee while. Folk're a bit heated oot there.

Nancy keeps bathin the cuts an bruises oan Tom's heid. Her skin is grey, wrunkled, een wattery, jaw rigid wi the iron control ae somebody wha kens thur is nae solution.

NANCY: Ye'll see yersells oot.

The twa polis turn awa.

Tom looks up at his mither. A door *shuts*.

EVENIN

In bed, Hannah sleeps huggin her clippit rag doll. Thur's a stickin plaister oan her foreheid. Julie, aside the bed, bends ower, brushes hair awa fae the plaister an goes oot the room. Oan the stairheid, thur's a licht showin unner Matthew's door. Julie opens the door.

Matthew lies in bed, wauken, starin at the ceilin. Julie sits doon oan the edge ae his bed.

JULIE: How you doin?

MATTHEW: I didnae know whit to do.

JULIE: Hey. Ye did fine.

Matthew shakes his heid.

MATTHEW: Naw. Hannah knew whit to do. I didnae.

JULIE: Matthew, Hannah did whit she did

because she's no auld enough tae stop an think. She saw somebody bein hurt an rushed in tae help. If she'd got hurt tae, seriously, she widnae've been able tae help. You knew that. You stopped tae think.

MATTHEW: Helpin wis better.

JULIE: Ye would've. Soon as ye'd thought which way wis best.

MATTHEW: I guess.

JULIE: I know.

She draps a kiss oan his foreheid. Matthew turns ower tae sleep.

Julie, at the door, puts her haun oan the light switch.

MATTHEW: Ken whit Jackson said tae me at school the day?

JULIE: Whit?

MATTHEW: He said 'Your mammy's a hoor.' That's a bad word, isn't it?

JULIE: Kind of. But no one you need tae worry aboot.

She switches the licht aff.

Thumps, bumps.

EVENIN

In his bedroom, Tom tries tae open the windae. He bumps, bangs, shoves. Twa big screws are screwed intae the frame so it cannae open.

LATE EVENIN

In the hall, Julie dials the last digit ae a telephone number. When the call is answered at the ither end, she speaks.

JULIE: David? Aboot that peace ye offered.

NICHT

In his bedroom, Tom turns the door haunle back an furrit, back an furrit.

Oan the landin ootside, his bedroom door has a key in the lock. The door haunle turns back an furrit, back an furrit.

Doonstairs in the livinroom, Nancy pints the remote at the telly. The soond fae the TV gets looder until it droons oot the soond ae the door haunle turnin.

28

A Wee Indulgence

PADRAIG'S MOOTH was dry but it was ower-early tae gang oot the back. A wee solid man wi a monk-style bald heid, he scuffed intae the kitchen in his baffies an put the kettle oan. While he waitit, he contentit hissell wi starin oot the windae at the coal bunker. A man his age should please hissell. But thur was nae peace tae be gotten naewhaur. No these days. No fur a long time. Retirement hud come early. Noo he was sixty an stuck at hame wi a sherp nerra wife, nae ambitions an only his wee secrets tae keep him amused.

When the kettle biled, he drapt twa teabags in the teapot an poored the watter in. She was just gettin up. He could hear her movin aboot. The toilet flushed. She'd be doon the noo. Expectin her cuppa. He scuffed alang the lobby tae fetch the milk in, shovin his taes furrit tae keep the auld baffies oan his feet. The front door opened oan the mornin. No a bad day. Bright an airy, wi the furst gold leaves awready fawin in the gutters. The chill poked wee fingurs in through the holes in his semmit. A polis caur crept by gaun awa up the Terrace. The man fae ower the road hud went missin the day afore. He wasnae right. Pair sowel. No right in the heid an never would be. If Padraig hud ony blessins tae coont he'd a coontit thum.

He bent ower tae luft in his regular twa pints, an froze. In front ae his een, sittin oan the middle ae the step aside the milk, was a bottle ae wine. Bent stiff like a stookie, Padraig stared. He shut his een, opened thum again. The bottle was still there. He keeked his heid oot the door, looked up the street then doon the street. Thur was naebody aboot. Quick as an adder strikin, he wheeched the bottle aff the step, clutched it ticht tae his chist an burled roon. He meant tae scarper wi it, doon the hall, ben the kitchen, oot the back. He meant tae get it ootae sicht an in wi the rest ae his stash faster'n ye could say Harriet.

'Harriet!'

She was staunin at the fit ae the stairs. He hudnae heard her come doon but then he'd been hypnotised bi the presence oan the step. Noo he was hypnotised bi his wife. She'd seen the bottle richt aff, clamped against him in his twa hauns. Her heid tiltit yon wey it did, tae yin side, an her een screwed up thon wey that made him feel he'd just crawled oot fae a crack in the waw. Aw he could dae was shrug, the bottle cauld bi the neck in yin haun, his airms spread oot tae his sides. He didnae ken hoo it come tae be oan the step. Nor whit angel or deil hud put it there.

It was the look oan her face gied awa his mistake. Her broos came doon tae a straucht hard line an her lips clamped thegither in a ticht accusation ablow thum. Padraig glanced doon at his belly. Oan his semmit was the black shape ae the bottle. An accusatory silhouette stippled in coal stoor.

Harriet wheeched roon an marched ben the kitchen. She jerked alang like a manic clockwork sodger. Padraig was at her hint end afore she got the back door open.

'Harriet, I dinnae ken nothin aboot this.'

She yanked the door wide an marched doon the back step.

'Harriet, it wis jist sittin there!'

She flung the lid ae the coal bunker up so it clattered aff the fence ahint it.

'Harriet, will ye listen tae me?'

She was a wee wummin, made oota wire. Steel wire. She reached doon intae the bunker, flipped the lid aff his wee treasure trove, then glowered ower at him still hoverin oan the back step, feelin like a numpty in his baffies. Fae whaur he stood, he could see three empty spaces in his stash ae fower. The yin remainin bottle neck stuck up like a mucky fingur signallin its opeenion tae him. The neck ae the bottle gript ticht in his richt haun grew hotter but no as hot as the back ae his ain.

'Harriet, I dinnae ken . . .'

His wife pulled the bottle oot the bunker, swung it ower her heid an doon oantae the path. He was still gawpin at its rich red blood drainin awa through the cracks atween the slabs when the bottle he'd a grip oan was pulled oot his haun. The smash was like gunshot in his lugs. He couldnae look.

'Noo ye kin sweep up the gless,' Harriet spat oot as she brushed by him.

He daured a keek. A wheen ae gless scattered the path. The last dribbles ae red stained it. Each ae they bottles hud cost him umpteen weeks ae gien Harriet back the wrang chainge fae the messages. Whaever hud taen thum hud taen three, then gied him yin back. Thur was only yin body kent whaur they bottles wur. The man fae ower the road. The man that wasnae richt in the heid. He caught Padraig refreshin hissell yin nicht. Frichtit the wits oot him, rearin up fae ahint the bush next the bunker. Leerin at him. Laughin at Padraig caught oot haen a wee indulgence. Mibbe he'd fancied tryin it. Mibbe he hudnae liked it. Mibbe he'd taen peety oan Padraig an brocht the third yin back. Peety? He michta put it back whaur he got it. Left naebody ony the wiser.

Harriet hud went upstairs. He could hear her thumpin aboot. Drawers wur pulled open an banged shut. She was packin. She was leavin. Either that or he was. His stuff being rammed intae cases. He went ben an hung aboot in the lobby, no kennin whit tae dae or whit tae say. Shairly she wouldnae put him oot the door in his semmit an his baffies. Him wi a bottle stamped oan his chist like a print-yer-ain T-shirt. Deid give-away. A bauchled aul suitcase was hauchled doon the stair. Harriet, pechin awa, glowered at him, then went back up. Anither bauchled suitcase was hauchled doon.

'Harriet, I'm no gaunae argie wi ye,' he said, fur openers.

'Damn tootin,' she said, an luftit the phone. 'Ye're no takin a rise ootae me ony mair.' She was gaun tae her mither's, she said. Tae think things ower, she said. An you'll bide here, she said. 'Till I've decided.'

It wasnae till the taxi driver shut his boot oan thum that it dawned. Thur was ower much stuff there just tae be her claes. Harriet was a tidy wummin. Held oantae nothin she couldnae yaise. Yin case'd be ower-muckle fur aw her stuff. It was his stuff in they cases. Every bit an piece in the hoose. Claes, shoes, jaikets. The lot.

'So I ken ye'll no budge,' Harriet says. Then the taxi pulled awa.

Padraig stood in the doorwey an watched it go. Harriet's mither was aboot eichty year aul. The pair ae thum couldnae staun each ither. Harriet liked awthing clean an tidy. She never kept nothin. Her mither's hoose was like a Jenny-awthing. Full ae bits an pieces fae the year dot. Naebody kent whit the hauf ae thum wur. No even Harriet's mither. She just never flung onything oot. No even hersell though, bi rights she shoulda been long gone. Smoked like a chimney. Drank like a fish. Confoundit the docturs. The auld wummin hud thum in regular. Every time she couldnae rise oot her bed. They'd tell her it was the drink. They'd tell her it was the smokin. They'd tell her they wurnae comin back cause she was killin hersell. Yin ae they days they'd be richt. Her hoose was the colour ae nicotine. Smelled like an ashtray in a brewery. Harriet'd be driven doo-lally.

The street was startin tae wauken up. Ither folk luftit their milk in. Nae wine oan their steps. Maureen fae next door went by. Oan her road tae the shop, likely. She gied him a wave.

'Cool vest,' she shoutit.

Cool it wasnae. Cauld, mair like. The fresh mornin poked in atween the wee raws ae holes. Padraig went in an shut the door. It made a holla soond. Like it hud just shut oan an empty hoose.

'I'm here,' he says. His voice hung in the air. No gaun naewhaur. Naebody tae hear it. In the kitchen he poored hissell a cup ae tea. It was lukewarum but he drunk it onywey. He tried tae get a haud ae the notion thur was somethin he could dae noo Harriet wasnae aroon. Truth was he didnae ken whit tae dae withoot Harriet. She'd ay run the hoose. She was the yin ay kent whit was needin daen. Kent whit was oan the telly. Kent when it was time fur lunch, dinner, bed.

'Ye're a clock,' he telt her yince. 'Naw, nae jokin, ken. Ye could run the trains.' He'd worked oan the trains. No runnin thum. They woulda went naewhaur. No oan time onyroads. Mind, he'd mibbe a'done as weel as thaim that did. Repair an maintainance, that was his job. Workin through the nicht oan the tracks. He'd been happy then. Gaun alang oan the riveter in the daurk, stoppin every sleeper. *Skoosh brrrrr!* Rivets drilled ticht. Oantae the next sleeper. *Skoosh brrrrr!* It was like ridin the back ae a dragon. Gaun alang yer ain path, at yer ain speed, roarin at the sleepin world. But that was years ago.

Gaun oot fur coal in the efternin, he coulda gret. Insteid ae the wee thrill he ay got when he luftit the lid aff the bunker, noo his hert sunk. He couldnae bear tae shift the empty box oot the coal so he put the lid oan it wi as much care an sorrow as ye'd put the lid oan a coffin an redd the coal back ower it. By the time it was black daurk, he'd a drooth oan him would worry a camel. An nae wey ae slakin it.

He tried tae take his mind aff the rat gnawin in his belly. But the telly was crap. He'd redd up the hoose but it was tidy, clean, awthing whaur it should be. The livinroom hud a settee, twa chairs, a coffee table an the telly. Nae clutter. It was a hoose that looked like naebody steyed there. The notion tae gang oot fur coal kept takin him tae the back door. But the fire was awready stacked up the lum. By the time he went up fur bed he was gettin angry. Whit was she daen tae him? Shairly, at his age, he could huv a drink if he waantit yin. Hauf a bottle a day. It was haurly a habit.

Fur aw her rage, Harriet hud mindit tae shut every cupboard an drawer. The room looked the same as it ay did. The only thing sittin oot was the clock oan the dressin table. The clock an Harriet's wee bottle ae lavender toilet watter. She ay dabbed it oan at nicht. Tae help her sleep. Padraig screwed the tap aff it. Sniffed. If onybody was gaunae need help sleepin it was him. He dabbed a wee drap ahint baith his lugs. It dried in meenuts. He screwed the tap back oan. Sut it doon exactly whaur it sat. Angled just the wey Harriet ay angled it. Then he luftit it again, unscrewed the tap. Sniffed. Thur hud tae be somethin in it.

He put the bottle tap against his tongue an tipped it up. The wee drap reeked ae lavender. The sweet seek smell filled his mooth an nose. The spot oan his tongue burnt. The spot abin it, oan the roof ae his mooth, burnt. He taen a swally oot the bottle. It made him grue. Lavender was comin oot his lugs, cookin the back ae his een. He scuffed aff his baffies, skelpt doon the stair. In the kitchen, he slooshed cauld watter intae his mooth. The burnin stopped. The smell steyed. He was suffocatin in lavender.

A cup ae strong black coffee did nothin fur the taste. Lavender was gaunae live in his tastebuds fur ever mair. He poored hauf the bottle intae the cup. It hud tae be the maist foul concoction man hud ever drunk. In his bed, he tossed an turnt, jittery wi the coffee, air-freshenin the room wi every flooery braith.

By mornin, he was a wastit man. He was later gettin up. His belly was a knotted lump. Hertburn bleezed in his chist. The bald bit oan the tap ae his heid hurt. Thin threids ae hair stuck up aw roon aboot it. He didnae need tae look in the mirror tae ken he looked like he was frayin oot. It was mibbe the furst day in his life since he was a babby that he wantit a drink ae milk.

Ootside, the wee red special bus growled up by. Bent ower tae luft the milk in, Padraig glowered at it. The man fae ower the road was sittin haufwey up it. Yin ae the men fae the Centre sat aside him. So he'd been fund. If Padraig hudnae been haudin his braith so's no tae waft ony mair lavender fumes back intae his abused nostrils, he woulda shoutit obscenities. Folk should mind their ain business. If awbody kept theirsells tae theirsells like him an Harriet thur'd be a lot less bother in the world.

He'd the door shut an was haufroads back up the lobby when he stopped. Milk. This was the day the milkman come fur his money. Money. Harriet ay put it in the milk joog oan pension day. They never yaised the joog. The money was ay exact. The joog was in the kitchen press. Padraig poored the money oot intae his haun. Thirty-nine pence a pint. Twa pints a day. Seeven days a week. Five pound an forty six pence. He was rich. Rich. He was hauf-roads oot the door when he mindit aboot his semmit an his baffies.

Upstairs, the room reeked ae perfume. He hauled oot drawers, opened cupboards. Nothin. She'd left him nowt but whit he stood up in. His coal-stoored semmit, his auld trooser an his baffies. Even if he could brave gaun roon the shop hauf dressed, he was gaunae be a frozen snotter afore he got there. The semmit was a honeycomb ae wee holes meant tae trap the air so's it would keep ye warum. But it only worked if ye wore it unner somethin. He planked hissell doon oan the unmade bed, shoved the tatty aul baffies aff his feet. An his socks. He hud his socks. Daurned umpteen times. Heels an taes. Whitever colour ae wool Harriet happened tae yaise.

The daurnin wool was kept in the tap lobby press. Padraig luftit the bag through tae the room, tipped it aw oot oan the bed. Thur was umpteen wee balls ae wool. He picked the biggest yin, pulled his semmit aff, shook the last ae the stoor oot it and sat doon tae wet the end ae the wool. Canny as ye like, he poked the wet end ae the wool intae yin ae the wee holes in the semmit an pulled it through. He poked it back through the next hole an pulled. Ten meenuts efter, the furst ball ae wool was done. But the bottum five raws ae holes in his semmit wur woven in woolly scarlet.

It was gey near the middle ae the day afore he feenished. Mair a tank top than a jumper, the multi-coloured semmit wouldnae pass muster as a fashion item. But it was warum. Padraig put aff nae mair time. He scuffed awa roon tae the shop an planked the fiver oan the coonter. Jas Farrier luftit doon the bottle ae red an startit tae wrap it. The shopkeeper'd been left wi broken bones efter a robbery a couplae months back. His stookies hud been replaced wi streechy bandages but he'd tae joogle the crutches ablow his oxters tae yaise his hauns.

'Wee present fur the missus?' he said.

'Naw. An dinnae bother wi the paper.' Padraig was shakin noo.

'Man, ye're frozen.' Farrier rung up the sale at a rate that would make fitbaw action-replay slow motion look like the players hud the jitters. 'Like the tank top, though. Huvnae seen wan ae thaim since, when wis it, the seventies they wur in?'

Padraig grabbed his chainge an flapped awa hame, the bottle neck ticht in his haun, its body tucked unner his airm. It was when he was passin the empty hoose that he catcht sicht ae hissell. Toosie-heidit, auld, bent ower, scuffin alang like the deil was at his back. Mad. That was hoo he looked. Mad. His teerin hurry slowed doon. Yince, he yaised tae go in the pub back an furrit. When he was workin an hud a bitta brass tae caw his ain. A memory ae taste floodit his mooth. These days he couldnae get awa fae Harriet. An he never hud as much as a copper tae hissell baur whit he filched fae the messages. But Harriet wasnae here. Chainge jangled in his pocket. By the time he reached his ain door, his mind was made up. He stashed the wine, brushed his hair an daundered back the road, walkin his dignity wi him this time, back roon tae the club.

A warum waash ae air wrapped roon aboot him like a blanket that'd been heatit in front ae the fire. That noise that was nae noise, ae folk talkin, muffled an awfy familiar even efter aw they years, filled his lugs. Lunchtime an thur was haurly onybody in. Padraig slid oantae a baur stool an put his money doon oan the polished wid. His een gobbled in the sicht ae the optics, brass, gless. Aw the different lichts that shone an sparkled oan thum. Fur aw his name, he'd been nae nearer tae Ireland than a bottle ae Jamieson's in his youth. But thur was only wan drink. The barman was a hefty lad aboot thirty wi a pockmarked bulb ae a nose. He drew the stout aff sweet an slow. Never turnt a hair at Padraig's multi-coloured tank-top semmit nor made nae comment aboot his bare airms. That's a Glen club barman fur ye. Nothin he wouldnae hae seen afore an no much he wouldnae huv done.

Padraig leaned furrit oan his elbas, licked his lips an watched the broon swirl an shift an settle. Efter a meenut or twa, the barman come back, reversed the pump an topped the cool liquid aff wi a thick creamy heid. Padraig drooled. Slavers filled his mooth. Noo he kent whey he was a man. It was sat oan the baur in front ae him. It was cool an black. It was dry wi a rich blonde heid. It was slidin awa alang the baur an crashin aff the ither end oantae the flair. It was . . .

'Harriet!'

She was staunin aside him. Her expression was the same yin she'd hud oan her when she clocked his semmit the ither mornin.

'I minded aboot the milk money tae,' she said. A bony haun was stuck oot unner Padraig's nose. 'Chainge.'

Forty heavy year settled oan Padraig's shooders, weighin him doon. He rummled in his trooser pocket an drapt the haunfy coins intae Harriet's waitin haun.

'Eh, that's a gless ye owe me fur,' the barman said, lookin up fae the mess oan the flair at the end ae the baur.

Harriet looked at the wee drap chainge in her haun then drew the barman a look that was sherper than ony shattered tumler.

'Prices you chairge, we should own the place never mind the gless,' she said an she burled roon an banged oot the door.

Padraig slippered efter her. Back hame, the twa bauchled suitcases sat in the lobby. She was gaunae bide.

'Hoo wis yer mither?' Padraig asked.

'Alive,' Harriet said. 'Jist.' Then she sat doon oan the settee an burst oot greetin.

Padraig didnae ken whit tae dae. He perched his bahookie oan the edge ae the sate aside her, luftit a bare airm an sat it awkwardly oan her bony shooders.

'There,' he said. 'There noo.'

'I cannae staun seein onybody wi booze,' Harriet gret. 'I hud tae pit up wi it aw ma days.'

Padraig stoatit his haun aff her bony shooder an shooshed her. Efter a wee while she stopped greetin, pulled a hankie doon her sleeve an blew her nose.

'That semmit looks ridiculous,' she sniffed. 'Awa an pit that stuff by an git yersell anither yin while ye're at it.'

When he heard her comin up the stair later oan, he come oot the toilet an dodged back intae their room. Harriet come in ahint him, her nose wrunklin.

'That's twice ye've been in the toilet since ye come up here,' she said. 'I'll bet ye onything ye've caught a chill gaun oot like that. Better pit a jumper oan tae. An whit's been happenin in here?'

Padraig waved a haun roon aboot at the open drawers an doors.

'I'll git it tidied,' he says. 'I wis lookin fur somethin tae weer.'

'The smell,' Harriet says, starin it the dressin table. 'Hauf a bottle! Whit oan earth did ye dae wi hauf a bottle ae lavender watter?'

Padraig shrugged, squirmed, an waved at the toosled, unmade bed. Whit a wummin. She didnae miss a trick. Realisation spread ower Harriet's face. The sherp bones softened. Her nerra mooth pairtit.

'Ye missed me that much?' she said. 'Ya daft galoot. Ye've sprinkled that much ower that bed, it's a wunner ye could breathe.' An she went awa doonstairs kecklin tae hersell. The noise rattled aff the waws.

Padraig felt weak as watter. He sat doon oan the bed. Thur was nae wey his wife believed whit she hud just said. She was ower sherp fur that. The gemme was up. She kent. She kent an she thocht it was helluva funny.

He mindit the furst time he'd put the chainge fae the messages in her haun an her een flicked up at him afore her thin fingurs snapped shut ower it an her mooth drew intae a tichter line. He'd been shakin, shair she would ken an winkle it oot ae him. Instead, she'd sayd nowt an kep oan sendin him roon the shop, every noo an then, fur the messages. She'd kent fae then. An she'd let him awa wi it until the rules neither ae thum hud made wur broken an it was starin her in the face. It wasnae his gemme he'd been playin. It was hur gemme. Only an eejit woulda thocht his pint ae Guinness cost nearly a fiver.

A smug feelin came ower him, a jauntiness. He got up an startit tae tidy the room. Harriet only kept whit she'd a yuise fur. She'd held oantae him. He better ration his visits tae the loo. Efter aw, she'd warned him. Thur was nae pint forcin anither confrontation. Nae pint pushin his luck. It'd be a wee while afore she'd let him accumulate the readies tae replace the bottle ae vino nestlin safely in the cistern.

29

Fishin

IT STARTIT the day ae the funeral. Awbody sent wreaths. The florist's van drew up wi anither twa. Archie come in Isa's gate cairryin an orange lawn mower.

'It's a funeral, Archie,' Isa said. 'Wreaths, no lawn mowers.'

She was in black. Imitation fur. Daen whit was expected. The coffin was in the front room. Shut. No much like Jock ony mair. Archie prowled roon it. He'd a black airmband oan made oot a black bootlace wound roon aboot an tied. Ither'n that he was the same as aywis. Bird's-nest grey hair. Mismatched claes. Aw ower-big.

'It's the livin need presents, Isa,' he said. 'No the deid. Jock'll no be shovin ony mair lawn mowers. Ye'll need that. 'Lectric, see?'

He'd come tae escort her, seein she'd nae weans an her sister bid ower faur awa. The minister did a wee service in the hoose. Isa didnae ken wha'd arranged it. In the caur efter, she telt him.

'They chairged me, Archie. The polis did.' Ower seventy, she was. An this was aw new grund.

'Fur no reportin a daith?'

'Fur growin cannabis.'

The caur purred oan doon tae Grantsable.

'Did ye no tell thum that donnert Howie gied ye it?'

'Didnae like. Didnae think. Ma lawyer says it'll no make

ony difference. It's growin it that coonts no whaur ye got it.'

'They never chairged me.'

Isa looked across at him. The toosie heid. A three-day growth like burnt stubble. The shooders ae his jaiket fower inches wider'n his ain.

'You're likely ower-smert fur thum.' Her een wur bright as buttons. Archie put his haun ower hers, gied it a wee squeeze.

'Nil desperandum, Isa. You stick wi me, lass. Then we'll be twice as smert.'

At the graveside she telt him the worst bit.

'I'm gaunae be a lesbian.'

'Whit?'

It was a grey day. Grantsable was a bonny place. But no that day. It hud rained an it was gaunae rain again. The air was slate-coloured. The sky grim.

'Whin they pit me awa. Wummin's prisons. I seen it oan the telly.'

Archie gawped. Then his shooders stoatit up an doon. Wee squeaks come oot his crunkled mooth. His face cracked. He whooped laughin. Roared an bawled an keckled an giggled. Isa startit daen the same. The undertakers, serious, stately, wur lettin the coffin doon oan the cords. A couplae ae thum flicked their een sideyweys at the auld couple. Anither twa flicked their een up tae each ither, grave atween thum. Folk take hings different, the look said. The youngest yin kep his heid doon, nae doot tryin tae hink ae somethin borin or sair. He was losin the struggle.

Archie focht fur control. An, like ony ither demon, the mair he focht, the less he won. The mourners fae the village stood roon aboot an held their braith. Archie shuddered, sooked his braith in. The kecklin stopped. The mourners breathed oot. Archie snortit. His belly trembled. His shooders shook.

A lood 'Ha!' ripped oot him. He was awa again. Isa's wee giggly laugh didnae stop. It smuttered awa, teeterin oot her lips, like a tickle. Roon aboot the mourners wur aw infected. A lip twitched. A snort escaped. Folk screwed their hauns thegither, stared at the grund, tried no tae hear. Silent shooders shook an jined the dance. A big lood guffaw cracked aff like a gunshot fae the back. Thur was nae savin hings then.

The youngest undertaker let go, wrapped yin airm roon his belly, pit his ither haun ower his mooth an drapped oan his knees, yelpin through his fingurs. The coffin tilted the last twa-three inches an hit the bottom.

'Hi hi, hi hi hi, hi hi, hi,' Isa giggled. In her black fun-fur coat she was like a wee chipmunk chatterin tae her chums.

'Ha-ha-ha-ha,' Archie laughed, mooth wide, slappin the air, his thighs.

'Hee-haw, hee-haw,' bellowed the man at the back. Every mourner struck a different note, hingin oantae each ither, tears streamin.

Folk passin oan the road heard the rammy, frowned an tried tae be respectful. It soondit like keeners hud taen ower the cemetery. Wailin wummin. Then the pitch, the speed, the wildness reached intae thum an shiftit the gear. Thur wasnae a wan walkin that day went by the length ae Grantsable waw withoot a smile lightin oan their face. It would be talked aboot fur years. Twa or three wee boys ran doon tae press against the fence. The caretaker came oot his hoose, no shair his lugs wurnae playin tricks. But when the mourners filed back oot tae their caurs every yin hud tears streamin doon their faces an hankies oot blawin their noses. Just whit ye'd expect.

Back at Isa's hoose, the wee tea progressed. Nancy an Sandra gied oot tea an whisky. Padraig let the whisky go until Harriet wasnae lookin then he timmed a gless intae his tea. Drew passed sandwiches. Awbody refrained fae askin if he'd heard onything fae his wife yet.

'Help yersell,' he telt Magrit, still wabbit fae her encoonter wi the stomach pump at the Infirmary. 'We're in the same boat. Me an you.' Howie's mither nudged Raymond's wife an the twa ae thum wondered whit was gaun oan there. Maureen, hearin thum, bit her lip an refrained fae sayin Magrit would be better aff bidin oan her ain. Archie gied thum a toast.

'We're here tae bury Jock,' he said. 'No tae praise him. They say his hert gied oot. The mystery is he hud a hert at aw. He wis a bad bastard an, whin he got aulder, he wis an auld bastard. Bit ye shouldnae speak ill ae the deid, so I've wracked ma brains tae fund somethin guid tae say aboot him. He could haud neethur tune nor haun nor temper. Bit he could pick a wummin. Here's tae Isa. Pax vobiscum. Peace noo.'

They aw drank tae that. Harriet made the mistake ae luftin Padraig's cup ae tea an near choked whin she swallied. Padraig patted her back, sniffed the tea an made a mystified face at her. Archie sat doon an Isa taen a haud ae his haun. Drew leaned oan the waw aside Magrit an made shair she kent he was gien her admirin looks. Raymond startit tae sing 'Amazin Grace'. He could haud a tune. His tenor vice startit saft an steady, then soared, the big, full, roon notes luftin aw their herts.

30

Runnin oan Empty

THE BOOT never really hurried hissell. Though he could move when he waantit, he'd a kinna slopin run that looked like he wasnae breckin a sweat. Noo he was breckin a sweat an walkin. Only walkin. He'd nae money. His mither'd wised up tae the amount that was disappearin oot her purse. She'd stopped keepin money in it. He was breckin intae his wee sister's piggy bank when they'd caught him the nicht. Sarah come in at his back. In her bare feet, just oot the bath. Aw he waanted was a hit. He hudnae heard her comin up the stair. Just the gasp at his back.

'Whit you daen, Duncan?' Then, 'Mum! I'm tellin oan you. Mum!'

He smashed the china bank ower her heid. Smashed it doon twice afore it broke an she crumpled tae the flair, coins fawin aw ower her face. Broon coins. Pennies. A load ae pennies. His mither ran in.

'Duncan!'

She was ay immaculate, his mither. Hair done, blonde, short, modern. Ay in a blouse, short skirt, tights. His faither did everythin she said. That's whey he was workin late. His mither telt everybody whit tae dae an how it'd be done. She was aw face. As long as everythin looked guid. The Boot hated her.

'I don't believe this,' she was sayin. 'I do not believe this.' She bent doon, fussin ower Sarah. 'Efter aw I've done fur ye, keepin ye ootae bother. Ye've got away wi murder an this is how . . .'

He booted her in the face. Then he kicked her in the chist. Then he stamped oan her heid. Efter that he couldnae mind. Just he didnae stop till she'd shut up. Doonstairs, he rifled her bag again. Taen oot her credit caird an her bank caird. Afore he left the hoose he went back tae his room. Somethin tae buy credibility wi. Just in case. He could hear Sarah groanin.

It was a bit ae a walk tae the garage. He'd a slopin walk tae, long, lean strides. Covert the grund fast. He was sweatin but. Just waantit somethin in a hurry. Didnae waant tae draw attention. The garage he was gaun fur wasnae the nearest hole in the waw. He waantit aff the main drag tae Falkirk. Just in case.

At the machine, he punched the PIN number in. He'd seen his mither put it in loads ae times. Silly bitch. He could mind numbers the wey some folk couldnae mind names. The machine didnae agree. It spat the caird back oot. He tried again. It was the right number. He kent it was the right number. The caird came back oot. Please contact your branch. He flung it awa, slid the credit caird in. This time the number was richt but it widnae gie him whit he'd asked fur. He checked the balance. The figure looked healthy. But it hud a minus in front ae it. Zero funds available. Limit reached.

His mind was racin noo. Sweat prickled inside his claes. He felt in his pocket. Thur was a notice aside the door intae the garage shop. The manager is the only person who has keys to the safe, it said. An that was supposed tae deter robbers? Stupit buggers. He went inside, hung aboot by the magazines till he was the only customer. The man ahint the coonter was big but stupit-lookin. Boot hud learned a lot fae his mither.

'I'm looking for a job. Could I speak to the manager, please?'

The man looked him up an doon.

'I'm the manager.'

Boot pulled the replica pistol oot his pocket. It was heavy. Real-lookin. He pintit it in the man's face.

'Then you kin open the safe,' he said.

It was a nice meenut. The man's face. The wey it chainged. He put baith his hauns oan the coonter, grippin it. Leaned furrit like he might beg. Plead fur mercy. Then a siren screamed an kept screamin. Lights flashed an kept flashin. The man hud vanished ahint the coonter. If Boot coulda shot him, he would've. But he couldnae. Aw he could dae was get oot the automatic door. Oot intae the nicht.

Noo he was runnin. Noo he was really runnin.

31

Tom, the Action

SCENE 1

A red mini-bus idles at Nancy's door. The door is open. A male Day-care Centre attendant comes oot wi Tom. He has a guid grip oan Tom's airm, puts Tom oan the bus furst, gets in ahint him.

In the bus he dunts Tom ower tae the windae sate an sits doon aside him. Moira is sittin in the sate ahint. The bus pulls awa.

Padraig is oan his doorstep, luftin in the milk. He glowers at the bus as it goes by.

Sandra stauns wi Raymond at his gate. When the bus goes by, Raymond smirks, Sandra gies Tom the fingur.

Oan the bus, Tom peers oot the windae at Julie's hoose. The Renault is in the drive. David's caur sits ahint it. Thur's naebody aboot.

MOIRA: S'at yer girlfreen's bit, Tom?

Tom screws roon lookin oot. Moira notices his bruises.

MOIRA: She no yer girlfreen ony mair noo?

A removal van, gaun intae the village, passes the bus, blockin oot Tom's view.

SCENE 2

Tom paces aboot the Day-care Centre.

Miss Steven watches him.

Tom goes tae the door, tries the door haunle, up, doon, up, doon.

MOIRA: Tom's girlfreen battered him.

MISS STEVEN: You don't know that.

Tom goes tae the men's toilets.

Miss Steven goes tae her office, picks up the phone, dials.

Moira watches the office.

Miss Steven turns her back tae the gless office windae tae talk.

Moira heids fur the men's toilets door.

In the toilets, Tom stauns oan the edge ae the pan, tries the wee fanlight windae. It willnae budge. He bangs oan it. It's nailed shut.

Moira slides roon the door.

MOIRA: She disnae waant ye.

TOM: Shud up.

Moira wraps her airms roon his legs.

MOIRA: I'll be yer girlfreend.

She rubs her breists up against his calves, strokes his thighs.

Tom stops tryin the windae, puts his airm oan the sill, his heid oan his airm.

TOM: Joo lee.

In her office, Miss Steven talks oan the phone.

MISS STEVEN: I know you don't want to, Nancy. But the thing is, the Centre's not a prison. If he doesn't settle down again soon, residential care's the only answer. It was only a matter of time anyway.

She turns roon, keeks through the gless door.

Moira's sate is empty.

Miss Steven streeches tae see if Moira's onywhaur else in the room.

MISS STEVEN: S'cuse me. I think I've got a situation. I've got to go.

She planks the phone doon an hurries ootae her office tae the men's toilets.

The ithers watch. Yin wummin dunts anither. Yin man nods tae the toilets, smirks.

Metal bangin oan metal.

The cubicle in the toilets shoogles, the open door bangs against the side.

Miss Steven comes in, sees the cubicle shakin.

Tom's backside thrusts back an furrit in the open doorwey.

MOIRA: At's it. Dae mair. Dae mair.

Miss Steven comes ootae the toilets an leans against the waw aside thum. A man is aboot tae go in. Miss Steven puts her airm across tae baur the door.

MISS STEVEN: If you'd just wait a minute, Joe.

In the toilets, Moira's bent ower, airms restin oan the cistern, moanin wi pleisure. Ahint her, thrustin hard, slower, like it was hurtin, Tom climaxes. His mooth is a grimace, een screwed ticht. Tears run doon his face.

TOM: Joo ulee. Joo ulee. Uhh. Joo lee.

SCENE 3

The red mini-bus comes doon the street. Tom stares dully oot the windae.

Thur is nae caur in Julie's drive, nae curtains at the windaes. Tom sits up, stares oot the bus windae. The bus draws level wi Julie's hoose. Tom kin see richt through the empty livinroom.

At the side ae the hoose, the garage doors lie open. Thur's nothin inside it.

Tom twists roon in his sate, stares back the road. The male attendant aside him gets a guid grip ae Tom's airm.

The bus stops at Nancy's door. The attendant huckles the agitatit Tom oot. Tom's twistin roon tae try an see Julie's.

TOM: Joo lee!

The attendant gets him up tae the open hoose door an shoves him in.

SCENE 4

Nancy shuts an locks the door.

Tom, awready in the livinroom, peers oot the windae, jookin, bendin, twistin tae try an see back up the road tae Julie's hoose.

TOM: Joo lee!

NANCY: She's awa. No here ony mair. An thank God. I dinnae ken whit ye think ye wur daen wi yon Moira. Bit they dinnae waant ye in the morra noo. I telt ye ye'd git locked up an that's whit . . .

Tom burls the coffee table up an roon. Stuff oan it flings aff oantae the flair. Thur is an almichty *crash ae gless shatterin* as he pans in the livinroom windae wi the table.

NANCY: Mither ae God.

Tom draps the coffee table an lowps oot the shattered windae. Ootside, he lands awkwardly oan the gress, cuttin his richt haun an rippin his left knee oan the shattered gless. He pulls hissell up an hares awa up the road tae Julie's bit.

Nancy leans oot the broken windae.

NANCY: That's me feenished wi ye. D'ye hear? Feenished wi ye.

Quately, athoot meanin tae, she starts tae bubble an greet.

SCENE 5

Doors an windaes open aw alang the street as Tom legs it, fast, awkwardly, past aw the hooses, heidin fur Julie's.

Raymond, puttin plants in his rockery, hears the feet runnin, turns, sees Tom gaun by.

Tom batters oan Julie's front door, jooks sideyweys, peers in the front windae.

The livinroom is empty

TOM: Joo lee.

He belts roon the side, peers in the bedroom windae.

The bedroom has nothin in it.

TOM: Joo lee.

He runs tae the back ae the hoose, peers in the kitchen windae.

The kitchen is stripped. Ahint it, the livinroom is bare boards. Beyond that, even the street is empty. Tom puts his bleedin hauns oan the gless, batters it, roars.

TOM: Joo lee.

He belts back roon tae the front, presses the doorbell.

Inside the empty hoose, the bell *rings*.

Oot the back in the empty garage, the bell *rings*.

Tom batters oan the door wi baith hauns. Every thump leaves a bloody imprint.

TOM: Joo lee. Joo lee. Joo lee.

Raymond roars ower his fence.

RAYMOND: She's awa. An bloody guid riddance.
                         We'll mibbe git somedy decent . . .

Tom breenges at Raymond, mania oan his face.

Raymond pelts inside his hoose an slams the door.

SCENE 6

Inside Raymond's hoose, his wife comes intae the hall.
Raymond stauns the back ae the door, pechin.

RAYMOND: He's went fuckin mad oot there. Fuckin
            mad!

A wallopin great lump ae rock crashes through the gless door,
cawin Raymond tae the flair.

Tom heaves anither wallopin great rock through Raymond's
livinroom windae. Fae inside, the *soond ae things breckin*.

Hauf wey up his hall, Raymond lies against the waw, his heid
bleedin. Anither rock crashes intae the livinroom. Raymond's
wife cowers in the hall alangside him.

RAYMOND: Fuckin mental. Pure fuckin mental.

A rock splinters the side bedroom windae. Raymond's wife
screams, ducks.

The kitchen windae is panned in.

Raymond an his wife coorie thegither. Yin by yin, gless
shatters an shatters, turn aboot in every room in the hoose.

Ootside Tom is back at the front ae the hoose, luftin anither
rock.

Sandra appears oan the pavement roon fae Raymond's bit. *A
polis siren*. Sandra bawls.

SANDRA: You better fuckin stop. The polis are
            comin!

Tom breenges in her direction. Sandra pelts up the road hame.
Tom belts up Parkheid Road efter her.

Sandra breenges in her ain door, slams it shut.

Tom chucks the boulder he's cairryin through her livinroom
windae. *Gless shatters*.

The polis caur, *siren screamin*, turns up the road ahint Tom.
He belts roon the side ae Sandra's, doon her gairden, across
the rough grund an lowps the fence back intae Julie's bit.

The polis caur screeches tae a halt at Sandra's. The twa polismen get oot.

Sandra yanks her door open, pints.

SANDRA: He went back the wey.

The twa polis run roon the street tae Raymond's hoose. Ahint Sandra, her man comes tae their door, newspaper in haun.

HUSBAND: Whit's gaun oan?

SANDRA: Ae you nuts? Look at the place! I'll kill him. I'll fuckin kill him!

Raymond stauns at his door, cut an bleedin. His wife cowers ahint him. The twa polis run by. Raymond pints tae the trees oan the canal bank opposite Julie's, shouts.

RAYMOND: That wey! Ower the road! I waant him done fur assault!

Sandra comes roon fae Parkheid Road, her man ahint her. Ither neeburs are comin fae aw airts. Sandra waves tae Raymond an his wife, still stood in their doorwey, tae come oan.

SANDRA: Come oan! He's no gettin aff wi this!

Raymond an his wife folley the twa ae thum alang tae the dummy road oot the village.

Nancy hauchles up the road, clocks Raymond's smashed windaes an goes tae folley the fower ae thum oot the village. A neebur shouts.

MAGRIT: Nancy, dinnae go! Bide here wi me.

NANCY: I've gottae git him, Magrit.

She keeps gaun. Magrit draws her door tae an hurries efter the auld wummin.

The ither villagers staun aboot, lookin efter her, lookin at the smashed hoose.

Some ae the village lads run the back ae Magrit an Nancy, pass the pair ae thum an keep gaun.

Heavy panting.

SCENE 7

Tom's feet stoat aff the rough grund, his richt trooser leg torn,
knee bleedin. Peltin awkwardly alang, he looks roon, ower his
shooder.

The twa polis belt intae the field efter him.

Tom dives ower the fence, catchin his claes oan the barbs.
Pullin free, his tap pocket teers. A fauldit square ae paper
faws oot.

The polis are haufroads ower the field.

Tom jinks awa intae the trees.

HANNAH: Kin Tom come'n visit us?

SCENE 8

Julie, in her caur, drivin, answers ower her shooder.

JULIE: We'll see whit his mum says.

Matthew an Hannah, haudin her doll, schoolbags slumped
aside thum, are in the back sate.

The Renault drives roon the street intae the village.

MATTHEW: He'll think we're aw invisible noo.

Up aheid, Julie sees folk staunin in wee knots ae twa or three
roon aboot Raymond's hoose.

JULIE: That's whey we're goin tae say good-
                   bye.

Gaun slow, she drives by her ain empty hoose, clocks
Raymond's upstairs windaes aw panned in. She chainges
doon the gears an, gaun by at a crawl, stares at the shattered
door an livinroom windae. Insteed ae drivin oan doon the
Terrace, she burls the caur roon at the garages an, heidin
back oot the wey, rolls the windae doon an pulls up alangside
a man an a wummin.

MAUREEN: Tom taen a flakey.

ARCHIE: Got whit they wur askin fur, that lot.

| MAUREEN: | They're aw efter him. |
| JULIE: | Which wey? |

Maureen pints tae the dummy road.

| ARCHIE: | Jist hope the polis'll git him furst. |
| JULIE: | Thanks. |

She pulls the caur awa, heidin back the wey she drove in.

SCENE 9

Tom stumbles ower a root, runs oan through the trees.

Ahint him, a guid bit back but gainin oan him, the twa polis run through the trees.

Raymond hauds the barbed wire up oot the road as Sandra, her man, an Raymond's wife hauchle through the fence ootae the field an intae the trees.

Unner their feet, a square ae fauldit paper is pummled intae the mucky grund.

Further up the field, the three lads fae the village run alang skirtin the fence.

Nancy, wi Magrit hurryin aside, hirples ower the field.

Thunder ae watter fawin.

Tom runs ootae the trees, staggers at the edge ae the pool, near faws in, an squints roon ahint him. *The soond ae twigs breckin, feet thuddin.* Tom slips an slides roon the edge ae the pool tae the rocks that line the watterfaw.

At his back, the twa polis come ootae the trees.

Aboot tae slide ahint the watter, Tom clocks thum. He chainges his mind aboot hidin an starts tae sclumb the rocks.

Sandra, her man, Raymond an his wife, sprauchle ower roots an bushes, hurryin through the trees.

Magrit hauds the barbed wire up, her fit haudin the next wire doon. Nancy squeezes through the fence.

Neethur ae thum even see the wee bit ae fauldit paper lyin mangled in the muck.

| MATTHEW: | Bit, Mum! |
| JULIE: | You two stey here. |

Oan the road, next the gate intae the field, Julie's caur pulls up.

Thunderin roar ae watter fawin.

Tom's bleedin haun reaches tae get a grip ae wet rock.

Baith polis run tae the edge ae the watter.

Tom is haufroads up the rock, hingin oan wi taes an fingurtips, still sclumbin.

PC Twa goes tae folley him up. PC Yin grabs his jaiket, roars.

| PC YIN: | Dae ye want tae kill him? Stey here in case he faws. I'll go up the ither side. Roon the back. Cut him aff at the tap. |

PC Yin skirts the pool an crosses the burn. PC Twa watches Tom.

Tom's streeched oot oan wet rock, sclumbin up aside the thunderin watter.

Julie scrambles through the barbed-wire fence, an runs oan.

In the glaur oan the grund by the fence, the wee bit ae paper is just muck.

Tom hauls hissell the last twa-three inches, stauns, jumps fae rock tae rock across the tap ae the faw till he reaches the heidstane. He looks doon.

Doon ablow, PC Twa stauns watchin up. PC Yin disappears roon an up the slope ae trees at the ither side ae the faw.

Twa ae the three lads are in among the trees at the back ae the faw, the last yin comin ower the fence tae jine thum.

Sandra, her man, Raymond an his wife stagger oot the trees tae the edge ae the burn. Yin by yin, they stop an look up tae the tap ae the watterfaw.

Tom stauns oan the heidstane, pechin hard, his face wet. His mooth moves. He whispers.

TOM: Ainge jull.

Doon ablow, Nancy sprauchles ootae the trees, Magrit ahint
her. They stop by the edge ae the watter an look up.

Raymond pints up at Tom, bawls.

RAYMOND: We'll get ye, ya bastard!

His voice is drooned by the roar ae watter fawin. Tom, oan
the heidstane, looks doon oan thum aw an roars.

TOM: I. Ainge jull.

Ahint the trees at the tap ae the faw, oan Tom's richt, PC
Yin sprauchles through undergrowth.

Oan Tom's left, the three lads arrive oan the edge ae the burn
ahint him.

Doon ablow, Nancy, haun tae her mooth, stares up. Magrit
has an airm roon the auld wife's shooders.

Raymond pints, shouts, the words lost in the *roar ae watter*.
His wife gawps up at Tom. Sandra waves a fist. Her man
stauns gawpin aside her.

Tom straightens up, streeches his airms high abin his heid,
palms flat tae the sky. Blood runs doon his airm fae his
gashed haun an wrist. He tips his heid back, stares at the
blue, whispers.

TOM: I Ainge jull.

Julie runs ootae the trees, stops, stares up, shouts.

JULIE: Tom!

Oan the heidstane, Tom stares at the blue-an-white abin him,
staggers an looks doon tae get his balance.

Julie stauns there, awa doon at the bottum ae the falls, lookin
up at him.

Tom's face lichts up, his mooth works, makes the word.

TOM: Joo lee.

He steps furrit. The step takes him aff the heidstane. His airms
flee up, his hauns clutch fur sky, his jaiket flails ahint him an
watter biles at his back as he faws, an faws, an faws . . .

32

Accoutrement

THE DAY aw the auld folk wur arrested fur growin cannabis, Howie was fishin doon the canal. He cast intae the murky watter determined tae fetch oot Archie's prized Brig an completely oblivious tae the squad ae pigmobiles that hud commandeered the village an the dozens ae pages ae statements bein meticulously taen. Archie was further doon the watter coorse, further awa fae the village, in his favourite spot. Howie was just the back ae the hooses. The slope ahint him run up through long gress an brambles tae the back gairdens ae the Terrace. Neethur the young man nor the auld man acknowledged the ither's presence. This was a serious competition.

Thur was anither serious competition gaun oan. Drew was alang fittin a new kitchen worktop fur Magrit. Olive-green. Leathur look. Everythin else in the kitchen was white an stainless steel.

'Needs a bit ae colour in here,' Magrit said. She'd just put the kettle oan fur coffee. 'This is awfy guid ae ye.'

'Nae bother.' He plugged in his jigsaw. 'Twa meenuts'll see it done.'

She was feelin better noo. Stupit aboot whit she'd done. Swallyin aw they pills. But stronger fur survivin it. Loneliness was a cauld companion. A daurk shadda that was ay aside her, inside her. But she was gettin yaised tae it noo. An thur was some kinna comfort in its permanence. Somethin ye could trust tae be there. It was at least regular company.

'Dae ye take milk?' She hud tae say it lood, ower the buzz ae the saw.

'A wee tate.' *Bzzzbzzz*. 'Twa sugar.'

She watched him work athoot seemin tae watch him. He'd a reputation an she kent it. Fur batterin his wife. Yit he seemed hermless enough. Easy-gaun. Guid-natured. Obligin. Magrit wasnae yin fur the gossip. Thur was ay twa sides. Sometimes ye believed a story an got it wrang. She hud. Mair'n yince. The saw reached the end ae its cut. He slowed it doon. Athoot thinkin she pit her haun oan the bit that wasnae waantit, steadyin it fur him so's it wouldnae drap aff. He looked up at her, a quick flick ae his een. They wur nice een. Honest. Clear an untroubled. He drove the saw furrit tae the end ae the cut, stopped the machine.

'Here's yer coffee.' She held the mug oot, haunle towards him so's he could get a grip.

Archie was weel aware that Howie was fishin further up the canal. He hudnae went as faur doon as the wee brig, whaur he'd usually go, fur he waantit tae keep the tap ae the laddie's rod in sicht. No that the boy stood a chance. The big saftwid trees cast shaddas ower that bit. An the laddie was fishin ower deep. Even if Brig was veesitin up thon end, he'd be nearer the surface. Besides, the watter up there was manky. Too near the hooses an full ae rubbish. Even a pike liked clean watter.

'You an me, Brig,' he whispert tae the dull, motionless watter. 'You an me.'

An Isa noo, of coorse. Isa was the reason Archie was doon the canal. He needit thinkin time. They'd been gettin gey cosy, the twa ae thum. A wee bowel ae soup here. A wee haun wi the gairden there. He'd introduced her tae Radio

Fower. She'd got him hooked oan Judge Judy. Nae faffin aboot in her coort. Naw, it was the films wur the stickin pint. No that he didnae like the TV movies. He'd even went an spent real money buyin a couplae their favourites oan video so's they could watch thum again. Trouble was the favourites includit *Dangerous Liaisons*. Thur was a fair bit ae wheechin their claes aff in that yin. A wheen ae rumpy-pumpy. An Isa was makin it clear that she was up fur it tae.

It's no that Archie wasnae. He'd certainly been gettin plenty wee tremors. It was just that, seventy or no, Isa'd been mairrit oan Jock. Jock'd been a big man, physical. A wee tremor probably wasnae whit Isa hud in mind. Archie reeled in. The bait was aff his hook. He prised open his wee tinny, pulled oot the fattist, roondist, pinkist worm. He'd tae haud it ticht wi his fingurtips fur it streetched an wriggled aboot atween thum. He pressed the pint ae the hook intae the pink skin aboot an inch ablow the heid. Worm's skin was ay thicker than ye thocht. Like rubber, an slimy. Ye'd tae go canny or hook yer fingur insteed. He eased the barb through an checked. Ay, that would dae. Better'n they spinners that boy was yaisin. The worm splashed intae the watter.

The worktop slid smoothly intae position. He could tell she was impressed he'd kent tae cut it wrang side up so's no tae chip the surface. Did wonders fur the kitchen. Classy. Better'n that peely-wally stuff she'd hud oan. He rubbed the stoor aff, luftit his mug an hud a swally.

'Nice coffee.'

'Thanks. I prefer it fresh-ground an they cafetieres save perkin.'

He taen anither swally. Nice, right enough.

'Elinor ay yaised instant.' He micht as weel fund oot whaur he stood. 'Sorry.'

'S'awright,' she didnae seem bothert. 'Ye must miss her.'
He shook his heid.

'Naw. We wur ay arguin. Nothin I ever did was guid enough.'

'Well, ye've made a guid enough job ae that. Thanks.'

They went ben intae the livinroom. Pale blue waws an a deep rosy-pink suite. She must be aboot ages wi him but she looked aulder. Riddish hair gaun saut-an-peppery. No as skinny as Elinor. Bigger tits. He wondered whit they'd look like, loosened fae their lilac jumper coverin. Whit they'd feel like.

'She micht've said she wis gaun, though.'

'No even a note?'

'Nuh. I jist came hame fae the club an . . . nothin. Claes awa. Coat awa. Nothin.' That was faur enough. The mood was drappin. He looked oot the windae, at the trees ower the road.

'Nice here, in't it?'

'Aye,' her vice luftit again. 'Nae hooses ower the road. Mind, you've nane at the back.'

He grinned. That was nice, that she wouldnae waant him tae feel pit oot.

'True. Jist the trees, the canal, the burn an the fields ahint. Sun in the summer, an all. Nice tae sit oot in, the back gairden. Sooth-facin, see? Like this room.'

The coffee was near feenished. Nae mair reason tae hing aboot. He pit the empty mug doon oan the coffee table. It was gless an made a wee ringin soond.

'Well, I better away hame. Think whit I'm huvin fur ma dinner.'

He got up an walked ben the kitchen tae collect his tools. Thur was a noticeable space. If she didnae fill it, he'd ask her oot fur a drink efter. Twa chances, this wey. He was pittin the jigsaw in its box afore she spoke.

'D'ye fancy comin back roon an I'll make somethin fur baith ae us?'

Howie hud stopped fishin an was gawpin at nothin. The wean wasnae faur aff an Treeza'd gied him the heave yit again. She just was nut gettin the hang ae this relationship at aw. His mither was cryin him the weather-man.

'Ye're in, ye're oot. Kin ye no make up yer mind, the twa ae yeese?'

His line driftit, draggin the bottum. It was Treeze kept chaingin her mind, no him. Every week thur was somethin. His Giro, his Buckie, his blaw, his mates, his nae-job. He tried tellin her. They wur a man's accoutrements.

'I mean, whit ye waantin, Treeze, a wee jessie? A nancy boy?' He hooched his voice up intae his throat, turnt oan the falsetto. 'Jist you hae a wee sate there, darling, an I'll fetch ye a wee cuppie Lord Hoochiemacawit afore I nip roon aboot wi the Mr Spleen an a wee yellie duster-buster.'

'Fuck aff,' she said. She was ower big tae argie wi noo. Big like a Space Hopper but no smilin. An he was tellin naebody whit it felt like tae hae yer wean kick through its mither's belly intae yer back in bed at nicht. Or feel that wee boy in there wrigglin aboot, like a wee pup, warum unner yer haun, waantin oot, waantin tae punch an run an lookin fur his dad. His mither'd be gled if he bid at hame.

'Back whaur ye belang.' Christ, he couldnae staun that.

He startit tae reel in. The gemme was Archie's. He was fur roon the shop. Cadge a bottle ae the brew an get tanked up. Then he got it. A jolt oan the line. Big yin tae.

'Fuck me.' Wait, wait, wait. A wee tease. Nothin. Ease it back a wee tot. An . . . yank the hook in! Yes! He'd got it. Could feel the pull. He reeled in hard. Man, it was a big yin.

'Wheeehaaw!' he shoutit. The tap ae his rod dipped doon

an doon. Jees, the wecht ae this thing. The line wouldnae take it. It wasnae gaunae take it!

'Airchie! Gies a haun, man! Gies a haun!' He let oot against the strain, keepin it ticht. Enough, no too much. It wasnae runnin wi it. He reeled in. The rod bent, buckled, near touchin the watter. Archie battered alang the path.

'Easy, lad. Easy.' The auld man bent ower, stared at the watter whaur the line cut in. Run his ee up tae the tap ae the rod. Howie reeled. The rod bent. Howie pulled.

'Steady, lad. Ye'll loss yer tackle. Thur's nothin there.'

'Nothin?'

'Nothin movin. Kin ye no feel it? A deid wecht? It's a pram ye've got. Or the bottum. Nothin livin, that's fur sure. Ye'll up-end the canal in a meenut if ye pull like that. Droon us aw.'

'Awa. You jist waant me tae loss it.' Howie reeled, pulled. But the auld man was richt. Thur was nothin tryin tae pull awa.

'Suit yersell.' Archie set aff back doon the path. 'Ye kin say cheerio tae that spinner.'

Somethin gave. The line yanked up a fit. Howie reeled.

'Fuck's sake, Airchie! Thur is somethin there. Look!'

The tap ae the rod quivered. Archie squintit roon at it.

'Gies a fuckin haun, man!'

Doon ablow the watter, a haun was comin free. The bin-bag tore whaur the bricks weighed it doon. The airm, weel hooked, played against the plastic. The line jerked. The airm was oot an risin.

'Ha, ye wur wrang,' Howie hooted ower his shooder tae Archie, wha still hudnae moved back or furrit fae the haufroads pint he'd reached. 'It's comin.' The pale grey shape was visible just ablow the surface. 'An it's a right bobby-dazzler.' Slim, curved. Its tail fanned oot. Fanned oot intae five grey fingurs that broke the surface like they wur tryin tae claw their wey oot. 'Fuckin hell! Airchie! Fuck me. Oh, fuck!'

Archie could see fae whaur he stood. He walked back an taen the rod oot the laddie's nerveless grip.

'Whit the fuck, Airchie. Whit the fuck is it?'

'I hink it's that haun ye waantit.' Archie reeled in, slow an steady. A foreairm, cut aff at the elba. The haun a left yin. Yella weddin ring still glintin oan it. Howie hudnae been askin a question. At least no that yin. Soon as the haun broke the watter he could see whit it was. The question he was askin was aw the ither questions.

As Archie swung the airm up an ower oantae the wet gress, the only soond that broke the stillness ae the canal holla was a craw cawin in a tree ower-by an Howie bokin. Up the Brookie, whaur maist ae the pensioners bid, thur was mair polis caurs than a mass brek-oot at the Bar-L would generate. They wur aboot tae be divertit. Gaun fishin.

33

Not for Glory

only and alone . . .

Glory

Ken, ye're up, ye're doon in this place. Noo I'm beelin, so I um. Aw they auld biddies startit singin. Like canaries. I mean, whit ae they oan? Couldnae plead the fifth amendment. Couldnae keep shtume. Couldnae act donnert like pensioners is supposed tae. Naw, couldnae pint the fingur fast enough. Couldnae wait tae turn us in.

'Oh, Officer. It wis Howie whit gied me that plant. I hud nae idea whit it wis.'

Aye, right. That's whit ye get fur helpin oot, eh? Nae gratitude. Nae loyalty. Nae wunner the place is gaun doonhill. So that's me fur the high jump. The long walk aff a short plank. Selt right doon the canal, like. No that whin I'm waantit fur the hunger missions. Needit fur the budgie ration run. Different story then awright.

'Aw, son, see whin ye're doon the toon, gaunae git us a wee drap seed fur oor Joey. Fair stervin, so he is.'

Weel, it will be drap-deid seed fae noo oan. Nae mair Mister Nice Guy.

So that's me roon the shop. On guard. Waitin fur tae dae the pig run. Been at ma mither's yinst awready, hin't they? Gien it the Schwarzenegger line. Aye, they'll be back. An back. An back. Fuckin freezin, so it is. Nothin shifts. Only been yin caur come in. It pulled intae the car park fur the club. I'm thinkin aboot just gien up. N'en this wee Jacknife clips alang. Accident waitin tae happen, that yin. Should still be in the nappy school. Leans up against the shop, he does. Athoot the invite. M'oan tae God. No huvin that.

'Waant tae git back in yer pram, sonny Jim,' I tell him.

Rifles in his pockets.

'Waant a fag?' he says.

'Whit age ae you?'

'Thirteen, big man,' he says. 'The day.'

Big man, eh? Kens the score then.

'Aye, right,' I tell him. 'Just startit at the big school, did ye no? Keep ye back a year, did they?' I relieve him ae a cancer stick. Guid ae his health, ye unnerstaun. Bells start ringin. I ignore thum.

'Eh, phone's ringin,' the wee smout says.

So's he gits the hang ae this, I turn ma heid. Clock the box n'en turn back roon. Hae a belt ae knickerteeny.

'So it is,' says I. The box keeps ringin. Jacknife tries tae act it. Blaws reek oot. He's still no catchin oan. I gie him a dig.

'You got wax in yer lugs?'

'Naw.' He soonds huffed, like.

'Like that noise, dae ye?' Tell ye, sometimes ye huv tae spell it oot. The bulb lichts up.

'Aw, ye waant me tae answer it.'

Ken, I dinnae think I'm up fur this. I keep an eye oot fur the stye-oan-wheels gaun by. He dives up tae the box. Takes him twa weeks tae haul the red door open, get hissell in. Waants his parridge, that yin. Still, I kin mibbe train him up fur a diversion. Naebody else aboot noo.

'It's fur you,' he shouts.

'Whit?'

He's got the door jammed open a wee crack wi his body. The door is winnin the squeeze.

'You got wax in yer lugs?' he says.

Cruisin fur a bruisin, like. A wee tap oan the broo. Phone fur me? That kin only mean yin thing. Treeza waants a chinwag. Mibbe seen the error of her weys. Waants me back, eh? I kent the day wid come. No gaunae waant tae bring the wean up by hersell. An it's awready overdue. King Kool, I sook the last drag aff the fag an toss it. Thumb wee Jacknife.

'Oot!' Phone's got ice condensin oan it. 'Yeh?'

'Hello, son. Long time no speak. Got my message?' Quate voice the bloke has. Aw palsy-walsy. Like broken gless is.

'Eh?'

'Want me to spell it, sunshine? The stuff you're holding for me.'

See a blast fae the past like that? Fairly clears yer heid. It's the suit. Lookin tae collect twa Gs ae smack.

'Nae bother, pal,' I tell him. 'Safe as hooses that is. No touched.' Nae wey I wis gaunae shift it. No even tae keep Treeza an the wean. Value ma hide too much.

'Then you're a ton up,' says he. 'I'll maybe chuck in another one if you get it round here quick.'

'Roon where?'

'Across the road.' The phone goes deid. Ower the road? I come oot the box. Clock the car park at the club. Heidlichts flash fae a BMW silhouette. Oan, then aff.

'Wis that yer bookie?' Jacknife's impressed.

Ma ain personal office. Post-box by the road. Phone-box aside the wee lane at oor backs. Could come in handy, that.

'Gamblin's fur dummies,' I tell him. 'This is serious stuff. You're oan pig-watch. Onythin moves, phone ma mither's.' I make shair he'll mind the number. Then I split.

Twa hunner the suit is gaunae gie me. Riches, that is. Ten big blues. Wunner whit that looks like, eh? Wait'ae I see Treeza noo. That'll learn her. Telt her I'd get sortit oot. Be there fur the wee man. I'm roon tae see her soon as this swop's done. Key tae the puddin club that is, money in ma haun. So that's the picture then. Big cheesy oan ma chops, heidin by ma mither's hoose. The door flings open. It's like bein drap-kicked by a ton ae dentists. Please, no the pigs. Please, God, no noo.

'Treeza's jist aff the phone,' ma maw says. 'Yer wean is oan the road. She says she waants ye doon there. Ye better move yer butt.'

Ya beezer! The wee man musta heard his da's luck. Ma boy, right enough. Gaunae waant a da wi money in his pooch. I better git a move oan. Make shair Treeza makes a job ae this. I jog aff doon the Terrace. Chap Fraser up.

'Slip us yer hut keys, pal,' I tell him.

'Whit fur?'

'Whit fur, cat's fur, ever seen it oan a dug? Jist dae it, eh? Somethin I furgot. Ye'll git thum back.' I'm jiggin. Kin haurly haud it in. Date wi a money-spinner roon the club. Date wi a baby-maker doon the toon. Ma luck is well an truly in.

Twa meenuts an I'm roon Fraser's back. Shed open. Nothin's shiftit here. Safe as hooses this is. I pull the carpet back aff oor wee hidey-hole an luft the lid. Scratchy's durty book's still there. I take it oot an rake aboot. Come oan tae papa. Nothin comes. Just empty corners. Nae box tae dunt ma knuckles oan. I feel aw roon aboot. Nothin. Nothin's there. I spark a match an haud it in. Nothin square, nothin shiny. Nae wee box. I start tae sweat. Fuckin hell. It must be here. Shed's been locked since thon time. The hole in the flair's the same hole we cut oot. Empty then. Empty noo. Aw, jeesy peeps. The suit will hae ma guts fur garters.

End ae the line. Heid in a hole, erse in the air. Hope's a killer, so it is.

Wealth

A licht comes oan ahint me. Shit.

'Howie, whit ae ye daen?' Maureen, Fraser's maw, is staunin at ma back.

I think aboot the story. First I'm dubbed up wi a suit. He's gaun doon. I'm walkin. Next thing his smack's strapped roon ma ankles. Walkin oot the coort. That or ma lifeblood. Nae wey Maureen's gaunae buy it.

'I hid a wee box unner the flair. It's disappeart.'

'Oh, I mind that,' she says. 'I flung it ower the park.'

Christ sake, whit's wrang wi folk in this place? The park? It's full ae weans aw summer. Whit if some ae thaim hud dooked in that? Just looks like fizz. Wee tots fleein hame stapped full ae smack. Naw, I widda heard aboot it. Aye, an likely got the blame. I take a shufty ower her fence. Full ae rough gress noo. Lanky wet clumps. An it's daurk. Be like lookin fur a needle in forty heystacks.

'Whit wis in it?' Maureen asks.

'Present fur the wean. Treeza's awa in tae huv it. I'll never get tae see him if I dinnae git that box back.'

That's near'nuff the truth, like. Maureen cracks a funny look. N'en, God bless her big saft hert, goes in the hoose, comes oot wi a couple ae torches an the twa boys.

'I'll show yeese roughly whaur I flung it,' she says. Then the wee lesson. 'See if ye wur honest wi folk, Howie. Ye'd mibbe hae less bother.' Oh, aye, right. Well, I'll mind that.

Rough is just exactly whit she shows us. Yairds an yairds ae it. Wet gress wrapt roon wur ankles. Just wee glimmers fae the torches. The suit'll be gettin twitchy, waitin oan his stuff. Every meenut feels like ma pocket's bein dipped. Ten quid lighter. Twenty. Thirty. It'll be hauns an knees the morra, combin gress, if it disnae turn up. Treeza'll hae popped the wean. Ma chances there are snuffed.

'This it?' Johnny's haudin somethin up.

It's ma box! I relieve him ae it quick. Pop the lid. Yes! Ten big blues are born again afore ma een. A pram. A bunch ae flooers. Maw, paw an the wean aw playin hoose. I hoof it up the road.

I git as faur as the road end afore I'm stopped. Big blues aw right. Twa ae thum at ma mither's door. Twa motors stopped ootside. Fower bluebottles? Ma credibility's gaun up. Fuckin eejits. Like I'm gaunae be waitin in? Whit dae they think I've got fur brains, mince? Right. Quick shift ae direction needit here. Intae gear. I hare aff up Parkheid Road. See ma mither. She kin talk.

'Last hing he needs is bother. I'm seek ae tellin him.'

Plan goes accordin. Up the tap ae Parkheid Road an doon the lane aside the shop. Keek oot in case the pigmobiles are comin back roon. Nae sign. Saunter doon tae cross the road. I'm level wi the post-box afore he speaks.

'Man in a motor says he'll see ye the morra,' Jacknife's ahint me, still leanin oan the shop.

'Ye mean the BMW went awa?'

'Jist efter the polis came in.'

Aw, jeesy peeps. I bet suit thinks I squealed. Needae exercise the silver tongue the morra. If I kin keep it long enough tae git the story oot. Right, hospital next.

'Howie!' Jacknife's lookin back the road.

Yin pigmobile comes roon the corner oan it's wey oot. The ither yin'll tour up Parkheid Road. They ken ma haunts too weel. I jook doon ahint the post-box. Cannae run wi this stuff in ma pocket. Gaunae buy the longest streech if I git caught. I pull it oot. Cannae land this oan the nyaff. Cannae toss it either.

'They'll see ye there,' the Jacknife says. 'Ye better shift.'

Ken, somebody should post him tae his mither. In wee bits. Post, that's it! I staun up, shove the box intae the slot an take aff up the lane. Get it back the morra whin the postie comes. Tell him we wur guisin aboot. Safer'n a bank that is. I hear the pigmobile squeal tae a halt. Seen me. Yin cunt lowps oot the motor. Oh oh, the pincer movement. Aheid ae me anither yin comes chargin doon the lane. Too slow. I'm ower the fence an through the gairdens afore the first yin slams his door shut. Quick turn ae speed. Oot through the hooses. Ower the road. Lowp the fence. I fling doon ahint it an turn roon tae watch the show.

The motor wheechs ootae the village, n'en creeps by me up the road. Yin bluebottle runs oot atween the hooses. Waants some trainin, it does. Pechin awready. Lookin aboot. Ken, walkin kills thum. The legs are just tae keep their bums up aff the grund. Husnae a clue whaur I um. Come oot, bluebottle twa. He disnae come. Steyed roon the back ae the hooses, hin't he? In case I doubled roon. The motor's turnt at Hallglen. The bluebottle gits in. Noo they're workin oot whit next. Hallglen's whaur they'll go. Caur two's still in the village. Brains must be gey roosty. I kin hear thum crank fae here. I staun up an shout 'He went that wey!' Ha, hud ye gaun, eh? Coorse I fuckin dinnae. Bloody gress is freezin, but. Twa meenuts an they're turnt roon. Awa tae Hallglen, right enough. Nae imagination.

Right. I've tae see a wummin aboot a wean. I staun up, dicht the wet gress aff ma breeks. Set aff doon the field. King Kool. Free as the breeze. At the ashie, I decide tae risk the road. Quickest wey. Plenty gairdens this side if I needae dash. Heid up, daen the man-wi-a-mission mairch doon the brae. Feel ma inside's jumpin noo. Gaunae be a da, ken? But nothin else tae go wrang noo. The windae ae the caur I'm passin swishes doon.

'Want a lift, sunshine?'

Every hair I huv stauns up oan end. No a happy-chappie state. BMW. Whey wis I no watchin that? I lean doon. Just hope I'll no be lookin in nae gun barrel. Fuck's sake. They een're bad enough. The suit does not look like he waants tae chat.

'Eh, yer message is in the post. Stop by the morra n'pick it up. Hauf eight. We'll drap the price back tae the ton.'

'Shut the fuck up,' suit says. Sociable bloke. 'Get in.'

Hoo tae stey alive, rule wan. Dinnae get in caurs. Rule two? I thumb the hoose ahint me. Posh hooses thur.

'Naw, this is where I'm gaun. Thanks aw the same. Catch ye the morra, eh?' I pat his motor tae let him ken he kin drive oan.

He disnae. The driver's door swings open insteed. I dinnae wait. I'm up the path. Haun oan the door haunle ae the hoose. Please God it opens. It opens. I'm in. Door shut at ma back. Ma plan's tae skelp oan through the hoose an oot the ither side. I dinnae git yin step taen. The face stops me. The big black hairy face wi teeth. Fuck me, it's a dug. Soonds like it's growlin oot its erse. The waws aw roon aboot are shakin. It's only whin it goes tae staun I realise its sittin doon. Ye ken yon wey dug's shoogle just afore they leap tae rip yer throat oot? Weel, that's whit it's daen. The jellyroll. I huvnae even time tae yell. This dug levitates full speed. I yank the door wide tae the waw.

'Git him,' I roar. The dug sails oot. Like fuckin Concorde, so it is. I slam the door an drap the Chubb. 'Eat yer heart oot, sunshine.' I belt doon the lobby tae the livinroom. Auld geezer's sittin in an airmchair. Wee gless haufroads tae his mooth. Opposite, a wee auld wummin's froze, hauf wey pittin a pancake doon. The twa ae thum just stare.

'Dinnae let me interrupt yeese. Jist passin through. Yer dug's oot haen a pish.'

The noise ootside is woefy. Train gaun through a tunnel's got nothin oan this. A caur door slams. The engine roars. Must hae yin leg left at least. I go through the kitchen. Whit a size it is. Widnae mind a hoose like this. Fur the wee man. Better git a move oan. Open the back door. An there it is. Fuckin dug. Sittin waitin oan the second course. I slam the door shut. Back ben the hoose. Pancake still husnae hit the plate. Booze still isnae swalleyed.

'Eh, hoo mony dugs ae yeese got?'

'You've a damn cheek, sir,' says the bloke. Gien me ma Sunday's, eh?

'Yin,' the auld wife says. Except she actually says 'won'. That's whin I ken I huv. Dug's no there tae stop folk leavin. It's there tae stop thum comin in. Probably just roon the back tae git let in the hoose.

'No waantin that?' I ask the auld bloke afore relievin him ae his juice. 'Cheers.' I down it. Whisky. Hoo kin onybody staun that stuff? 'Gaunae be a da,' I tell thum. 'Thanks fur wettin the bairn's heid.' Then I'm offski. Oot the front door. Doon the street. Hospital's no faur tae go. I'm in they doors at tap speed. Doon the corridors like the SAS. Intae the labour wards.

Honours

'Can I help?' A sniffy wee nurse stops me lookin aboot.

'I'm in tae see Treeza. Has she hud it yit?'

'Treeza? Oh.' Licht dawns. 'No, she hasn't. First babies take a while.'

'Taen nine months awready,' I quip.

She's no amused. Waants tae ken ma name.

'So you're Howie. We've heard a lot about you tonight. The whole ward has.'

'Nothin guid, I hope.' She disnae git the joke, again. Clocks ma attire. Hauf the vegetation ae the Glen's attached. Along wi muck an glaur. Ever suddenly felt ye're scruff?

'Eh, I wis hurryin doon the road. Tripped up.'

'Mmm. Well, we better get you into this.' She wheechs oot a board. Like cardboard fauldit up. Shakes it oot. Green, but. No ma colour. An if I sit doon in that, it'd still be staunin up. I shake ma heid.

'Dinnae fancy that. Gaunae fricht the wee man, that get-up.'

'The wee man? Look,' she's oan her high horse noo. 'Unless you're sterile, you can't go in there.' Oh ho, nursey just slipped up.

'Cept I'm no sterile. Or I widnae be here. An neethur's Treeza. An she's in there. If folk wur sterile you'd be ootae business. Tell ye whit. Git me a white yin. Show aff ma tan, that will.'

'Treeza wis right,' she mutters. Then she slaps the bundle oan ma chist. Near cracks ma ribs. 'Pit it oan,' she shouts. 'Or stey oot!' Showin her true colours noo aw right. I git the goonie oan an waash ma hauns. Place smells like a swimmin pool. I'm shair I hear somebody shout ma name.

'Howeee!'

I think it's Treeza.

'Fuckin baaastaaard!'

Aye. Her, right enough.

'I'm comin, darlin,' I shout back. Sniffy draws me the look. N'en takes me ben. It's like bein doon a submarine. Aw wee roond windaes. Everythin chrome an white. Thur's a midwife dotterin aboot. Treeza's naewhaur tae be seen. Then I recognise the blimp strapped oan the trolley. Space hopper wi legs. Just aboot no wearin a goon. She's pechin, reachin oot a haun.

'Whaur the fuck ae ye been?'

I think aboot whit Maureen said. The honest truth. The

suit, the wean, the box, the polis, the suit again an'en the dug. Treeza'll no believe aw that. I better cut it doon. I settle intae the sate aside her.

'I hud tae see a dug aboot a bloke.'

Baith her hauns clamp roon ma throat.

'Fuckin baaastaaaard!' Grip like a vice, she has. They fuckin straps are daen nothin. She's near aff her trolley. I'm sinkin fast. Chokin. The room swims roon aboot. I catch her pinkies, pull, an prise her fingurs loose.

'Transition,' the midwife says.

'Naw. She's ay like that.' I'm jooglin ma adam's aipple back tae whaur it wis. 'I widnae a'sat this close if she hudnae been strapped doon.'

'Strapped doon?'

Treeza's pechin again.

'Aye. An ye better git thum tichtened up. She's gettin her second wind.'

The midwife shakes her heid.

'That's the monitor,' she says. 'Measures the contractions. Look.' She pints tae a ticker-tape machine. A wee needle's drawin a bumpy line, mair up than doon. 'And that's the baby's heartbeat.' Wee TV this time. Green line mountains zappin a jig. Four-four time, I think it is.

'I'm gaunae push,' Treeza groans.

I dive oot the road.

'You're supposed to hold her hand,' the midwife says.

'Whit, wi ma throat?'

The wummin shakes her heid again.

'That stage is past.'

Oh, well, thank fuck fur that. I sit back doon. Treeza's gruntin fit tae burst. The midwife's busy doon you-know-where.

'Now, big push into yer bottom,' she says.

I dae ma best. Hauf a dozen ae them an, I'll tell you, I'm

desperate fur a shit. Treeza lets oot this awfy yowl an grabs ma heid. Starts gubbin me wi her fist.

'Ye're awright, hen,' I say. But, tell the truth, I dinnae fuckin care ower-much. I try tae jook but she's too quick. The hair-lock's oan. She yunks ma heid this wey an that.

'Pant,' the midwife says. 'Ye're crownin nicely.'

They're aw fuckin mad in here. Whit is she daen encouragin her? The yowl goes oan an oan an oan. I ken whey they waant faithers in. Safety shields fur nurses. Sniffy jines us in the submarine. Noo thur's twa ae thum no carin if I'm deein.

'This time,' Nurse says, 'Wee push then pant. Mind noo. Wee push then pant. Awright? Here we go.'

Treeza growls. Soonds like thon dug. I'm hauf expectin her tae lowp an teer ma throat oot wi her teeth. I dinnae ken whit's gaun oan. Ma heid's rammed doon against the trolley frame.

'Pant noo,' the midwife shouts. 'Don't push. Just pant.'

I'm pantin aw I kin. It's the only wey tae breathe wi a daud ae metal in yer mush.

'Good girl, good girl,' Sniffy says.

Fuckin thanks. Disnae notice I'm startin tae twitch. Or mibbe she does.

'You're doin fine.'

'S'at it? Is'at it?' Treeza asks.

'The head's born. That's the hard bit done. Just one more big push. Whin it comes.'

I grit ma teeth. I dinnae think I'm gaunae make it. Yin mair push'll lodge this trolley permanently through ma brain.

'Right, big push!' the midwife shouts. 'Big push!'

Aw, Christ. I shove. Ma chair skites ower the flair. I hit the deck. I think I've pairtit company wi ma hair.

'Good girl!'

A seagull squawks.

'Has he fainted?' Sniffy says.

Fainted nothin. Faint'd be a blessin. Life's no that guid tae me, ye ken.

'It's a boy,' the midwife says. 'You've got a wee boy.'

I take that back. Sometimes life just does.

'Ye wur right, Howie,' Treeza says. She soonds fair wabbit so I git up. Ken, she's lookin like she's done a job. I think she has. I'm lookin at oor wean. Wee mooth open squawlin like a gull. Wee face aw rid. Wee airms wave aboot. Got aw his bits. Ken, he's real. He's just fair real. Ma een are watterin. Likely the departure ae the wig. I gie thum a dicht. Treeza takes ma haun. The midwife hauds the wee man up.

'There ye go,' she says, an pits him doon atween us oan Treeza's airm. His wee heid's wet. Ken, I think I'm gaunae greet.

I dinnae ken hoo long we sit. Sniffy brings us tea an takes the wean awa tae bath. Then thur's the doctur wi his needle an threid. Efter I've hud ma stitches done, I go intae the faithurs' room fur a smoke. Faithur, that's me. The bees knees. Thur's yin bloke pacin up an doon, waitin tae git cawed in. Nervous, he looks.

'First, is it?' I say.

He nods his heid.

'It's a dawdle,' I tell him. 'Jist hud mine. A boy. Seven pound oan the nose.'

The fella clocks ma stitches. N'en he leaves. Gaun hame, I think. Aye, I'm the man awright. True whit they say, but. Walkin's no easy whin ye've just hud a wean. I settle doon in yin ae they big chairs an faw asleep.

Freedom

Thank fuck the Hoover's wauken me. Eicht a'clock. I hoof it up the brae. Gettin the box aff the postie'll be nae bother. Nae address, see? Whit else kin he dae?

'Ye ken it's an offence tae intrude objects intae the post-box,' he says.

'Weel, if it's intrudin, gies it back then.'

He draws me the look like oot the richt side ae the bed he did not get. Whit is it wi folk? The box hovers ower his bag. I think ye kin git done fur gubbin a postie.

'M'oan, pal. Look, nae stamp. Ye're gaunae waste ma day an I've jist hud a wean. It wis a mistake.'

He clocks ma battered, hair-rumped heid.

'Well, looks like ye've mair'n peyed fur it. Dinnae dae it again.' He slaps the tinny in ma mitt an aff he goes.

The suit is parked up at the club. Noo this is gaunae be the tricky wan. I daunder ower tae his side ae the motor. He waants me tae get in but I decline. Toss the box in through his windae. Baith his airms an legs look hale. Some man, he is. Quicker than yon dug.

'Caw it quits,' I tell him.

He goes stiff. I clock the polis caur an aw an duck. It's just come in, gaun roon the road. I click his back door open an slide in. Ken, ye'd think they'd hae their breakfast first.

'They after you?' he asks, no turnin roon.

'Whit dae you hink?' I keep doon. 'That's whey ye didnae git yer stuff last night.'

He looks roon then. Like I'm no a pretty sight.

'They do that?'

Noo, thur's truth an thur's lies. An thur's steyin alive.

'Aye. Got awa, but.'

'And came back to deliver. I'm impressed.' He reaches in his pocket. Freaky meenut, that. Draws oot a wad. 'I'm docking the hundred. For the dog. Neat move, though.' He tosses the roll. 'Count yourself one very lucky lad.' He turns the motor ower. 'I'll drop you when we're clear.'

I git oot in Hallglen. Walk doon Parkheid Road, gaun hame. Wee Jacknife's mither, Sandra, comes tae her door an shouts.

'Treeza hud the wean yit?'

'Aye. Wee boy. Seven pound.'

Bit further doon, auld Mrs Jamieson does the same. Returnin hero, me. I'm dancin, like. Daen the march ae the Cameron men. Yin ae the immortals noo. I am the man that faced a wummin gien birth an lived tae tell the tale. Back in wi Treeza. The brawest wean. A hunner smackers in ma pocket. Cheesy splittin ma chops again. Aw gaun ma wey. Coast clear. Nae polis at the door. Ken, I could walk oan watter. I dive intae the hoose.

'Hey, Maw,' I yell. 'Ye're a granny.'

An there they are. In the livinroom. Twa bluebottles. Noo freeze that frame.

See, I telt Treeza I wid git things straight. Fur the wee man, ken. Be a da. Git a job. Nae booze, nae blaw. Be shovin a pram. So here's the story. Ken wha startit aw this? The mindless Mafia thursells. The baldies an blue-rinse brigade. Ken whit they feed their budgies? Hempseed. Nae kiddin, like. Nae wunner they burds aw talk shite. Nae wunner they're ay ringin bells. I just seen the opener, like. Chance fur a wee bit profit-share. Budgies in clover. Doobies oan the side. Aw I done wis plant the stuff. So whit ae they gaunae chairge me wi? No possession. Dealin? Nae wey. An we wurnae growin cannabis. We wur growin budgie seed. So that's whit I tell the polis.

Ha, hud ye gaun again awright! Coorse I fuckin dinnae. Unfreeze the frame. I clock the bluebottles divin fur me. An I run.